Le couteau sur la nuque

Collection de romans d'aventures
créée par Albert Pigasse

Agatha Christie

Le couteau sur la nuque

Traduit de l'anglais par Pascale Guinard

ÉDITIONS DU MASQUE
17, rue Jacob, 75006 PARIS

Titre original :
LORD EDGWARE DIES

Au docteur et Madame Campbell Thomson.

Pour l'éditeur, le principe est d'utiliser des papiers composés de fibres naturelles, renouvelables, recyclables et fabriquées à partir de bois issus de forêts qui adoptent un système d'aménagement durable.
En outre, l'éditeur attend de ses fournisseurs de papier qu'ils s'inscrivent dans une démarche de certification environnementale reconnue.

ISBN : 978-2-7024-2304-2

1

AU THÉÂTRE

Le public a la mémoire courte. L'indignation et l'intérêt passionnés soulevés par le meurtre de George Alfred St Vincent Marsh, quatrième baron Edgware, font déjà partie du passé. Oubliés au profit d'autres événements sensationnels.

Le nom de mon ami Hercule Poirot ne fut jamais cité à propos de cette affaire. Ceci, dois-je ajouter, conformément à son désir. Si les honneurs sont échus à d'autres, c'est parce qu'il l'a voulu. Bien plus, Poirot tient cette affaire pour un de ses échecs. Il jure que c'est une remarque entendue dans la rue, tout à fait par hasard, qui l'a mis sur la bonne piste.

Quoi qu'il en soit, ce fut bel et bien son génie qui permit de découvrir la vérité. Sans Hercule Poirot, le crime n'aurait sans doute jamais été mis au compte de celui qui l'avait perpétré.

Je pense donc qu'il est temps de mettre noir sur blanc tout ce que je sais de l'affaire. J'en connais les tenants et les aboutissants, et je me permets de signaler que je ne fais qu'accéder ainsi aux désirs d'une dame absolument fascinante.

Je me souviens très bien de ce jour où, dans son impeccable petit salon, allant et venant sur une certaine bande du tapis, Poirot nous avait fait un magistral et stupéfiant résumé du crime.

Tout avait commencé dans un théâtre londonien, au mois de juin de l'année dernière.

Carlotta Adams faisait fureur à Londres à ce

moment-là. Elle avait donné deux matinées triomphales l'année précédente, et cette fois les représentations avaient duré trois semaines. On en était à l'avant-dernière.

Carlotta Adams était une Américaine douée d'un talent remarquable pour tenir seule la scène, sans aucun artifice, costume ou décor. Elle s'exprimait aisément, semble-t-il, dans toutes les langues. Le sketch de sa soirée dans un hôtel à l'étranger était vraiment extraordinaire. Touristes américains, touristes allemands, familles bourgeoises anglaises, femmes de petite vertu, aristocrates russes ruinés, valets de chambre stylés... elle était tout cela tour à tour.

Ses numéros allaient du sérieux au comique et vice versa. Sa Tchécoslovaque mourante, sur un lit d'hôpital, vous serrait la gorge. Une minute plus tard, vous riiez aux éclats tandis qu'un dentiste exerçait son métier en devisant aimablement avec ses victimes.

Pour finir, elle annonçait : « Quelques imitations ».

Là encore, elle faisait merveille. Sans aucun maquillage, ses traits semblaient soudain se dissoudre et se remodeler à l'image d'un homme politique connu, d'une actrice en vogue ou d'une beauté célèbre. Chacun de ses personnages prononçait quelques phrases typiques. Le texte était remarquablement intelligent. Il paraissait saisir toutes les faiblesses du sujet.

L'une de ses dernières imitations était celle de Jane Wilkinson, une jeune actrice new-yorkaise de talent, fort connue à Londres. C'était vraiment très au point. Les inepties lui tombaient de la bouche, chargées d'un tel pouvoir émotionnel que, en dépit de vous, chaque mot vous paraissait rempli de sens. Elle avait une voix prenante, au timbre exquis, aux modulations profondes. Ses gestes mesurés et étrangement expressifs, son imperceptible balancement du corps, et jusqu'à l'impression de solide beauté physique qu'elle donnait... Je ne comprends pas comment elle arrivait à ça !

J'avais toujours été un admirateur de la belle Jane

Wilkinson. Elle m'émouvait dans ses rôles sentimentaux et je n'ai jamais manqué de soutenir, face à ceux qui lui reconnaissaient de la beauté mais niaient son talent, qu'elle était douée d'un extraordinaire pouvoir dramatique.

C'était assez troublant d'entendre cette voix familière, légèrement rauque, aux accents tragiques, qui m'avait si souvent fait frissonner, de voir ce geste poignant de la main qui s'ouvre et se referme, ces cheveux rejetés brusquement en arrière comme elle le faisait, je m'en aperçus là, à la fin de chaque scène dramatique.

Jane Wilkinson était une de ces actrices qui quittent la scène pour se marier mais qu'on y retrouve deux ans plus tard.

Trois ans auparavant, elle avait épousé le riche et quelque peu excentrique lord Edgware. On chuchotait qu'elle l'avait quitté peu après. Toujours est-il qu'un an et demi après leur mariage, elle était repartie tourner des films en Amérique et qu'elle venait de jouer à Londres cet hiver-là dans une pièce à succès.

En regardant les imitations étonnantes, mais peut-être un peu méchantes, de Carlotta Adams, je me demandai ce qu'en pensaient les personnes concernées. Etaient-elles heureuses de la publicité qu'elles en tiraient ? Ou ennuyées de ce qui, en fait, révélait au grand jour les ficelles de leur métier ? Carlotta Adams ne jouait-elle pas le rôle du prestidigitateur qui explique, à propos de son rival : « Oh ! C'est un vieux truc ! C'est très facile. Je vais vous montrer comment on fait ! »

En tout cas, il me semblait que si je faisais, moi, l'objet d'une telle imitation, j'en serais certainement vexé. Bien sûr, je m'en cacherais, mais cela ne me plairait pas. Il fallait être diablement large d'esprit et doté d'un solide sens de l'humour pour goûter une mise à nu aussi impitoyable.

J'en étais arrivé à cette conclusion lorsque le délicieux rire de gorge qui venait de la scène trouva un écho derrière moi.

Je tournai vivement la tête. La jeune femme assise

là était l'objet même de l'imitation : lady Edgware, plus connue sous le nom de Jane Wilkinson.

Je compris instantanément que mes déductions étaient fausses. Penchée en avant, lèvres entrouvertes, elle avait les yeux brillants, l'air ravi.

L'« imitation » terminée, elle applaudit bruyamment, tout en riant et en prenant à témoin son compagnon, un grand et bel homme, au profil de dieu grec, plus connu à l'écran qu'à la scène : Bryan Martin, la vedette de cinéma la plus populaire du moment. Jane Wilkinson et lui avaient plusieurs fois tourné ensemble.

— Elle est merveilleuse, n'est-ce pas ? s'exclama lady Edgware.

Il rit.

— Jane ! On dirait que cela t'amuse !

— Elle est vraiment extraordinaire ! Mille fois plus que je ne le pensais.

Je ne saisis pas la réplique de Bryan Martin : Carlotta Adams s'était lancée dans une nouvelle improvisation.

On ne m'enlèvera pas de l'idée que ce qui se passa ensuite fut une bien curieuse coïncidence.

En quittant le théâtre, Poirot et moi allâmes souper au *Savoy.*

Lady Edgware et Bryan Martin étaient assis à la table voisine de la nôtre, en compagnie de deux personnes que je ne connaissais pas. Comme je les désignai à Poirot, un autre couple entra et s'assit derrière eux. Le visage de la femme m'était familier, mais, curieusement, je n'arrivais pas à la situer. Je ne connaissais pas l'homme qui l'accompagnait. Vêtu avec recherche, il avait un visage avenant, bien qu'inexpressif. Un genre auquel je ne suis pas sensible.

Soudain, je compris que la jeune femme n'était autre que Carlotta Adams ! Elle portait une robe noire très sobre. Son visage n'était pas de ceux qui forcent l'attention. Ses traits mobiles, qui se prêtaient si bien à l'art de la mimique, étaient en eux-mêmes dépourvus de personnalité.

Je crus bon de faire part de mes réflexions à Poirot. Il m'écouta attentivement, sa tête en forme d'œuf légèrement penchée de côté, tout en jetant un regard acéré vers les deux tables en question.

— Ainsi, c'est lady Edgware ? Je l'ai déjà vue jouer. C'est une belle femme.

— Et une excellente actrice aussi.

— C'est possible.

— Vous n'avez pas l'air convaincu.

— Cela dépend sans doute de la distribution, mon ami. Si elle est au centre de la pièce, si tout tourne autour d'elle, alors, oui, elle tiendra son rôle. Mais je doute qu'elle puisse jouer un second rôle, ou ce qu'on appelle un rôle de composition. Il faut que la pièce ait été écrite *sur* elle et *pour* elle. C'est le genre de femme qui ne s'intéresse qu'à elle-même. (Il marqua une pause, puis ajouta de façon inattendue :) Ces gens-là s'exposent à de graves dangers.

— Des dangers ? répétai-je, surpris.

— Cela vous étonne, mon bon ami. Des dangers oui. Parce qu'une femme comme celle-là ne voit qu'une chose : elle-même. Elle ignore tout des risques et des pièges qui l'entourent, des millions d'intérêts contradictoires, des intrigues de la vie. Non, elle suit son propre chemin. Et alors, tôt ou tard, c'est le désastre.

L'idée me parut intéressante. Je reconnais qu'elle ne me serait jamais venue.

— Et l'autre ? demandai-je.

— Miss Adams ?

Il glissa un œil de son côté.

— Eh bien ? Que voulez-vous que je vous dise, me demanda-t-il en souriant.

— Ce qu'elle vous inspire.

— Mon cher, me prenez-vous ce soir pour un diseur de bonne aventure qui lit le caractère dans les lignes de la main ?

— Vous pourriez faire mieux que beaucoup d'entre eux !

— Vous avez une grande confiance en moi, Hastings. J'en suis touché. Ne savez-vous pas, mon ami, que chacun de nous est un profond mystère, un labyrinthe de désirs, de passions et d'attitudes conflictuelles ? Mais oui, c'est vrai. On se forme ses petits jugements... Malheureusement, neuf fois sur dix, on se trompe.

— Pas Hercule Poirot, dis-je en souriant.

— Même Hercule Poirot ! Oh ! Je sais très bien que vous me trouvez prétentieux, mais je vous assure qu'en vérité je suis plein d'humilité.

— Vous, plein d'humilité !

— Parfaitement. Sauf, je l'avoue, que je suis fier de ma moustache ! Je n'ai rien trouvé de comparable dans tout Londres.

— Vous ne risquez rien, répliquai-je, vous ne trouverez pas. Alors, vous ne vous aventurez pas à porter un jugement sur Carlotta Adams ?

— C'est une artiste, répondit Poirot simplement. Cela veut tout dire, n'est-ce pas ?

— Cependant, n'est-elle pas en péril, elle aussi ?

— Comme nous tous, mon bon ami, déclara gravement Poirot avant de poursuivre dans cet extravagant sabir qu'il voulait faire passer pour de l'anglais et que je n'oserais transcrire fidèlement. Le malheur peut toujours nous guetter et se précipiter sur nous. Mais, pour répondre à votre question, je pense que miss Adams réussira. Elle est astucieuse, et elle est encore quelque chose d'autre. Vous avez certainement remarqué qu'elle est juive ?

Je ne l'avais pas remarqué. Mais, maintenant qu'il me l'avait dit, je distinguais de vagues traits de ses ancêtres sémites. Poirot hocha la tête.

— Cela prédispose au succès. Mais il reste encore un danger — puisque c'est de danger que nous parlons.

— C'est-à-dire ?

— L'amour de l'argent. L'appât du gain peut faire oublier toute prudence.

— Il peut le faire oublier à chacun de nous, observai-je.

— C'est exact, mais nous serions conscients du danger, vous et moi. Nous pèserions le pour et le contre. Mais quand on aime trop l'argent, si on ne voit que l'argent, tout le reste est dans l'ombre.

Sa gravité me fit rire.

— Esmeralda, la reine des voyantes, est en grande forme ! remarquai-je en plaisantant.

— La psychologie est une chose très intéressante, reprit Poirot sans s'émouvoir. On ne peut pas s'intéresser au crime sans s'intéresser à la psychologie. Ce n'est pas l'acte de tuer en lui-même qui attire l'expert, mais ce qu'il y a *derrière*. Vous me suivez, Hastings ?

Je le suivais parfaitement.

— J'ai remarqué que, lorsque nous travaillons ensemble sur une affaire, Hastings, vous me pressez toujours de me mettre physiquement en action. Vous voudriez que je mesure des empreintes de pas, que j'analyse des cendres de cigarette, que je me mette à plat ventre pour examiner des petits détails. Vous ne comprenez pas qu'en fermant les yeux, confortablement installé dans un fauteuil, on peut s'approcher plus près de la solution d'un problème. On voit alors avec les yeux de l'esprit.

— Pas moi, dis-je. Lorsque je m'enfonce dans un fauteuil en fermant les yeux, il m'arrive une chose et une seule...

— Je l'ai remarqué ! dit Poirot. C'est étrange... Dans ces moments-là, le cerveau devrait travailler fiévreusement, ne pas tomber dans une repos léthargique. L'activité mentale est si intéressante, si excitante ! C'est un plaisir que de faire fonctionner ses petites cellules grises. C'est à elles et à elles seules que l'on peut faire confiance pour vous guider vers la vérité, à travers le brouillard...

J'avoue que j'ai pris l'habitude de détourner mon attention lorsque Poirot se met à évoquer ses petites cellules grises. J'ai entendu ça si souvent...

Cette fois-là, mon attention se porta sur les quatre personnes assises à la table voisine. Lorsque le monologue de Poirot tira à sa fin, je constatai en riant :

— Vous avez fait une conquête, Poirot. La belle lady Edgware ne vous quitte pas des yeux.

— On l'aura renseignée sur mon identité, dit Poirot en essayant sans succès, de prendre l'air modeste.

— Ce doit être votre fameuse moustache, dis-je. Elle est séduite par sa beauté.

Poirot la caressa subrepticement.

— Il est vrai qu'elle est unique, admit-il. Oh ! mon ami, la « brosse à dents » que vous portez, comme vous l'appelez, c'est une horreur. Une atrocité. Une mutilation volontaire des libéralités de la nature... Renoncez-y, mon ami, je vous en prie.

— Sapristi ! m'écriai-je sans prendre sa prière en considération. La dame se lève. Je crois qu'elle vient nous parler. Bryan Martin proteste, mais elle ne l'écoute pas.

En effet, Jane Wilkinson s'avançait vers nous, d'une démarche décidée. Nous nous levâmes, et Poirot s'inclina.

— Mr Hercule Poirot, n'est-ce pas ? dit la voix douce et rauque.

— Pour vous servir, madame.

— Mr Poirot, je voudrais vous parler. Il faut que je vous parle.

— Mais certainement, madame. Voulez-vous vous asseoir ?

— Non, non, pas ici. En privé. Montons dans ma chambre.

Bryan Martin, qui l'avait rejointe, eut un petit rire gêné :

— Attends un peu, Jane. Nous n'avons pas fini de dîner. Mr Poirot non plus.

Mais Jane Wilkinson ne se laissait pas si facilement détourner de ce qu'elle avait décidé.

— Eh bien, Bryan ! Quelle importance ? Nous ferons monter notre souper. Occupe-t'en, tu veux ? Et, Bryan...

Elle le rattrapa et parut lui donner de nouvelles instructions. Je le vis secouer la tête d'un air mécontent. Mais elle devint encore plus véhémente, si bien qu'il céda en haussant les épaules.

Tout en parlant, elle avait jeté une ou deux fois un coup d'œil sur Carlotta Adams et je me demandai si ce qu'elle disait avait quelque chose à voir avec l'Américaine.

Lorsqu'elle eut obtenu gain de cause, Jane revint, radieuse.

— Nous allons monter tout de suite, dit-elle en nous gratifiant de son éblouissant sourire.

Il ne parut pas lui venir à l'esprit de nous demander notre avis. Sans l'ombre d'une excuse, elle nous entraîna vers l'ascenseur.

— J'ai une chance folle de vous rencontrer ici ce soir, Mr Poirot, dit-elle. C'est extraordinaire comme tout s'arrange bien pour moi. J'étais en train de me demander ce que diable j'allais bien pouvoir faire quand je lève les yeux, et vous voilà juste à la table à côté ! J'ai pensé aussitôt : « Mr Poirot va me dire ce que je dois faire. »

Elle s'interrompit pour indiquer « deuxième étage » au liftier.

— Si je peux vous être utile..., commença Poirot.

— Je suis sûre que vous pouvez. On dit que vous êtes l'homme le plus merveilleux qui ait jamais existé. Il faut que quelqu'un m'aide à me sortir de l'embrouillamini où je suis, et je sens que vous êtes l'homme qu'il me faut.

Nous sortîmes au deuxième étage et elle nous conduisit dans le couloir jusqu'à la porte d'une des suites les plus luxueuses du *Savoy*.

Elle nous fit entrer, jeta son étole de fourrure blanche sur une chaise et sa minaudière sertie de pierreries sur la table, s'écroula dans un fauteuil et s'exclama :

— Mr Poirot, d'une manière ou d'une autre, il faut absolument que je me débarrasse de mon mari !

2

Le souper

Après un instant de stupeur, Poirot reprit ses esprits.

— Mais, madame, dit-il, l'œil brillant, débarrasser les femmes de leurs maris n'est pas ma spécialité !

— Bien sûr, je le sais.
— C'est un avocat qu'il vous faut !
— C'est ce qui vous trompe. Je suis écœurée, fatiguée des avocats. J'en ai eu d'honnêtes, j'en ai eu qui étaient des escrocs, mais aucun ne m'a jamais été d'une quelconque utilité. Ils connaissent la loi, mais ils n'ont pas le moindre sens commun.
— Et vous pensez que j'en ai ?
Elle se mit à rire.
— Il paraît que vous êtes malin comme un singe, Mr Poirot.
— Madame, que j'aie ou non de la cervelle — en fait, j'en ai, pourquoi faire semblant ? — votre petite affaire n'est pas mon genre !
— Je ne vois pas pourquoi. C'est un problème à résoudre.
— Oh, un problème !
— Et difficile, poursuivit Jane Wilkinson. J'aurais cru que vous n'étiez pas homme à fuir la difficulté.
— Laissez-moi vous complimenter pour votre intuition, madame. Mais je vous le répète, je ne m'occupe pas d'enquêtes en vue d'un divorce. Ce métier-là n'est pas joli.
— Mon cher monsieur, je ne vous demande pas d'espionner mon mari ! Cela ne servirait à rien. Il faut simplement que je m'en débarrasse, et je suis sûre que vous pourrez me dire comment.
Poirot ne répondit pas tout de suite. Quand il reprit la parole il avait changé de ton.
— D'abord, madame, dites-moi pourquoi vous êtes tellement désireuse de vous « débarrasser » de lord Edgware ?
Elle répliqua vivement, sans la moindre hésitation.
— Mais parce que je veux me remarier, bien sûr ! Quelle autre raison pourrait-il y avoir ?
Elle écarquilla ingénument ses grands yeux bleus.
— Ne pourriez-vous pas tout simplement obtenir le divorce ?
— Vous ne connaissez pas mon mari, Mr Poirot. Il est... Il est... (Elle frissonna.) Je ne sais comment vous dire... C'est un homme étrange. Il n'est pas comme les autres. (Puis, après un silence :) Il

n'aurait jamais dû épouser qui que ce soit. Et je sais de quoi je parle. Je ne peux pas vous le décrire, mais il est... bizarre. Sa première femme s'est enfuie en abandonnant derrière elle un bébé de trois mois. Il n'a jamais divorcé, et elle est morte misérablement quelque part à l'étranger. Puis, il m'a épousée. Et... je n'ai pas pu le supporter. Il me faisait peur. Je l'ai quitté et je suis partie aux Etats-Unis. Je n'ai aucun motif de divorce, et si je lui en ai fourni de mon côté, il n'en tiendra pas compte. C'est... une sorte de fou.

— En Amérique, il y a des Etats où vous pourriez obtenir un divorce.

— Cela ne me servirait à rien si je dois vivre en Angleterre.

— Vous voulez vivre en Angleterre ?

— Oui.

— Qui voulez-vous épouser ?

— Le duc de Merton.

Je retins une exclamation. Le duc de Merton faisait le désespoir de toutes les mères ayant une fille à marier. Jeune homme aux goûts ascétiques, anglican fanatique. On le disait totalement sous la coupe de sa mère, la redoutable duchesse douairière. Sa vie était des plus austères. Il collectionnait les porcelaines chinoises et avait la réputation de s'intéresser à l'art. Mais il n'était pas censé s'intéresser aux femmes.

— Je suis folle de lui, nous confia Jane. Il ne ressemble à personne d'autre, et le château de Merton est si merveilleux ! C'est l'affaire la plus romantique qui soit. Et il est tellement séduisant... une sorte de moine de rêve ! (Elle marqua une pause.) Une fois mariée, j'abandonnerai le théâtre. La scène ne présente plus d'attraits pour moi.

— En attendant, répliqua Poirot, ironique, lord Edgware s'interpose entre vous et ces rêves romanesques.

— Oui, et cela me rend folle. (Elle s'adossa d'un air songeur.) Bien sûr, si nous étions à Chicago, je pourrais le faire éliminer aisément, mais ici, j'ai l'impression qu'on ne fait pas appel à des tueurs à gages.

— Ici, déclara Poirot en souriant, nous estimons que tout individu a le droit de vivre.

— Ma foi, je n'en sais rien. A mon avis, vous ne vous porteriez pas plus mal sans certains de vos hommes politiques. Et sachant ce que je sais de lord Edgware, sa disparition ne serait pas non plus une perte, bien au contraire.

On frappa à la porte et un garçon entra avec le souper. Jane Wilkinson poursuivit l'exposé de son problème sans se soucier de sa présence.

— Mais je ne vous demande pas de le tuer pour moi, Mr Poirot.

— Merci, madame.

— J'ai pensé que vous sauriez peut-être le convaincre. Lui faire admettre l'idée d'un divorce. Je suis sûre que vous le pourriez.

— Je crois que vous surestimez mon pouvoir de persuasion, madame.

— Oh ! mais vous pouvez sûrement trouver quelque chose, Mr Poirot !

Elle se pencha en avant, ses yeux bleus tout grands ouverts de nouveau, et elle acheva d'une voix douce, grave et pleine de séduction :

— Vous voudriez me voir heureuse, n'est-ce pas ?

— J'aimerais que tout le monde soit heureux, répondit prudemment Poirot.

— Oui, mais je ne pensais pas à « tout le monde ». Seulement à moi.

— C'est ce que vous faitcs toujours, madame, dit-il en souriant.

— Vous me jugez égoïste ?

— Oh ! Je n'ai pas dit ça, madame !

— C'est vrai. Je le suis. Mais, voyez-vous, je déteste être malheureuse. Cela affecte même mon jeu. Et je serai toujours malheureuse, à moins qu'il ne divorce... ou qu'il ne meure. Tout bien réfléchi, poursuivit-elle, songeuse, il vaudrait mieux qu'il meure, je veux dire, je me sentirais définitivement libérée. (Elle leva les yeux vers Poirot pour faire appel à sa sympathie.) Vous m'aiderez, n'est-ce pas, Mr Poirot ?

Elle se leva, prit son étole blanche et lui lança un

regard interrogateur. J'entendais des voix dans le couloir, par la porte entrouverte.

— Sinon..., poursuivit-elle.

— Sinon, madame ?

Elle éclata de rire.

— Je serai obligé de sauter dans un taxi et d'aller le liquider moi-même.

Sans cesser de rire, elle disparut dans une autre pièce juste au moment où Bryan Martin entrait avec les deux personnes qui avaient soupé à leur table — on nous les présenta comme Mr et Mrs Widburn —, l'Américaine Carlotta Adams et son cavalier.

— Hello ! dit Bryan. Où est Jane ? Je viens lui annoncer que j'ai accompli la mission dont elle m'avait chargé.

Jane apparut sur le seuil de la chambre, un bâton de rouge à lèvres à la main.

— Elle est là ! s'exclama-t-elle. Magnifique ! Miss Adams, j'ai beaucoup admiré votre spectacle ! Je tenais à vous connaître. Venez bavarder avec moi pendant que je m'arrange un peu. Je suis horrible à voir !

Carlotta Adams la suivit, tandis que Bryan Martin s'effondrait dans un fauteuil.

— Eh bien, Mr Poirot. Vous avez été bel et bien capturé ! Notre Jane vous a-t-elle convaincu de vous ranger sous sa bannière ? De toute façon, vous finirez par céder. Elle ne sait pas ce que signifie le mot « non ».

— Peut-être ne le lui a-t-on jamais dit ?

— Jane a une personnalité fort intéressante, dit Bryan Martin en envoyant des ronds de fumée au plafond. Les tabous ne signifient rien pour elle. Elle n'a aucun sens moral. Ce qui ne signifie pas qu'elle soit immorale, non elle ne l'est pas. Amorale doit être le mot juste, j'imagine. Elle ne voit qu'une chose dans la vie : ce que Jane veut.

Il se mit à rire.

— Je crois qu'elle pourrait tuer quelqu'un d'un cœur léger et qu'elle serait indignée si on l'attrapait et si on voulait la pendre. L'ennui, c'est qu'on l'attraperait sûrement. Elle n'a pas une once de cervelle.

Pour elle, un meurtre consiste à sauter dans un taxi, à voler sur les lieux sous son propre nom, et à tirer.

— Je me demande ce qui vous fait dire ça ? murmura Poirot.

— Pardon ?

— Vous la connaissez bien, monsieur ?

— Je peux dire que oui.

Il rit de nouveau, d'un rire amer qui me frappa.

— Vous n'êtes pas de mon avis ? demanda-t-il aux autres.

— Oh ! Jane est égoïste ! reconnut Mrs Widburn. Mais une actrice doit l'être si elle veut affirmer sa personnalité.

Poirot ne répondit pas. Il avait les yeux fixés sur Bryan Martin et le regardait avec une curieuse expression, dont je ne comprenais pas la signification.

A cet instant, Jane revint, suivie de Carlotta Adams. Jane était sans doute satisfaite de son « arrangement », quel que soit le sens qu'elle donnait à ce mot. Pour moi, elle était toujours la même, une perfection.

Le souper qui suivit fut fort joyeux, mais j'avais parfois l'impression que certains sous-entendus m'échappaient.

Jane Wilkinson ne pouvait être à l'origine de ces subtilités. De toute évidence, cette jeune femme ne voyait qu'une chose à la fois. Elle avait voulu rencontrer Poirot, avait obtenu immédiatement satisfaction, et elle se montrait de fort bonne humeur. Son désir de convier Carlotta Adams avait été, à mon avis, pur caprice. Elle s'était amusée comme une enfant de cette imitation d'elle-même.

Non, les courants sous-jacents n'avaient rien à voir avec elle. Dans quelle direction chercher ?

J'étudiai les invités tour à tour. Bryan Martin ? Il ne se conduisait pas de manière très naturelle. Mais, c'était peut-être tout simplement l'attitude caractéristique d'une vedette de cinéma. La gaucherie de quelqu'un trop habitué à jouer un rôle pour l'abandonner facilement.

Carlotta Adams, quant à elle, se comportait avec

un parfait naturel. C'était une jeune personne calme, à la voix basse et agréable. Je profitai de l'occasion pour l'observer attentivement. Je lui trouvai un certain charme, mais un charme en quelque sorte négatif. Il consistait en une absence de toute note aiguë. Elle incarnait une douce harmonie. Même son aspect physique avait quelque chose de négatif. De doux cheveux noirs, des yeux d'un bleu pâle presque délavé, un teint clair, une bouche mobile. Un visage plaisant, mais difficile à reconnaître si on était amené à la rencontrer, disons, vêtue différemment.

Elle paraissait heureuse de la gentillesse et des compliments de Jane. Qui ne l'eût été ? songeais-je, quand, juste à cet instant il se passa quelque chose qui m'amena à réviser cette opinion hâtive.

Jane était à ce moment-là tournée vers Poirot, et Carlotta la dévisageait d'une façon étrangement pénétrante... comme si elle la jaugeait. Et je fus frappé par l'hostilité marquée que je lus dans ses yeux bleus.

Pure imagination, peut-être. Ou jalousie professionnelle ? Jane était une actrice renommée, au faîte de la gloire. Carlotta, elle, en était encore à grimper les échelons...

J'observai ensuite les autres membres du groupe. Que dire de Mr et Mrs Widburn ? Lui était grand et cadavérique, elle, blonde, replète et suffisante. Ils étaient riches et se passionnaient pour tout ce qui touchait au théâtre. Ils refusaient de parler d'autre chose. Et comme je rentrais d'un séjour à l'étranger, ils furent déçus de me trouver si mal informé. Mrs Widburn finit par me tourner le dos, ou plutôt une épaule dodue, et par oublier mon existence.

Le dernier membre du groupe était le jeune homme brun à la face ronde, colorée et joviale qui accompagnait Carlotta Adams. Je le soupçonnais depuis le début de n'être pas aussi sobre qu'il aurait dû. A mesure qu'il buvait plus de champagne, cela devint plus flagrant.

Il avait l'air d'avoir été profondément offensé.

Pendant toute la première moitié du repas, il garda

un silence morose. Ensuite, il se confia à moi comme si j'étais son meilleur ami :

— Ce que je veux dire, ce n'est pas... Non, mon vieux, ce n'est pas...

Je passe sous silence son articulation déficiente.

— Je veux dire, continua-t-il. Je vous le demande ? Vous prenez une fille — hein, je veux dire, vous la sortez. Et tout va de travers. C'est pas comme si je lui avais dit un mot que j'aurais pas dû. C'est pas le genre, vous savez. Descendance puritaine. Le *Mayflower*... tout ça. Pardieu ! La fille est très bien ! Ce que je veux dire, c'est... qu'est-ce que je disais ?

— Que vous n'aviez pas eu de chance, dis-je d'un ton apaisant.

— Ben, tiens, c'est ça. Pardieu ! J'ai dû emprunter de l'argent à mon tailleur pour le gueuleton. Un type très obligeant, mon tailleur. Je lui dois de l'argent depuis des années. Ça crée des liens entre nous. Rien de tel que des liens, mon bon vieux. Vous et moi... mais qui diable êtes-vous, à propos ?

— Je m'appelle Hastings.

— Sans blague ! Ça alors ! J'aurais juré que vous étiez mon vieux copain Spencer Jones ! Cher vieux Spencer Jones. La dernière fois que je l'ai rencontré, je l'ai tapé d'un billet de cinq. Moi, ce que j'en dis, c'est qu'une tête ou une autre... ça se ressemble, voilà ce que j'en dis. Si on était un tas de Chinois, on ne se distinguerait pas les uns des autres.

Il secoua tristement la tête, puis soudain ragaillardi, but encore un peu de champagne.

— Au moins, dit-il, je ne suis pas un bon Dieu de nègre.

Cette réflexion sembla le plonger dans une telle allégresse qu'il se mit à tenir des propos pleins d'optimisme :

— Voyez le bon côté des choses, mon vieux, m'adjura-t-il. C'est ce que je dis toujours, il faut voir le bon côté. Un de ces jours quand j'aurai autour de soixante-quinze ans, je serai un homme riche. Quand mon oncle sera mort. Alors, je pourrai payer mon tailleur.

Il sourit à cette idée.

Ce garçon avait quelque chose d'étrangement sympathique. Il avait un visage tout rond et une ridicule petite moustache noire qui donnait l'impression d'avoir été abandonnée là, en plein milieu du désert.

Je remarquai que Carlotta Adams le surveillait du coin de l'œil, et c'est après avoir jeté un regard dans sa direction, qu'elle se leva et mit fin à la soirée.

— Comme c'est gentil à vous d'être venue, dit Jane. J'adore ces choses improvisées, pas vous ?

— Non, répondit miss Adams. Je prévois toujours avec soin ce que je fais. Cela m'évite des soucis...

Le ton avait quelque chose de désobligeant.

— Eh bien, quoi qu'il en soit, cela vous réussit, répliqua Jane en riant. Je ne me suis jamais autant amusée que ce soir pendant votre spectacle.

Carlotta se détendit.

— Vous êtes très aimable, répondit-elle avec chaleur. Et je suis contente de l'entendre dire. J'ai besoin d'encouragement. Nous en avons tous besoin.

— Carlotta, dit le jeune homme à la moustache noire, faites vos adieux, remerciez tante Jane pour la soirée et venez.

Il réussit à franchir la porte par un miracle de concentration. Carlotta le suivit rapidement.

— Mais, quel est cet énergumène qui m'appelle tante Jane ? Je ne l'avais pas remarqué avant.

— Ma chère, déclara Mrs Widburn, ne faites pas attention à lui. Il a été un acteur en herbe très brillant. Incroyable, non ? J'ai horreur de voir tant de promesses réduites à néant. Mais nous devons nous sauver, Charles et moi.

Les Widburn se sauvèrent, accompagnés par Bryan Martin.

— Eh bien, Mr Poirot ?

Il lui sourit.

— Eh bien, lady Edgware ?

— Pour l'amour du ciel, cessez de m'appeler ainsi. Laissez-moi l'oublier ! Vous êtes l'homme au cœur le plus dur d'Europe !

— Mais non, mais non, je n'ai pas le cœur dur.

Poirot avait bu une honorable quantité de champagne, peut-être un verre de trop.

— Alors, vous irez voir mon mari ? Vous lui ferez faire ce que je veux ?

— J'irai le voir, promit Poirot prudemment.

— Et s'il refuse — ce qu'il fera sûrement — vous mettrez au point un brillant plan d'attaque. On dit que vous êtes l'homme le plus brillant d'Angleterre, Mr Poirot.

— Madame, pour mon cœur dur, vous évoquez l'Europe... mais quand il s'agit de mon intelligence, vous vous limitez à l'Angleterre.

— Si vous réussissez, ce sera l'univers.

Poirot leva la main pour protester.

— Madame, je ne vous promets rien. Toutefois, dans l'intérêt de la psychologie, je m'efforcerai d'obtenir un entretien avec votre mari.

— Psychanalysez-le tant que vous voudrez. Cela lui fera peut-être du bien. Mais pour mon bien à moi, vous devez y arriver. Il faut que je vive cette aventure romanesque, Mr Poirot.

Et elle ajouta, rêveuse :

— Vous voyez d'ici la sensation !

3

L'HOMME À LA DENT EN OR

Quelques jours plus tard, au petit déjeuner, Poirot me tendit une lettre qu'il venait de décacheter.

— Regardez, mon bon ami, dit-il. Que dites-vous de cela ?

Le mot émanait de lord Edgware. Dans un langage très officiel, il lui fixait rendez-vous le lendemain matin à 11 heures.

J'avoue que je fus fort surpris. J'avais pris à la légère les paroles de Poirot prononcées dans un moment de convivialité, et je ne savais pas qu'il avait déjà entrepris de tenir sa promesse.

Poirot, l'esprit toujours vif, lut dans mes pensées et ses yeux se mirent à briller un peu.

— Mais oui, mon bon ami, ce n'était pas seulement le champagne...

— Je ne pensais pas ça.

— Mais si, mais si. Vous vous êtes dit, ce pauvre vieux, il était d'humeur particulièrement cordiale, il a fait des promesses qu'il ne tiendra pas, qu'il n'a pas l'intention de tenir. Mais, mon ami, les promesses d'Hercule Poirot sont sacrées ! dit-il en se redressant majestueusement.

— Bien sûr, bien sûr, je le sais, répondis-je vivement.

— Mais il m'avait semblé que votre jugement avait pu être... comment dirais-je... influencé.

— Je n'ai pas l'habitude de me laisser « influencer » dans mes jugements, Hastings. Le meilleur et le plus sec des champagnes, les femmes les plus blondes et les plus séduisantes, rien ne peut influencer les jugements d'Hercule Poirot. Non, mon ami, je suis intéressé, voilà tout.

— Par le roman d'amour de Jane Wilkinson ?

— Pas exactement. Son roman d'amour, comme vous l'appelez, est une affaire très banale. C'est un échelon de plus dans la carrière d'une très belle femme. Si le duc de Merton n'avait ni titre ni fortune, sa romantique ressemblance avec un moine de rêve resterait sans effet sur la dame. Non, Hastings, ce qui m'intrigue, c'est le côté psychologique de l'histoire. L'interaction entre les personnages. Je profite de l'occasion qui m'est donnée d'observer lord Edgware de près.

— Vous ne pensez pas réussir à le convaincre ?

— Pourquoi pas ? Tous les hommes ont leur point faible. N'allez pas croire, Hastings, que sous prétexte que je m'intéresse à la psychologie, je ne mettrai pas tout en œuvre pour exécuter la mission qui m'a été confiée. Je suis toujours heureux d'exercer mon ingéniosité.

J'avais craint une allusion aux petites cellules grises, et je fus soulagé d'y avoir échappé.

— Ainsi, nous allons à Regent Gate demain, à 11 heures ? demandai-je.

— Nous ? fit Poirot en levant un sourcil interrogateur.

— Poirot ! m'écriai-je. Vous n'allez pas me laisser derrière. Je viens toujours avec vous.

— S'il s'agissait d'un meurtre, d'un empoisonnement mystérieux, d'un assassinat... ah ! voilà des choses qui vous réjouissent l'âme ! Mais une simple question de statut social ?

— Plus un mot, dis-je avec détermination. Je viens.

Poirot eut un petit rire et, à cet instant, on vint nous annoncer qu'un gentleman demandait à être reçu.

A notre grande surprise, il s'agissait de Bryan Martin.

A la lumière du jour, l'acteur paraissait plus âgé. Il était toujours beau, mais d'une beauté un peu ravagée. J'eus l'impression fugitive, devant sa nervosité, qu'il s'adonnait peut-être aux stupéfiants.

— Bonjour, monsieur Poirot, dit-il gaiement. Je constate avec plaisir que vous prenez votre petit déjeuner à des heures raisonnables. A propos, vous êtes très occupé en ce moment ?

Poirot lui sourit aimablement.

— Non. Je n'ai aucune affaire importante en train.

— Allons donc ! Scotland Yard n'a pas besoin de vous ? Pas d'enquête délicate à mener pour la Royauté ? J'ose à peine vous croire.

— Ne confondez pas fiction et réalité, mon cher, répondit Poirot en souriant. Je vous assure que je suis en ce moment tout à fait disponible... mais pas encore au chômage, Dieu merci !

— Eh bien, j'ai de la chance, dit Bryan en riant. Accepteriez-vous que je vous confie un travail ?

Poirot le considéra d'un air songeur.

— Vous avez un problème pour moi, oui ? dit-il enfin.

— C'est-à-dire... oui et non.

Cette fois, son rire fut plutôt nerveux. Sans cesser de le considérer d'un air songeur, Poirot lui fit signe de s'asseoir et le jeune homme s'installa en face de nous.

— Et maintenant, dit Poirot, nous vous écoutons.

Bryan Martin semblait avoir quelques difficultés à se décider.

— Malheureusement, je ne peux pas vous en dire autant que je le voudrais. (Il hésita.) C'est difficile, voyez-vous. Tout a commencé en Amérique.

— En Amérique ?

— Mon attention a été attirée par pur hasard. Je me rendais à New York, en train, lorsque j'ai remarqué quelqu'un. Un petit bonhomme affreux, rasé de près, portant des lunettes, avec une dent en or.

— Ah ! Une dent en or !

— Précisément. C'est là le cœur du problème.

Poirot hocha plusieurs fois la tête.

— Je commence à comprendre. Continuez.

— Bon, comme je vous l'ai dit, j'avais remarqué ce type. Six mois plus tard, je l'ai revu, à Los Angeles. Sans raison, mais c'est comme ça. Cependant, jusque-là, rien d'anormal.

— Poursuivez.

— Un mois plus tard, je me suis rendu à Seattle, et peu après, qui je vois ? Mon bonhomme. *Mais cette fois, il portait une barbe.*

— Résolument étrange.

— N'est-ce pas ? Bien sûr, je ne me suis pas senti concerné à ce moment-là, mais lorsque je l'ai retrouvé à Los Angeles, sans sa barbe, puis à Chicago, avec une moustache et des sourcils différents, puis dans un village de montagne, déguisé en clochard... eh bien, j'ai commencé à m'interroger.

— Evidemment.

— Enfin... ma foi cela peut paraître étrange, mais je n'en ai plus douté : on me filait.

— Très étonnant !

— N'est-ce pas ? Je m'en suis assuré. Où que j'aille, je retrouvais cet homme à proximité, comme mon ombre, sous divers accoutrements. Heureusement, grâce à cette dent en or, je parvenais toujours à le repérer.

— Ah ! Cette dent en or, quelle aubaine !

— En effet.

— Je vous demande pardon, monsieur Martin, mais lui avez-vous jamais parlé ? Lui avez-vous demandé la raison de cette filature ?

— Non. (L'acteur hésita.) J'y ai songé une ou deux fois, mais j'y ai toujours renoncé. J'ai pensé que cela ne ferait que le mettre sur ses gardes et ne mènerait à rien. En voyant que je l'avais repéré, peut-être mettraient-ils quelqu'un d'autre sur ma trace ? Quelqu'un que je ne verrais pas.

— En effet... Quelqu'un qui n'aurait pas cette précieuse dent en or.

— Exactement. J'ai peut-être eu tort, mais c'est comme ça que je me suis imaginé les choses.

— Monsieur Martin, vous avez dit « ils » tout à l'heure. Qui entendez-vous par « ils » ?

— Oh ! C'était juste une façon de parler ! J'imagine, Dieu sait pourquoi, des « ils » nébuleux.

— Avez-vous des raisons de penser ça ?

— Non.

— Vous ne voyez pas du tout qui pourrait vouloir vous faire suivre, et pourquoi ?

— Je n'en ai pas la moindre idée. A moins que...

— Continuez, dit Poirot d'un ton encourageant.

— En fait, j'ai une idée, dit lentement Bryan Martin. Remarquez, ce n'est qu'une simple hypothèse.

— Les hypothèses deviennent parfois des certitudes, monsieur.

— Elle se rapporte à un incident qui s'est produit à Londres il y a environ deux ans. Un incident sans gravité, mais inexplicable et inoubliable. J'y ai souvent réfléchi depuis. Et comme je n'ai jamais pu lui trouver une explication, je suis enclin à me demander si cette histoire de filature ne serait pas en quelque sorte liée à ça. Mais qu'on me pende si je comprends pourquoi ou comment.

— J'y parviendrai peut-être.

— Oui, mais, voyez-vous... (Bryan Martin parut de nouveau embarrassé.) Ce qui m'ennuie, c'est qu'il m'est impossible de vous en parler, en tout cas pour l'instant. D'ici à un jour ou deux, peut-être.

Pour répondre au regard de Poirot, il poursuivit désespérément :

— C'est que, voyez-vous... une jeune fille est impliquée.

— Ah ! Parfaitement ! une Anglaise ?

— Oui. Du moins... pourquoi ?

— C'est très simple. Vous ne pouvez pas m'en parler maintenant, mais vous espérez pouvoir le faire d'ici un jour ou deux. C'est que vous désirez obtenir le consentement de la dame. Donc, elle est en Angleterre. Elle devait également être en Angleterre lorsqu'on vous filait, car si elle avait été en Amérique, vous seriez alors parti à sa recherche là-bas. Donc, puisqu'elle a passé ces dix-huit derniers mois en Angleterre, elle est probablement, mais ce n'est pas certain, de nationalité anglaise. Le raisonnement se tient, non ?

— Tout à fait. Alors, monsieur Poirot, si j'obtiens sa permission, vous occuperez-vous de cette affaire ?

Il y eut une pause. Poirot parut réfléchir. Il finit par demander :

— Pourquoi êtes-vous venu me voir, moi, d'abord, et non pas elle ?

— Eh bien, j'ai pensé... (Il hésita.) Je voulais la convaincre de... d'éclaircir certaines choses, je veux dire de vous charger de les éclaircir. Bref, si c'est vous qui vous occupez de l'affaire, rien ne sera rendu public, n'est-ce pas ?

— Cela dépend, répondit calmement Poirot.

— Que voulez-vous dire ?

— S'il y a un crime en question...

— Oh non ! Il ne s'agit pas d'un crime !

— Vous n'en savez rien. Tout est possible.

— Mais vous ferez de votre mieux pour elle... Pour nous ?

— Bien entendu.

Il marqua une pause, puis reprit :

— Dites-moi, cet homme qui vous suit, cette ombre, quel âge a-t-il ?

— Oh, plutôt jeune ! La trentaine.

— Ah ! dit Poirot. Voilà qui est étonnant. Cela rend la chose beaucoup plus intéressante.

Je le regardai fixement. Bryan Martin aussi. Cette remarque nous paraissait aussi incompréhensible à l'un qu'à l'autre. Bryan me jeta un regard interrogateur. Je secouai la tête.

— Oui, murmura Poirot. Cela rend toute l'histoire très intéressante.

— Il pourrait être plus âgé, reprit Bryan, pensif. Mais je ne pense pas.

— Non, non. Je suis certain que vous avez vu juste, monsieur Martin. Très intéressant. Extraordinairement intéressant.

Désarçonné par ces paroles énigmatiques, Bryan Martin ne savait plus que dire ni que faire. Il essaya une conversation à bâtons rompus.

— Amusante soirée, l'autre jour, dit-il. Jane Wilkinson est la femme la plus tyrannique qui ait jamais existé.

— Elle a une monovision, dit Poirot en souriant. Une chose à la fois.

— Et elle s'en tire toujours à bon compte, ajouta Martin. Je me demande comment les gens la supportent.

— On supporte un tas de choses de la part d'une jolie femme, mon bon ami, dit Poirot. Avec un nez en pied de marmite, un teint brouillé et des cheveux gras... ah ! elle ne s'en tirerait pas à bon compte, comme vous dites.

— Sans doute, concéda Bryan. Mais cela me rend fou parfois ! Bien que je lui sois tout dévoué, j'ai quelquefois l'impression qu'elle n'est pas tout à fait là.

— Au contraire, je dirais qu'elle est tout à fait là où il faut.

— Je ne pensais pas à ça. Elle sait défendre ses intérêts. Je suis d'accord. Elle a un grand sens des affaires. Non, j'entendais : moralement.

— Ah ! Moralement.

— Elle est ce qu'on appelle amorale. Le bien et le mal n'existent pas pour elle.

— Ah ! fit Poirot. Je me souviens vous avoir entendu dire quelque chose comme cela l'autre jour.

— Nous parlions de meurtre, tout à l'heure...

— Eh bien ?

— Eh bien, je ne serais pas surpris si Jane commettait un crime.

— Et vous la connaissez certainement très bien, murmura Poirot, songeur. Vous avez souvent tourné ensemble, je crois ?

— Oui. Je la connais des pieds à la tête et de la tête aux pieds. Je l'imagine très bien en train de tuer.

— Ah ! Elle s'emporte facilement ?

— Non, non, pas du tout. Elle est froide comme un concombre. Je veux dire que si quelqu'un se met sur sa route, elle l'éliminera sans hésiter. Et on ne pourrait pas vraiment lui en vouloir. Moralement, j'entends. Quiconque entrave la marche de Jane Wilkinson doit disparaître.

Il prononça ces derniers mots avec une amertume particulière. Cela évoquait-il pour lui un souvenir ?

— Vous pensez qu'elle pourrait commettre... un meurtre ?

Poirot l'observait attentivement.

Bryan prit une profonde inspiration.

— Sur mon âme, je le crois. Un de ces jours, vous vous souviendrez peut-être de mes paroles... Je la *connais*, vous savez. Elle tuerait aussi facilement qu'elle boit une tasse de thé. *Je ne plaisante pas, monsieur Poirot.*

Il s'était levé.

— Oui, dit Poirot tranquillement, je vois que vous ne plaisantez pas.

— Je la connais, répéta Bryan Martin. Comme ma poche.

Il resta un instant silencieux, puis déclara sur un autre ton :

— Quant à l'affaire dont je vous ai parlé, je vous ferai savoir ce qu'il en est d'ici quelques jours. Vous vous en occuperez, n'est-ce pas ?

Poirot le regarda un instant sans répondre.

— Oui, dit-il enfin, j'accepte. Je trouve cela... intéressant.

Il y avait quelque chose de bizarre dans la façon dont il prononça le dernier mot. Je descendis avec Bryan Martin. À la porte, il me demanda :

— Savez-vous à quoi il faisait allusion lorsque je lui ai annoncé l'âge de ce type ? Je veux dire, en quoi est-ce intéressant qu'il ait trente ans ? Je n'ai rien compris.

— Moi non plus, reconnus-je.

— Cela n'a aucun sens. Poirot a peut-être simplement voulu me faire marcher.

— Non, dis-je. Ce n'est pas son genre. Soyez sûr que s'il trouve ce détail significatif, c'est qu'il l'est.

— Eh bien, du diable si je vois en quoi. Je suis content que vous n'ayez rien compris non plus. Je me sens moins idiot.

Il prit congé et je rejoignis mon ami.

— Poirot, dis-je. Où vouliez-vous en venir à propos de l'âge de l'individu qui suivait Bryan Martin ?

— Vous ne voyez pas ? Mon pauvre Hastings ! (Il sourit et secoua la tête.) Qu'avez-vous pensé de notre entretien ?

— Il y a si peu de chose sur quoi s'appuyer... C'est difficile à dire. Si on en savait davantage...

— Mais cela ne vous a pas donné déjà quelques petites idées ?

A cet instant, le téléphone sonna, m'épargnant de reconnaître ignominieusement qu'aucune idée ne m'était venue. Je décrochai le combiné.

Une voix de femme retentit, claire, précise, efficace.

— Ici la secrétaire de lord Edgware. Lord Edgware vous prie de l'excuser, un déplacement imprévu pour Paris l'oblige à annuler son rendez-vous avec Mr Poirot demain matin. Il pourra rencontrer Mr Poirot quelques minutes aujourd'hui, à midi et quart, si cela lui convient.

Je consultai Poirot.

— Entendu, mon bon ami, allons-y ce matin, dit-il.

Je transmis le message.

— Parfait. A midi et quart ce matin.

Et elle raccrocha.

4

UN ENTRETIEN

Lorsque nous arrivâmes chez lord Edgware à Regent Gate, j'étais en proie à une vive curiosité. Je ne partageais pas l'engouement de Poirot pour la psychologie, mais les propos de lady Edgware sur son mari m'avaient fortement intrigué. J'avais hâte de me former ma propre opinion.

La demeure était imposante, d'une architecture sobre et même un peu sévère, sans jardinières aux fenêtres ni aucune de ces superfluités.

Contre toute attente, ce ne fut pas un vieux majordome aux cheveux blancs, en accord avec l'aspect de la maison, qui vint nous ouvrir, mais un des jeunes gens les plus beaux que j'aie jamais vus. Grand, blond, il aurait pu poser pour une sculpture d'Hermès ou d'Apollon. Malgré son remarquable physique, il y avait quelque chose de vaguement efféminé dans sa voix, qui me déplut. Curieusement, il me rappelait quelqu'un... une personne que j'avais rencontrée récemment... mais impossible de me souvenir de qui.

Nous demandâmes lord Edgware.

— Par ici, messieurs.

Il nous conduisit à l'autre bout du vestibule, après l'escalier. Il ouvrit une porte et nous annonça de cette même voix douce qui m'inspirait une méfiance instinctive. La pièce dans laquelle il nous fit entrer était une sorte de bibliothèque. Les murs étaient tapissés de livres, le mobilier sombre mais beau, les chaises austères et plutôt inconfortables.

Lord Edgware, qui se leva pour nous accueillir, était grand et paraissait avoir une cinquantaine d'années. Il avait des cheveux noirs légèrement grisonnants, un visage étroit, une bouche sarcastique. Il avait l'air amer et de mauvaise humeur. Son regard avait quelque chose de bizarre, de secret. Oui, décidément, il avait un regard étrange.

Il nous accueillit de façon froide et protocolaire :

— Monsieur Hercule Poirot ? Capitaine Hastings ? Veuillez vous asseoir.

Nous nous assîmes. Il faisait froid. La pièce n'était éclairée que par un rai de lumière venant de l'unique fenêtre, et la pénombre rendait l'atmosphère encore plus froide.

Lord Edgware avait à la main une lettre, sur laquelle je reconnus l'écriture de mon ami.

— J'ai entendu parler de vous, bien sûr, monsieur Poirot. Qui ne vous connaît pas ? (Poirot s'inclina devant le compliment.) Mais je ne comprends pas bien votre position, en l'occurrence. Vous dites que vous demandez à me voir de la part de... ma femme ?

Il prononça ces deux derniers mots d'une étrange façon, comme s'ils exigeaient un effort.

— C'est cela même, répondit mon ami.

— J'avais cru comprendre que vous vous occupiez de... crimes, monsieur Poirot ?

— De toutes sortes de problèmes, lord Edgware. Le crime en est un, mais il y en a d'autres.

— Sans doute. Et celui-là, en quoi consiste-t-il ?

Le sarcasme n'était même plus voilé. Poirot ne le releva pas.

— J'ai l'honneur de m'adresser à vous de la part de lady Edgware, dit-il. Lady Edgware, comme vous le savez sans doute, désire divorcer.

— Je suis au courant, répondit lord Edgware froidement.

— Elle voudrait que nous en discutions tous les deux.

— Il n'y a pas matière à discussion.

— Ainsi, vous refusez ?

— Moi ? Certainement pas.

Poirot ne s'attendait pas à ça. J'ai rarement eu l'occasion de voir mon ami aussi stupéfait. Ç'en était cocasse : la bouche ouverte, les mains écartées, les sourcils remontés sur le front... Il avait l'air d'un personnage de bande dessinée.

— Comment ? s'écria-t-il. Qu'est-ce que cela signifie ? Vous ne refusez pas ?

— J'ai beaucoup de mal à comprendre votre étonnement, monsieur Poirot.

— Vous consentez à accorder le divorce à votre épouse ?

— Mais certainement. Elle le sait très bien. Je le lui ai écrit.

— Vous le lui avez écrit ?

— Oui. Il y a six mois.

— Je ne comprends pas. Je ne comprends rien du tout. Je vous croyais hostile au divorce, par principe.

Lord Edgware resta silencieux.

— Je ne vois pas en quoi mes principes vous regardent, monsieur Poirot. Il est vrai que je n'ai pas divorcé d'avec ma première femme. Ma conscience ne me le permettait pas. Mon deuxième mariage, je le reconnais en toute franchise, a été une erreur. Lorsque ma femme m'a parlé de divorce, j'ai refusé net. Il y a six mois, elle m'a écrit, revenant à la charge. Je crois qu'elle désire se remarier... avec un acteur ou un type du même genre. Entre-temps, mes idées avaient changé. Je lui ai écrit à Hollywood pour le lui dire. Je ne comprends pas pourquoi elle s'est adressée à vous. Pour une question d'argent, sans doute.

Il avait de nouveau accompagné ses paroles d'un rictus méprisant.

— C'est très curieux, marmonna Poirot. Extrêmement curieux. Il y a là quelque chose qui m'échappe.

— Pour ce qui est de l'argent, poursuivit lord Edgware, ma femme m'a quitté de son plein gré. Si elle veut épouser quelqu'un d'autre, je peux lui rendre sa liberté, mais il n'y a aucune raison pour qu'elle reçoive de moi le moindre centime, et elle ne recevra rien.

— Il n'a pas été question d'arrangement financier.

Lord Edgware leva un sourcil étonné.

— Jane doit épouser quelqu'un de très riche, murmura-t-il avec cynisme.

— Il y a quelque chose que je ne comprends pas, reprit Poirot, l'air perplexe, le visage ridé à force de réfléchir. Lady Edgware m'a dit qu'elle s'était adressée à vous à plusieurs reprises par l'intermédiaire d'avocats.

— C'est exact, fit lord Edgware sèchement. Avocats

anglais, avocats américains, toutes sortes d'avocats, jusqu'aux plus fieffés filous. Finalement, comme je vous l'ai dit, elle m'a écrit elle-même.

— Vous avez d'abord refusé ?

— C'est exact.

— Mais en recevant sa lettre, vous avez changé d'avis. Pourquoi avez-vous changé d'avis, lord Edgware ?

— Sa lettre n'y a été pour rien, répondit-il vivement. J'avais changé d'idée, c'est tout.

— Ce changement a été bien soudain.

Lord Edgware ne répondit pas.

— Quelles sont les circonstances qui vous ont amené à changer d'avis, lord Edgware ?

— Cela ne vous regarde pas, monsieur Poirot. Je n'ai pas l'intention de vous en parler. Disons que j'ai fini petit à petit par comprendre l'avantage que j'aurais à mettre fin — vous excuserez mon franc-parler — à ce que je considérais comme une association dégradante. Mon second mariage a été une erreur.

— C'est aussi l'avis de votre femme, dit Poirot doucement.

— Vraiment ?

Une étrange lueur brilla un instant dans son regard.

Il se leva, coupant court à l'entretien. Comme nous prenions congé, il se radoucit un peu.

— Je suis désolé d'avoir dû déplacer notre rendez-vous. Je dois partir pour Paris demain.

— Oui, bien sûr.

— Il y a une vente d'œuvres d'art, en fait. J'ai l'œil sur une petite statuette, un objet parfait dans son genre... un genre *macabre*, peut-être. Mais j'aime le *macabre*. Je l'ai toujours aimé. J'ai des goûts spéciaux.

Il eut un étrange sourire. J'avais remarqué les livres qui se trouvaient près de moi, sur les étagères : les *Mémoires* de Casanova, le marquis de Sade, les tortures médiévales...

Je me souvins du petit frisson qu'avait eu Jane Wilkinson en parlant de son mari. Ce n'était pas de la comédie. Je me demandai quel homme était exactement George Alfred St Vincent Marsh, quatrième baron Edgware.

Il sonna, tout en nous faisant très aimablement ses adieux. Son dieu grec de valet nous attendait dans le vestibule. En refermant la porte de la bibliothèque derrière moi, je jetai un coup d'œil dans la pièce et faillis laisser échapper une exclamation.

Le sourire suave avait disparu. Lord Edgware avait les lèvres pincées en un rictus mauvais, ses yeux brillaient de fureur, d'une rage proche de la démence.

Je ne m'étonnai plus que deux épouses l'aient quitté. Ce qui m'émerveillait, c'était la maîtrise de soi qu'il possédait. Avoir réussi à garder un tel sang-froid pendant toute l'entrevue, à rester d'une politesse aussi distante !

Nous allions sortir quand une porte latérale s'ouvrit et une jeune fille apparut. Elle eut un léger mouvement de recul en nous voyant.

Grande et mince, elle avait les cheveux noirs et le teint pâle. Ses yeux sombres, étonnés, croisèrent les miens un instant. Puis, comme une ombre, elle rentra dans la pièce et referma la porte.

Une fois dans la rue, Poirot héla un taxi et demanda au chauffeur de nous conduire au *Savoy*.

— Eh bien, Hastings, dit-il l'œil brillant, cet entretien ne s'est pas du tout déroulé comme je l'attendais.

— Quel homme extraordinaire, ce lord Edgware !

Je lui racontai ce que j'avais vu en refermant la porte de la bibliothèque. Mon ami hocha lentement la tête, pensif.

— Je crois qu'il frise la folie, Hastings. Je suis presque certain qu'il s'adonne à toutes sortes de vices étranges, et qu'il dissimule sous son apparente froideur une profonde cruauté.

— Pas étonnant que ses deux femmes l'aient quitté.

— En effet.

— Poirot, avez-vous remarqué une jeune fille au moment où nous sortions ? Une brune au teint pâle ?

— Oui, je l'ai vue, mon ami. Une jeune fille terrifiée et profondément malheureuse.

Sa voix était grave.

— Qui est-ce, à votre avis ?

— Sa fille, sans doute. Il en a une.

— C'est vrai qu'elle avait l'air terrifiée, dis-je lentement. Cette maison doit être bien sinistre, pour une jeune fille !

— Sans doute. Ah ! Nous y sommes, mon ami ! Allons annoncer la bonne nouvelle à lady Edgware.

Jane était là. Après l'avoir prévenue par téléphone, l'employé de la réception nous pria de monter. Un groom nous mena jusqu'à sa porte.

Une femme entre deux âges vint nous ouvrir, soignée, avec des lunettes et des cheveux gris, coiffés bien serrés. De la chambre, la voix rauque de Jane l'interpella.

— C'est Mr Poirot, Ellis ? Priez-le de s'asseoir. J'enfile une guenille et j'arrive.

— Eh bien ? demanda Jane Wilkinson en entrant.

La guenille en question était un déshabillé vaporeux qui en révélait plus qu'il n'en cachait.

Poirot se leva et lui baisa la main.

— C'est le mot, madame. Tout est bien.

— Que voulez-vous dire ?

— Lord Edgware est tout à fait disposé à accepter le divorce.

— Quoi ?

Sa stupéfaction était sincère, ou alors Jane Wilkinson était une extraordinaire comédienne.

— Monsieur Poirot, vous avez réussi ! Du premier coup ! Mais vous êtes un véritable génie ! Comment diable vous y êtes-vous pris ?

— Je ne peux pas accepter des compliments que je n'ai pas mérités, madame. Votre mari vous a écrit voilà six mois pour vous signifier son consentement.

— Que dites-vous ? *Il m'a écrit ?* Où cela ?

— Lorsque vous étiez à Hollywood, si j'ai bien compris.

— Je n'ai jamais reçu cette lettre. Elle a dû s'égarer. Quand je pense que j'ai passé des mois à réfléchir, à tirer des plans, à m'énerver, à devenir presque folle !

— Lord Edgware semblait croire que vous aviez l'intention d'épouser un acteur.

— Bien sûr. C'est ce que je lui ai dit. (Elle sourit, ravie. Soudain, comme une enfant, l'inquiétude la prit.) Dites-moi, monsieur Poirot, vous ne lui avez pas parlé du duc, j'espère ?

— Non, non, rassurez-vous. Je suis discret. Cela n'aurait pas arrangé vos affaires, hein ?

— Ma foi, vous savez, il est étrangement mesquin de nature ! Dans mon mariage avec Merton, il verrait une sorte de promotion sociale, et il s'empresserait de me mettre des bâtons dans les roues. Tandis qu'un acteur de cinéma, c'est différent. Mais, tout de même, je n'en reviens pas. Je suis très surprise. Vous n'êtes pas surprise, Ellis ?

J'avais remarqué que la femme de chambre allait et venait dans la chambre en rangeant divers vêtements qui traînaient. A mon avis, elle écoutait la conversation. Maintenant, il apparaissait que Jane ne lui cachait rien.

— Sans aucun doute, milady. Sa Seigneurie a dû beaucoup changer, dit-elle d'un ton plein de mépris.

— Oui, en effet, fit Jane, songeuse.

— Vous ne comprenez pas son attitude ? Elle vous étonne ? demanda Poirot.

— Oh oui ! Mais qu'importe, après tout. L'essentiel c'est qu'il ait changé d'avis, quelles qu'en soient les raisons.

— Cela ne vous intéresse peut-être pas, madame, mais cela m'intéresse, moi.

Jane ne lui prêta pas attention.

— Ce qui compte, c'est que je suis libre... enfin !

— Pas encore, madame.

Elle lui lança un regard agacé.

— Disons que je vais être libre, cela revient au même !

Poirot n'avait pas l'air de penser que c'était la même chose.

— Le duc est à Paris, reprit Jane. Je vais lui envoyer une dépêche sur-le-champ. Seigneur, sa vieille mère va être folle !

Poirot se leva.

— Je me réjouis, madame, que tout s'arrange conformément à vos vœux.

— Au revoir, monsieur Poirot, et merci mille fois.

— Je n'ai rien fait.

— Vous m'avez au moins fait part de la bonne nouvelle, monsieur Poirot, et je vous en suis très reconnaissante. Vraiment.

— Et voilà, me dit Poirot tandis que nous quittions l'hôtel. Une seule idée : elle-même ! Elle ne se pose aucune question, elle n'est pas curieuse de savoir pourquoi cette lettre ne lui est jamais parvenue. Vous avez remarqué, Hastings, cette femme est d'une habileté peu commune en affaires, mais elle n'a aucune intelligence. Eh bien, le bon Dieu ne peut pas tout donner.

— Sauf à Hercule Poirot, dis-je ironiquement.

— Vous vous moquez de moi, mon ami, répondit-il d'un air serein. Venez, allons nous promener sur les quais. J'ai besoin de mettre mes idées en ordre.

J'observai un silence discret en attendant que l'oracle daignât se prononcer.

— Cette lettre m'intrigue, dit-il enfin. Je vois quatre solutions à ce problème, mon bon ami.

— Quatre ?

— Oui. Premièrement, elle peut avoir été égarée par la poste. Cela arrive, vous savez. Mais rarement. Oui, rarement. Avec une adresse erronée, elle serait revenue à lord Edgware depuis longtemps. Non, je suis enclin à rayer cette solution — bien que ce soit peut-être la bonne.

» Deuxième solution : notre ravissante dame ment lorsqu'elle déclare ne pas l'avoir reçue. C'est évidemment possible. Cette charmante dame est capable de raconter n'importe quoi avec la plus parfaite candeur si elle y trouve un avantage. Mais je ne vois pas, Hastings, où serait son avantage. Si elle sait qu'il accepte de divorcer, pourquoi m'envoyer le lui demander ? Cela n'a pas de sens.

» Troisième solution : lord Edgware ment. Et si quelqu'un ne dit pas la vérité, c'est probablement lui. Mais je n'en vois pas le motif. Pourquoi inventer une histoire de lettre envoyée il y six mois ? Au lieu d'accepter simplement ma proposition ? Non, je pense qu'il a en effet envoyé cette lettre. Mais je n'arrive pas à comprendre ce qui a pu lui faire changer d'idée.

» Nous en arrivons à la quatrième solution : quelqu'un a escamoté la lettre. Et là, Hastings, nous entrons dans un champ de spéculation fort intéressant, car cette lettre a pu être interceptée aux deux bouts : en Amérique ou en Angleterre.

» La personne qui l'a fait disparaître ne voulait pas voir ce mariage dissous. Je donnerais cher pour connaître le fin mot de l'énigme, Hastings. Il y a là quelque chose... Je jurerais qu'il y a quelque chose...

Il marqua une pause et ajouta lentement :

— Quelque chose que pour l'instant je ne fais qu'entrevoir.

5

LE MEURTRE

Le lendemain était le 30 juin. Il était 9 h 30 lorsqu'on nous annonça que l'inspecteur Japp nous attendait en bas avec impatience.

Cela faisait des années que nous n'avions pas vu l'inspecteur de Scotland Yard.

— Ah, ce bon Japp ! dit Poirot. Je me demande ce qu'il veut.

— De l'aide, rétorquai-je. Il est sur une affaire où il nage, et il vient faire appel à vous.

Je n'avais pas pour Japp l'indulgence de Poirot. Ce n'était pas tant cette manie qu'il avait de profiter de son cerveau que je lui reprochais — après tout, Poirot s'en amusait et s'en trouvait flatté. Ce qui m'irritait, c'était son hypocrisie, sa manière de faire semblant qu'il n'en était rien. J'aime que les gens soient francs. Je fis part de mes sentiments à Poirot, qui éclata de rire.

— Vous n'en démordez pas, hein, Hastings ? Mais n'oubliez pas que ce pauvre Japp doit sauver la face.

C'est pour cela qu'il joue sa petite comédie. C'est bien naturel !

Je trouvais cela tout simplement ridicule et je le luis dis. Poirot n'était pas de cet avis.

— L'apparence, mon bon ami, c'est une bagatelle, mais à laquelle les gens attachent de l'importance. Elle leur permet de sauvegarder leur amour-propre.

Personnellement, j'estimais qu'une petite touche de complexe d'infériorité ne ferait pas de mal à Japp, mais à quoi bon discuter ? D'ailleurs, j'étais curieux d'apprendre ce qui l'amenait.

Il nous salua tous les deux chaleureusement.

— Vous alliez prendre votre petit déjeuner, je vois. Vous n'avez pas encore trouvé les poules qui pondent des œufs carrés, monsieur Poirot ?

C'était une allusion au fait que Poirot avait l'habitude de se plaindre de l'irrégularité de la taille des œufs, ce qui offensait son sens de la symétrie.

— Pas encore, répondit mon ami en souriant. Qu'est-ce qui vous amène de si bonne heure, mon bon Japp ?

— Il n'est pas si tôt que cela, du moins pour moi. Je suis debout et au travail depuis déjà deux heures. Quant à l'objet de ma visite, eh bien, c'est un meurtre.

— Un meurtre ?

Japp confirma d'un signe de tête.

— Lord Edgware a été assassiné la nuit dernière dans sa résidence de Regent Gate. Poignardé dans le cou par sa femme.

— Par sa femme ? m'exclamai-je.

En un éclair, je me souvins de ce que nous avait dit Bryan Martin la veille. Etait-ce de la prescience ? Je me rappelai également la désinvolture avec laquelle Jane parlait de se débarrasser de son mari. Amorale, avait dit Bryan Martin. Oui, c'était bien ça. Insensible, égoïste et idiote. Comme il l'avait bien jugée !

— Oui, poursuivait Japp. Actrice, vous savez. Très connue. Jane Wilkinson. Mariée avec lui depuis trois ans. Ça ne marchait pas. Elle l'avait quitté.

Poirot avait l'air grave et perplexe.

— Qu'est-ce qui vous fait supposer que c'est elle qui l'a tué ?

— Oh ! ce n'est pas une supposition ! On l'a reconnue. Elle n'a rien fait pour se cacher, du reste. Elle a pris un taxi...

— Un taxi... répétai-je involontairement.

C'était exactement ce qu'elle avait dit, au *Savoy.*

— ... elle a sonné et a demandé lord Edgware. Il était 10 heures. Le majordome a dit qu'il allait voir. « Oh ! elle a dit, froide comme un concombre. Inutile. Je suis lady Edgware. Je suppose qu'il est dans la bibliothèque. » Sur ce, elle ouvre la porte, entre et referme derrière elle.

» Le majordome a trouvé cela étrange, mais après tout... Il est redescendu. Environ dix minutes plus tard, il a entendu la porte d'entrée se refermer. Donc, elle n'était pas restée longtemps. Il a verrouillé la porte pour la nuit vers 23 heures. Il a ouvert celle de la bibliothèque, mais il faisait noir, alors il a pensé que son maître était allé se coucher. Ce matin, une femme de chambre a découvert le corps. Poignardé dans la nuque, à la racine des cheveux.

— Il n'y a pas eu de cris ? On n'a rien entendu ?

— Ils disent que non. Les portes de la bibliothèque sont bien capitonnées, vous savez. Et il y avait le bruit de la rue. Poignardé de cette façon, la mort survient à une vitesse stupéfiante. Droit dans le bulbe rachidien a dit le docteur. Si on frappe au bon endroit, on tue son homme sur le coup.

— Cela implique qu'on sache où frapper. Et qu'on ait certaines connaissances médicales, remarqua Poirot.

— C'est vrai. Un point à sa décharge pour l'instant. Mais neuf contre un que c'est un hasard. Elle a eu de la chance. Il y a des gens qui ont une chance incroyable, vous savez.

— Une chance qui la mènera au bout d'une corde, mon ami.

— Bien sûr, c'était stupide. Débarquer comme ça en donnant son nom et tout.

— En effet, c'est curieux.

— Elle n'avait peut-être pas de mauvaises intentions. Ils se sont disputés, elle a sorti un canif et lui a donné un coup.

— C'était un canif ?

— Quelque chose de ce genre, d'après le docteur. En tout cas, elle l'a emporté. On ne l'a pas retrouvé dans la blessure.

Poirot secoua la tête.

— Non, non, mon ami, ce n'est pas ça. Je connais la dame. Elle serait tout à fait incapable de commettre un acte aussi impulsif. Par ailleurs, elle n'aurait sans doute pas eu de canif sur elle. Rares sont les femmes qui en ont, et certainement pas Jane Wilkinson.

— Vous dites que vous la connaissez, monsieur Poirot ?

— Oui, je la connais.

Il n'en dit pas plus. Japp l'observait d'un œil inquisiteur.

— Vous avez une petite idée en tête, monsieur Poirot ? demanda-t-il enfin.

— Ah ! s'écria Poirot, j'y pense : pourquoi êtes-vous venu à moi, hein ? Pas pour le simple plaisir de passer un moment avec un vieux camarade. Assurément pas. Vous avez là un beau crime bien clair. Vous avez l'assassin. Vous avez le mobile — au fait, quel est le mobile exact ?

— Elle voulait en épouser un autre. On l'a entendue le dire pas plus tard que la semaine dernière. On l'a aussi entendue proférer des menaces. Affirmer qu'elle allait prendre un taxi et l'éliminer.

— Ah ! fit Poirot. Vous êtes bien renseigné, très bien renseigné. Quelqu'un s'est montré très obligeant.

Son regard appelait une réponse, mais Japp resta silencieux.

— Il y a toujours des bruits qui circulent, monsieur Poirot, dit-il enfin, impassible.

Poirot hocha la tête et prit le journal. Japp avait dû l'ouvrir en nous attendant, et le mettre brusquement de côté en nous voyant arriver. Machinalement, Poirot le remit dans ses plis. Si ses yeux étaient fixés sur le journal, son esprit était occupé ailleurs.

— Vous n'avez pas répondu à ma question, dit-il. Puisque tout coule de source, pourquoi êtes-vous venu me voir ?

— Parce que je sais que vous étiez à Regent Gate hier matin.

— Je vois.

— Quand j'ai appris ça, je me suis dit : Tiens, tiens ! Lord Edgware convoque Hercule Poirot. Pourquoi ? Que soupçonne-t-il ? Que craint-il ? Avant de prendre une décision, je ferais bien d'aller lui en toucher un mot.

— Que voulez-vous dire par « prendre une décision » ? Arrêter cette dame, je suppose ?

— Précisément.

— Vous ne l'avez pas encore vue ?

— Oh ! si, je l'ai vue ! Je me suis rendu immédiatement au *Savoy*. Je n'allais pas risquer de la laisser filer.

— Ah ! Et vous...

Il s'interrompit. Son regard, qui fixait jusqu'à présent le journal, sans le voir, changea soudain d'expression. Il leva la tête et demanda, d'un ton entièrement différent.

— Alors, qu'a-t-elle dit ? Eh bien, mon ami, qu'a-t-elle dit ?

— Je lui ai expliqué que nous avions besoin de sa déposition, je l'ai informée de ses droits — le discours habituel, quoi. Vous ne pourrez pas dire que la justice anglaise n'est pas régulière.

— Ridiculement, à mon avis. Mais continuez. Qu'a fait la dame ?

— Elle a piqué une crise de nerfs, voilà ce qu'elle a fait. Elle s'est roulée par terre, a levé les bras au ciel, et finalement s'est effondrée. Oh ! elle a été parfaite ! Il faut lui rendre cette justice. Un joli numéro !

— Ah ! fit Poirot, légèrement narquois. Vous avez donc eu l'impression qu'elle jouait la comédie ?

— Qu'est-ce que vous croyez ? rétorqua Japp avec un clin d'œil vulgaire. On ne me la fait pas. Elle ne s'est pas évanouie, non, pas elle. Juste un petit coup d'essai. Elle s'amusait beaucoup. J'en suis sûr, cette petite comédie l'amusait.

— Oui, fit Poirot, songeur. C'est parfaitement possible. Ensuite ?

— Oh ! Elle est revenue à elle — du moins elle a fait semblant. Elle a gémi, grogné, fait tant d'histoires que sa revêche femme de chambre lui a apporté des sels ; elle a fini par récupérer assez pour réclamer son avocat. Elle ne voulait plus rien dire sans son avocat. D'abord l'hystérie, et tout de suite après l'avocat, vous trouvez ça normal ?

— Tout à fait normal dans ce cas, répondit calmement Poirot.

— Vous voulez dire, parce qu'elle est coupable et qu'elle le sait ?

— Pas du tout, je veux dire étant donné son tempérament. D'abord, elle vous offre sa conception du rôle de l'épouse qui apprend soudain la mort de son mari. Ensuite, après avoir satisfait son talent dramatique, sa sagacité naturelle la pousse à réclamer son avocat. Qu'elle éprouve du plaisir à monter une mise en scène ne prouve pas qu'elle soit coupable. Cela signifie simplement qu'elle est une actrice-née.

— Elle ne peut pas être innocente. C'est évident.

— Vous êtes bien catégorique, dit Poirot. Vous dites qu'elle n'a pas fait de déclaration ? Aucune espèce de déclaration ?

— Elle ne voulait pas dire un mot sans son avocat. La femme de chambre lui a téléphoné. J'ai laissé deux de mes hommes là-bas et je suis venu vous voir. J'ai pensé qu'il valait mieux que je m'informe avant de prendre d'autres mesures.

— Et pourtant, vous êtes sûr de votre affaire ?

— Naturellement, j'en suis sûr. Mais j'aime autant réunir le plus d'éléments possibles. Vous savez, ce meurtre va faire beaucoup de bruit. Ce n'est pas une petite affaire. Tous les journaux en seront pleins. Et vous connaissez la presse.

— A propos de presse, dit Poirot. Comment expliquez-vous ceci, cher ami ? Vous n'avez pas bien lu votre journal ce matin.

Il lui indiqua du doigt un paragraphe à la rubrique des mondanités. Japp le lut à voix haute.

Sir Montagu Corner a donné une grande soirée hier, dans son hôtel de Chiswick, au bord de la Tamise. Parmi les personnalités présentes, on a pu remarquer sir George et lady du Fisse, Mr James Blunt, le célèbre critique dramatique, sir Oscar Hammerfeldt, des studios cinématographiques Overton, miss Jane Wilkinson (lady Edgware), et beaucoup d'autres.

Un instant, Japp parut démonté. Mais il se reprit rapidement.

— Et alors ? Ce communiqué a été envoyé à la presse avant la soirée. Vous verrez que notre petite dame n'y était pas, ou qu'elle est arrivée en retard, vers 23 heures, par exemple. Allons, monsieur, il ne faut pas prendre tout ce que l'on raconte dans la presse pour parole d'évangile. Vous devriez le savoir mieux que personne.

— Oh ! je sais, je sais ! J'ai trouvé ça curieux, c'est tout.

— C'est une coïncidence, comme il en arrive parfois. Cela dit, monsieur Poirot, je sais d'amère expérience que vous êtes aussi fermé qu'une huître. Mais vous allez me dire ce que vous savez, n'est-ce pas ? Vous allez me dire pourquoi lord Edgware vous a fait appeler ?

Poirot secoua la tête.

— Lord Edgware ne m'a pas fait appeler. C'est moi qui ai sollicité un rendez-vous.

— Vraiment ? Et pour quelle raison ?

Poirot hésita un instant.

— Je vais répondre à votre question, dit-il lentement. Mais j'aimerais le faire à ma façon.

Japp poussa un grognement. Je sympathisai secrètement avec lui. Poirot est prodigieusement exaspérant, parfois.

— Je vous demanderai, poursuivit-il, de me laisser téléphoner à quelqu'un pour le prier de venir.

— A qui ?

— A Mr Bryan Martin.

— La vedette de cinéma ? Qu'est-ce qu'il a à voir avec tout ça ?

— Je crois que ce qu'il a à dire vous paraîtra intéressant, et peut-être utile, déclara Poirot. Hastings, vous voulez bien... ?

Je pris l'annuaire. Bryan Martin habitait dans un des grands immeubles avoisinant St James' Park.

— Victoria 49499.

— Allô ! Qui est à l'appareil ? demanda la voix quelque peu endormie de l'acteur.

— Que dois-je lui dire ? demandai-je en couvrant le combiné de ma main.

— Dites-lui, répondit Poirot, que lord Edgware a été assassiné, et que je lui serais très obligé s'il pouvait venir me voir tout de suite.

Je répétai scrupuleusement ces paroles. A l'autre bout du fil, j'entendis une exclamation de surprise.

— Mon Dieu ! fit Martin. *Alors, elle l'a fait !* J'arrive immédiatement.

— Qu'a-t-il dit ? s'enquit Poirot.

Je le lui répétai.

— Ah ! fit-il. (Il paraissait satisfait.) « *Alors, elle l'a fait !* » C'est ce qu'il a dit ? C'est bien ce que je pensais. C'est exactement ce que je pensais.

Japp lui lança un regard curieux.

— Je ne vous comprends pas, monsieur Poirot. D'abord, vous semblez croire que cette femme n'a rien fait. Et maintenant, vous prétendez que vous le saviez depuis le début !

Poirot se contenta de sourire.

6

LA VEUVE

Tandis que nous attendions Bryan Martin, Poirot aborda uniquement des sujets étrangers à l'affaire, et se refusa résolument à satisfaire la curiosité de Japp. Dix minutes plus tard, le jeune acteur était là.

Manifestement, la nouvelle l'avait bouleversé. Il avait le visage livide et les traits tirés.

— Mon Dieu ! monsieur Poirot, dit-il en lui serrant la main. Quelle horrible histoire ! J'en suis tout secoué. Et pourtant, je ne peux pas dire que cela m'étonne. J'ai toujours pensé qu'une chose pareille pourrait survenir. Vous vous souvenez peut-être de ce que je vous ai dit hier ?

— Mais oui, mais oui, dit Poirot. Je me souviens parfaitement de ce que vous m'avez dit hier. Laissez-moi vous présenter à l'inspecteur Japp, qui est chargé de l'enquête.

Bryan Martin lui lança un regard de reproche.

— Je ne savais pas, murmura-t-il. Vous auriez dû me prévenir.

Il salua froidement l'inspecteur et s'assit, les lèvres serrées.

— Je ne vois pas pourquoi vous m'avez convoqué, objecta-t-il. Tout cela ne me regarde pas.

— Je pense que si, dit Poirot aimablement. Quand il s'agit de meurtre, on doit passer outre ses répugnances personnelles.

— Mais non. J'ai joué avec Jane. Je la connais bien. C'est une amie, nom de Dieu !

— Et pourtant, remarqua Poirot d'un ton ironique, en apprenant que lord Edgware avait été tué, vous avez conclu aussitôt que c'était elle l'assassin.

L'acteur tressaillit.

— Vous voulez dire... (Les yeux lui sortaient de la tête.) Vous voulez dire qu'elle n'y est pour rien ? Que je me suis trompé ?

— Non, non, Mr Martin, intervint Japp. C'est bien elle.

Le jeune homme se renfonça dans son fauteuil.

— J'ai cru, un instant, avoir commis la plus épouvantable des méprises, murmura-t-il.

— Dans une affaire comme celle-ci, il ne faut pas céder à ses sympathies personnelles, déclara fermement Poirot.

— Oui, mais...

— Mon jeune ami, voulez-vous sérieusement vous ranger du côté d'une femme qui a commis un meurtre ? Un meurtre, le plus répugnant des crimes humains.

— Vous ne comprenez pas, fit Bryan Martin en soupirant. Jane n'est pas une meurtrière ordinaire. Elle... elle n'a aucune notion du bien et du mal. Sincèrement, elle n'est pas responsable.

— Ce sera aux jurés d'en décider, trancha Japp.

— Allons, allons, dit gentiment Poirot. Ce n'est pas comme si vous l'accusiez. Elle l'est déjà. Vous ne pouvez pas refuser de nous dire ce que vous savez. Vous avez un devoir envers la société, jeune homme.

— Vous avez sans doute raison, soupira Martin. Que voulez-vous que je vous raconte ?

Poirot regarda Japp, qui demanda :

— Avez-vous jamais entendu lady Edgware, ou si vous préférez miss Wilkinson, proférer des menaces contre son mari ?

— Oui, plusieurs fois.

— Qu'a-t-elle dit ?

— Que s'il ne lui rendait pas sa liberté, elle serait obligée de s'en débarrasser.

— Ce n'était pas une plaisanterie, hein ?

— Non. Je pense qu'elle parlait sérieusement. Un jour, elle a dit qu'elle prendrait un taxi et qu'elle irait le tuer. Vous l'avez entendu vous-même, monsieur Poirot ?

Il en appelait désespérément à mon ami. Poirot acquiesça.

Japp poursuivit son interrogatoire.

— Mr Martin, on nous a dit qu'elle voulait retrouver sa liberté pour épouser quelqu'un d'autre. Savez-vous de qui il s'agit ?

— Oui... du duc de Merton.

— Le duc de Merton ! Fichtre ! dit l'inspecteur avec un petit sifflement. Elle vise haut, hein ? Il paraît que c'est un des hommes les plus riches d'Angleterre.

Bryan hocha la tête, plus abattu que jamais.

Je ne comprenais pas l'attitude de Poirot. Il restait carré au fond de son fauteuil, les doigts croisés, hochant la tête en cadence, comme quelqu'un qui écoute, satisfait, le disque qu'il vient de poser sur le gramophone.

— Son mari ne voulait pas divorcer ?

— Non. Il s'y refusait catégoriquement.
— Vous en êtes certain ?
— Oui.
— Et maintenant, déclara Poirot, reprenant part soudain à l'interrogatoire, c'est là que j'interviens, mon bon Japp. Lady Edgware m'a elle-même demandé d'aller trouver son mari pour obtenir de lui qu'il accepte le divorce. J'avais rendez-vous avec lui ce matin.
Bryan Martin secoua la tête.
— Cela n'aurait servi à rien, assura-t-il. Edgware n'aurait jamais voulu.
— Vous croyez ? fit Poirot en lui lançant un regard aimable.
— J'en suis certain. Jane le savait bien. Au fin fond d'elle-même. Elle n'espérait guère en votre succès. Elle avait renoncé. L'homme était un monomaniaque du divorce.
Poirot sourit. Ses yeux devinrent soudain très verts.
— Vous vous trompez, mon cher ami, dit-il doucement. J'ai vu lord Edgware hier, *et il était prêt à divorcer.*
De toute évidence, Bryan fut totalement ahuri par la nouvelle. Il regarda Poirot, les yeux hors de la tête.
— Vous... vous l'avez vu hier ? bredouilla-t-il.
— A 12 h 15, répondit Poirot avec son habituelle précision.
— Et il a accepté de divorcer ?
— Il a accepté de divorcer.
— Vous auriez dû prévenir Jane immédiatement ! s'écria le jeune homme d'un ton réprobateur.
— C'est ce que j'ai fait, monsieur Martin.
— Vous l'avez fait ? s'exclamèrent ensemble Martin et Japp.
Poirot sourit.
— Voilà qui altère un peu le mobile, n'est-ce pas ? murmura-t-il. A présent, monsieur Martin, veuillez regarder ceci.
Il lui montra l'article du journal. Bryan le lut sans manifester un grand intérêt.
— Vous voulez dire que cela constitue un alibi ?

J'imagine que c'est à un moment donné de la soirée d'hier qu'on a tiré sur lord Edgware ?

— Qu'on l'a poignardé, oui.

Martin reposa lentement le journal.

— Je crains que cela ne serve à rien, dit-il à regret. Jane n'a pas assisté à ce dîner.

— Comment le savez-vous ?

— Je ne sais plus. Quelqu'un me l'a dit.

— C'est dommage, fit Poirot, songeur.

Japp le regarda d'un air curieux.

— Je ne vous comprends pas, monsieur. On dirait maintenant que vous ne voulez pas qu'elle soit coupable.

— Non, non, mon bon Japp. Je n'ai aucun parti pris. Mais, sincèrement, telle que vous la présentez, cette affaire révolte l'intelligence.

— Comment ça, révolte l'intelligence ? Elle ne révolte pas la mienne.

Je vis les mots trembler au bord des lèvres de Poirot. Mais il les retint.

— Voilà une jeune femme qui, selon vous, veut se débarrasser de son mari. Je suis d'accord sur ce point. Elle me l'a avoué elle-même. Eh bien, comment va-t-elle s'y prendre ? Elle répète haut et fort devant témoins qu'elle envisage de le tuer. Puis, un soir, elle se rend chez lui, se fait annoncer, le poignarde et s'en va. Comment appelez-vous ça, mon ami ? Est-ce que ça a le moindre sens commun ?

— C'est un peu idiot évidemment.

— Un peu idiot ? Mais c'est l'imbécillité même !

— Eh bien, dit Japp en se levant, c'est tout bénéfice pour la police si les criminels perdent la tête. Il faut que je retourne au *Savoy*, maintenant.

— Me permettez-vous de vous accompagner ?

Japp n'y vit pas d'objection et nous nous mîmes en route. Bryan Martin nous quitta à contrecœur. Il semblait dans un état de nervosité extrême. Il nous pria instamment de lui communiquer les développements ultérieurs de l'enquête.

— Ce jeune homme a les nerfs à fleur de peau, remarqua Japp.

Poirot opina.

Un monsieur aux allures d'homme de loi arriva en même temps que nous au *Savoy*. Nous montâmes ensemble dans les appartements de Jane. Japp demanda à l'un de ses hommes s'il y avait du nouveau.

— Elle a voulu téléphoner.

— Où ça ? demanda vivement l'inspecteur.

— Chez Jay. Pour sa tenue de deuil.

Japp poussa un juron étouffé, et nous entrâmes dans l'appartement.

La veuve de lord Edgware essayait des chapeaux devant sa coiffeuse. Elle était vêtue d'un ensemble vaporeux noir et blanc, et nous accueillit avec un sourire éblouissant.

— Oh ! monsieur Poirot, comme c'est gentil à vous d'être venu ! Mr Moxon, poursuivit-elle à l'intention de l'homme de loi, je suis si heureuse de vous voir. Asseyez-vous près de moi et dites-moi à quelles questions je dois répondre. L'homme ici présent semble croire que je suis sortie pour aller tuer George ce matin.

— Hier soir, madame, corrigea Japp.

— Vous avez dit ce matin. 10 heures.

— J'ai dit 10 heures du soir.

— Ah ! Eh bien, j'ai confondu 10 heures du soir et 10 heures du matin.

— Il est à peine 10 heures, maintenant, remarqua sévèrement l'inspecteur.

Jane ouvrit de grands yeux.

— Seigneur, murmura-t-elle, cela fait des années que je ne me suis pas réveillée si tôt. L'aube devait être à peine levée lorsque vous êtes venus.

— Un moment, inspecteur, dit Mr Moxon, de sa voix posée d'homme de loi. Quand ce regrettable... heu... cet affreux événement s'est-il produit ?

— Hier soir, monsieur, vers 10 heures.

— Eh bien, dit Jane vivement, c'est parfait ! Je dînais en ville. Oh ! (Elle se couvrit soudain sa bouche.) Je n'aurais peut-être pas dû dire cela !

Des yeux, elle appela timidement l'avocat à l'aide.

— Si hier soir à 10 heures, vous étiez... heu... en train de dîner, lady Edgware, eh bien... euh... je ne vois aucune objection à ce que vous en informiez l'inspecteur. Aucune objection.

— C'est cela, dit Japp. Je vous ai justement demandé un compte rendu de vos faits et gestes hier soir.

— Non. Vous avez seulement dit à 10 heures. De toute façon, vous m'avez causé un choc terrible. Je suis tombée raide évanouie, Mr Moxon.

— Et ce dîner, lady Edgware ?

— Il a eu lieu chez sir Montagu Corner, à Chiswick.

— A quelle heure y êtes-vous allée ?

— Nous étions conviés à 8 h 30.

— Quand êtes-vous partie d'ici ?

— Vers 8 heures. Je suis passée au Piccadilly Palace dire au revoir à une amie américaine qui retourne aux Etats-Unis, Mrs Van Dusen. Je suis arrivée à Chiswick à 9 heures moins le quart.

— A quelle heure en êtes-vous partie ?

— Vers 11 h 30.

— Etes-vous revenue ici directement ?

— Oui.

— En taxi ?

— Non, dans ma propre voiture. Je l'ai louée chez Daimler.

— Et vous n'avez pas quitté la table pendant tout le dîner ?

— Eh bien, je...

— Ainsi, vous l'avez quittée ?

Il fonçait comme un terrier sur sa proie.

— Je ne sais pas ce que vous voulez dire. On m'a appelée au téléphone.

— Qui ça ?

— Ce devait être une blague. Une voix a demandé « Etes-vous lady Edgware ? » J'ai répondu « oui, c'est moi », alors on a ri et on a raccroché.

— Etes-vous sortie de la maison, pour ça ?

— Bien sûr que non, répliqua Jane en écarquillant les yeux.

— Combien de temps avez-vous quitté la table ?

— Une minute et demie, à peu près.

Japp s'effondra. J'étais convaincu qu'il ne croyait

pas un mot de son histoire. Mais il ne pouvait rien faire tant qu'il ne l'aurait pas confirmée ou infirmée.

Il la remercia froidement et se retira.

Nous prîmes également congé mais elle rappela Poirot.

— Monsieur Poirot. Voulez-vous me rendre un service ?

— Certainement, madame.

— Envoyez un télégramme pour moi au duc de Merton à Paris. Il est au *Crillon*. Il faut qu'il sache ce qui s'est passé. Je ne veux pas m'en charger. Je dois me comporter en veuve éplorée pendant une semaine ou deux, je pense.

— Il est inutile d'envoyer un télégramme, madame, fit doucement observer Poirot. La nouvelle paraîtra dans les journaux.

— Mais bien sûr ! Quelle tête vous avez ! Autant se tenir tranquille. Je dois me montrer à la hauteur de ma position, maintenant que les choses sont arrangées. Je veux me conduire comme une veuve doit le faire. Avec dignité, vous voyez. Je vais faire envoyer une couronne d'orchidées, c'est à peu près ce qu'on trouve de plus cher. Il va falloir que j'assiste aux funérailles, sans doute. Qu'en pensez-vous ?

— Il faudra d'abord que vous assistiez à l'enquête, madame.

— Ah oui, sans doute ! (Elle réfléchit un instant.) Cet inspecteur de Scotland Yard ne me plaît pas du tout. Il me terrorise. Monsieur Poirot ?

— Oui ?

— On dirait que j'ai eu de la chance de changer d'avis et d'aller à ce dîner, après tout.

Poirot qui se dirigeait vers la porte se retourna.

— Vous dites, madame, que vous avez changé d'avis ?

— Oui. Je voulais me décommander. J'avais une horrible migraine hier après-midi.

Poirot déglutit. Il semblait avoir du mal à parler.

— L'avez-vous dit à quelqu'un ?

— Oh oui ! Nous étions nombreux à prendre le thé, et ils voulaient que je les accompagne ensuite à je ne sais quel cocktail, et j'ai dit « non », j'ai dit que ma tête allait éclater et que je rentrais à la maison, et que je n'irais pas non plus à ce dîner.

— Et qu'est-ce qui vous a fait changer d'avis, madame ?

— Ellis m'est tombée dessus. Elle m'a dit que je ne pouvais pas me permettre de refuser. Le vieux Montagu tire beaucoup de ficelles, vous savez, et c'est un grincheux — il se vexe facilement. Moi, ça m'est égal. Quand j'aurai épousé Merton, je n'aurai plus besoin de faire attention à tout ça. Mais Ellis, elle est toujours pour la prudence. Elle dit qu'il y a loin de la coupe aux lèvres et, après tout, elle a peut-être raison. Quoi qu'il en soit, j'y suis allée.

— Vous lui devez une fière chandelle, madame, dit Poirot.

— Sans doute. Pour l'inspecteur tout était réglé, hein ?

Elle éclata de rire mais Poirot ne rit pas. Il dit à voix basse :

— Tout de même... Voilà qui donne bigrement à réfléchir... oui, bigrement à réfléchir...

— Ellis ! appela Jane.

La femme de chambre apparut.

— Mr Poirot dit que j'ai bien de la chance que vous m'ayez fait aller à ce dîner, hier soir.

Ellis jeta à peine un coup d'œil à Poirot. Elle avait l'air sombre et réprobateur.

— Cela ne se fait pas, de décommander ses engagements, milady. Vous le faites trop souvent. Les gens ne pardonnent pas toujours. Ils deviennent mauvais.

Jane prit le chapeau qu'elle essayait lorsque nous étions entrés. Elle l'essaya de nouveau.

— J'ai horreur du noir, se plaignit-elle. Je n'en porte jamais. Mais si je veux avoir l'air d'une veuve respectable, je vais bien être obligée de le faire. Tous ces chapeaux sont affreux ! Ellis, appelez l'autre modiste. Je ne veux pas qu'on me voie comme ça.

Poirot et moi nous nous éclipsâmes.

7

LA SECRÉTAIRE

Nous n'en avions pas fini avec Japp. Il reparut une heure plus tard, jeta son chapeau sur la table et déclara que le sort s'acharnait contre lui.

— Vous avez terminé vos interrogatoires ? lui demanda Poirot avec sympathie.

— A moins que quatorze personnes ne mentent, ce n'est pas elle, grogna-t-il d'un air sombre. Je dois vous dire, monsieur Poirot, que je m'attendais à un coup monté. A première vue, personne d'autre n'avait pu tuer lord Edgware. Jane Wilkinson était la seule à avoir l'ombre d'un mobile !

— Je ne dirais pas cela. Mais continuez.

— Eh bien, comme je vous le disais, je m'attendais à un coup monté ! Vous connaissez ces gens du spectacle — tous solidaires pour protéger un copain. Mais cette fois, c'est différent. Les invités du dîner d'hier sont tous d'éminentes personnalités, aucun n'est un intime de Jane Wilkinson, et ils ne se connaissaient pas tous entre eux. Leurs témoignages n'ont pas été influencés et sont dignes de foi.

» J'ai alors espéré découvrir qu'elle s'était absentée une demi-heure. Elle aurait pu, sous prétexte de se repoudrer le nez ou quelque chose comme ça. Mais non. Elle a effectivement quitté la table pour répondre à un coup de fil, mais le valet de chambre était avec elle — et tout s'est passé exactement comme elle l'a raconté. Il a entendu ce qu'elle disait. « Oui, je suis bien lady Edgware », puis l'interlocuteur a raccroché. C'est bizarre, ça, vous savez. Mais cela n'a rien à voir avec notre affaire.

— Peut-être, mais c'est intéressant. Est-ce un homme ou une femme qui a appelé ?

— Je crois qu'elle a dit une femme.

— Curieux, fit Poirot, songeur.

— Peu importe, répliqua Japp avec impatience. Revenons aux choses sérieuses. La soirée s'est déroulée exactement comme elle l'a dit. Elle est arrivée à

8 h 45, repartie à 11 heures et demie, et est rentrée ici à minuit moins le quart. J'ai parlé au chauffeur qui l'a raccompagnée. C'est une cliente habituelle de Daimler. Le personnel du *Savoy* l'a vue rentrer aussi et a confirmé l'heure.

— Eh bien, voilà qui paraît concluant.

— Mais alors, sa présence à Regent Gate ? Et il n'y a pas que le majordome. La secrétaire de lord Edgware l'a vue aussi. Ils jurent tous les deux par tous les saints que c'est bien lady Edgware qui est venue à 10 heures.

— Depuis quand le majordome est-il dans la maison ?

— Six mois. Bel homme, d'ailleurs.

— En effet. Eh bien, mon ami, s'il n'est là que depuis six mois, il n'a pas pu reconnaître lady Edgware, puisqu'il ne l'avait encore jamais vue.

— Il avait vu sa photo dans les journaux. Et de toute façon la secrétaire la connaissait, elle. Cela fait cinq ou six ans qu'elle travaille chez lord Edgware, et elle est absolument formelle.

— Ah ! fit Poirot. J'aimerais la rencontrer.

— Si vous veniez avec moi maintenant ?

— Merci, mon ami. Avec plaisir. Votre proposition vaut aussi pour Hastings, j'espère ?

Japp sourit.

— Mais bien sûr. Le chien doit toujours suivre son maître, ajouta-t-il, ce que je ne trouvai pas du meilleur goût.

» Cela me rappelle l'affaire Elizabeth Canning, reprit Japp. Vous vous en souvenez ? Au moins une vingtaine de témoins de part et d'autre juraient avoir vu la romanichelle, Mary Squires, en deux endroits différents du pays. Et des témoins tout à fait respectables. Ce mystère n'a jamais été élucidé. Et en plus elle était si laide qu'on ne pouvait pas la confondre avec une autre. C'est la même chose, ici. Nous avons deux groupes de gens disposés à jurer qu'une certaine femme se trouvait au même moment en deux endroits différents. Qui dit la vérité ?

— Cela ne devrait pas être trop difficile à déterminer ?

— C'est ce que vous croyez. Mais cette femme, miss Carroll, elle, *connaît* vraiment lady Edgware. Elle a vécu avec elle, dans la même maison, jour après jour. Elle ne peut pas s'être trompée.

— Nous serons bientôt fixés.

— Qui est l'héritier du titre ? demandai-je.

— Un neveu, le capitaine Ronald Marsh. Un panier percé, si j'ai bien compris.

— D'après le médecin, quelle serait l'heure du crime ? s'enquit Poirot.

— Il faudra attendre l'autopsie pour plus de précisions. Il faut voir où en était son dîner. (Japp, j'ai le regret de le dire, n'a pas une façon très raffinée de présenter les choses.) Mais 10 heures paraît assez vraisemblable. On l'a vu vivant quelques minutes après 9 heures, lorsqu'il a quitté la table et que le majordome lui a apporté un verre de whisky-soda dans la bibliothèque. A 11 heures, lorsque le majordome est monté se coucher, la lumière était éteinte. Lord Edgware devait donc être mort. Il ne serait pas resté assis dans le noir.

Poirot hocha la tête d'un air pensif. Quelques instants plus tard, nous nous arrêtions devant la maison. Tous les volets étaient fermés, maintenant.

Le beau majordome nous fit entrer, Japp en tête. La porte s'ouvrait sur la gauche, si bien que le majordome se tenait le dos au mur de ce côté. Poirot était à ma droite, et comme il est plus petit que moi, c'est seulement lorsque nous pénétrâmes dans le vestibule que le majordome l'aperçut. Etant tout proche de lui, j'entendis son exclamation étouffée. Je le regardai vivement et le vis qui fixait Poirot avec surprise et une espèce de frayeur visible. Je gardai l'incident en mémoire pour ce qu'il pouvait valoir.

Japp entra à droite, dans la salle à manger et appela le majordome :

— Reprenons soigneusement depuis le début, Alton. Il était 10 heures, n'est-ce pas, lorsque cette dame est arrivée ?

— Lady Edgware ? Oui, monsieur.

— Comment l'avez-vous reconnue ? s'enquit Poirot.

— Elle m'a dit son nom, et d'ailleurs j'avais déjà

vu sa photo dans les journaux. Et je l'avais vue jouer aussi.

Poirot hocha la tête.

— Comment était-elle vêtue ?

— En noir, monsieur. Une robe de ville noire, et un petit chapeau noir. Avec un collier de perles et des gants gris.

Poirot leva vers Japp des yeux interrogateurs.

— Robe du soir en taffetas blanc et cape d'hermine, répondit brièvement ce dernier.

Le maître d'hôtel poursuivit son récit. Il concordait en tous points avec ce que Japp nous avait déjà raconté.

— Personne d'autre n'est venu rendre visite à votre maître, ce soir-là ? demanda Poirot.

— Non, monsieur.

— Comment la porte d'entrée était-elle fermée ?

— Elle a une serrure Yale, monsieur. Habituellement, je tire les verrous en allant me coucher. C'est-à-dire à 11 heures. Mais hier soir, miss Geraldine était à l'Opéra, je ne l'ai pas verrouillée.

— Et ce matin ?

— Elle était verrouillée, monsieur. Miss Geraldine l'avait verrouillée en rentrant.

— Savez-vous à quelle heure elle est rentrée ?

— Je pense qu'il devait être minuit moins le quart, monsieur.

— Donc, jusqu'à minuit moins le quart, on ne pouvait ouvrir la porte de l'extérieur qu'avec une clef. Et de l'intérieur, il suffisait de tirer la poignée ?

— C'est cela, monsieur.

— Combien existe-t-il de clefs de la porte d'entrée ?

— Lord Edgware avait la sienne, monsieur, et il y en a une deuxième dans le vestibule, dans le tiroir de la commode, celle que miss Geraldine a prise hier soir. J'ignore s'il en existe d'autres.

— Personne d'autre n'a la clef de la maison ?

— Non, monsieur. Miss Carroll sonne toujours.

Poirot n'ayant pas d'autres questions à lui poser, nous partîmes à la recherche de la secrétaire.

Nous la trouvâmes devant un large bureau, occupée à écrire.

Miss Carroll était une femme d'une quarantaine d'années, à l'air aimable et compétent. Ses cheveux blonds commençaient à grisonner et deux yeux bleus intelligents brillaient derrière son pince-nez. Lorsqu'elle prit la parole, je reconnus la voix claire et nette que j'avais entendue au téléphone.

— Ah ! Monsieur Poirot, dit-elle quand Japp nous eut présentés. Oui. C'est avec vous que j'avais convenu d'un rendez-vous pour hier matin.

— Exactement, mademoiselle.

Poirot devait être favorablement impressionné par elle. Elle était l'ordre et la précision personnifiés.

— Eh bien, inspecteur Japp ? demanda-t-elle. Que puis je faire de plus pour vous ?

— Simplement ceci. Etes-vous absolument certaine que c'est bien lady Edgware qui est venue ici hier soir ?

— C'est la troisième fois que vous me le demandez. Bien sûr, que j'en suis certaine. Je l'ai vue.

— Où l'avez-vous vue, mademoiselle ?

— En bas, dans l'entrée. Elle a dit quelques mots au majordome, puis a traversé le vestibule et est entrée dans la bibliothèque.

— Où étiez-vous ?

— Ici, au premier étage.

— Et vous êtes sûre de ne pas vous tromper ?

— Absolument. J'ai vu distinctement son visage.

— Vous n'auriez pas pu être trompée par une ressemblance ?

— Certainement pas. Les traits de Jane Wilkinson sont uniques. C'était bien elle.

Japp jeta un regard à Poirot qui signifiait : « Vous voyez ? »

— Lord Edgware avait-il des ennemis ? demanda soudain Poirot.

— Absurde ! lâcha miss Carroll.

— Qu'entendez-vous par absurde, mademoiselle ?

— Des ennemis ! Les gens n'ont plus d'*ennemis*, de nos jours ! En tout cas pas les Anglais !

— Et pourtant, lord Edgware a été assassiné.

— Par sa femme, dit miss Carroll.

— Une épouse ne peut pas être un ennemi... ?

— Cette histoire est tout à fait extraordinaire. Je n'ai jamais entendu parler d'une chose pareille — j'entends dans notre classe sociale.

Pour miss Carroll, les crimes étaient manifestement toujours commis par les ivrognes des basses classes.

— Combien existe-t-il de clefs de la porte d'entrée ? reprit Poirot.

— Deux, répondit miss Carroll sans hésiter. Lord Edgware en avait toujours une avec lui. L'autre était dans le tiroir de la commode du vestibule, de façon que celui qui devait rentrer tard puisse la prendre. Il y en avait une troisième, mais le capitaine Marsh l'a perdue. Il est très négligent.

— Le capitaine Marsh venait souvent ?

— Il habitait ici il y a trois ans.

— Pourquoi est-il parti ?

— Je l'ignore. Il ne s'entendait pas avec son oncle, sans doute.

— Il me semble que vous en savez un peu plus que cela, mademoiselle, dit Poirot gentiment.

Elle lui jeta un bref coup d'œil.

— Je n'aime pas les commérages, monsieur Poirot.

— Mais vous pouvez nous dire la vérité à propos des rumeurs qui circulent. On dit que lord Edgware et son neveu ont eu un sérieux différend.

— Oh ! ce n'était pas si grave que cela ! Il était difficile de s'entendre avec lord Edgware, vous savez.

— Pour vous aussi ?

— Je ne parle pas de moi. Je n'ai jamais eu de désaccord avec lord Edgware. Il a toujours pu compter sur moi.

— Mais le capitaine Marsh...

Poirot insistait, continuait gentiment à la talonner.

Miss Carroll haussa les épaules.

— Il était dépensier. Il a fait des dettes. Et puis il y a eu autre chose. Je ne sais pas exactement quoi. Ils se sont disputés. Lord Edgware lui a interdit sa porte. C'est tout.

Elle serra fermement les lèvres. De toute évidence, elle ne comptait pas en dire davantage.

La pièce où nous étions se trouvait au premier étage. En sortant, Poirot me prit par le bras.

— Une petite minute. Restez ici, Hastings. Je descends avec Japp. Attendez que nous soyons entrés dans la bibliothèque et venez nous rejoindre.

J'avais cessé depuis longtemps de poser à Poirot des questions commençant par « pourquoi ». J'avais fait mienne la devise de la Brigade Légère : « Il ne m'appartient pas de me demander pourquoi. Il m'appartient seulement d'agir ou de mourir », bien que fort heureusement il n'ait pas été question de mourir jusqu'à présent ! Je pensai que Poirot soupçonnait peut-être le maître d'hôtel de nous espionner, et qu'il voulait s'en assurer.

Je pris donc position et regardai par-dessus la rampe. Poirot et Japp se dirigèrent d'abord vers la porte d'entrée, hors de mon champ de vision. Puis, ils réapparurent, traversant lentement le vestibule. Je les voyais de dos et les suivis des yeux jusqu'à ce qu'ils entrent dans la bibliothèque. J'attendis une minute ou deux au cas où le majordome se montrerait, mais, ne voyant personne, je descendis les rejoindre.

On avait bien sûr enlevé le corps. Les rideaux étaient tirés et la lumière électrique allumée. Debout au milieu de la pièce, Poirot et Japp regardaient autour d'eux.

— Il n'y a rien ici, dit Japp.

— Hélas ! répondit Poirot en souriant. Ni cendres de cigarette, ni traces de pas, ni gant de femme, pas même une trace de parfum... Rien de ce que le policier trouve si opportunément dans les romans !

— Dans les romans, la police est toujours aveugle comme une chauve-souris, fit Japp avec une grimace.

— Un jour, j'ai trouvé un indice, dit Poirot d'un ton rêveur. Mais comme il mesurait quatre *pieds* de long au lieu de quatre *centimètres*, personne n'a voulu me croire !

Je ris en me rappelant cette histoire. Puis, je revins à ma mission :

— Rien à signaler, Poirot, dis-je. J'ai bien regardé, personne ne vous espionnait.

— Les yeux de mon ami Hastings... fit Poirot d'un air légèrement moqueur. Dites-moi, mon ami, avez-vous remarqué la rose, entre mes lèvres ?

— Une rose... entre vos lèvres ? répétai-je, ahuri.

Japp éclata de rire.

— Vous me ferez mourir, monsieur Poirot. Vraiment mourir ! Une rose. Et quoi encore ?

— Je voulais me faire passer pour Carmen, déclara Poirot imperturbable.

Qui devenait fou ? Eux ou moi ?

— Vous ne l'avez pas remarquée, Hastings ? reprit Poirot d'un ton de reproche.

— Non, dis-je. Mais je ne voyais pas votre visage.

— Peu importe, dit-il en secouant la tête.

Ils se moquaient de moi, on dirait.

— Bon, dit Japp. Nous n'avons plus rien à faire ici, il me semble. J'aimerais revoir la fille de lord Edgware maintenant. Elle était trop bouleversée jusqu'à présent pour que je puisse en tirer quelque chose.

Il sonna le majordome :

— Voulez-vous demander à miss Marsh si elle peut venir un moment ?

Ce fut non pas lui mais miss Carroll qui entra dans la pièce quelques minutes plus tard.

— Geraldine se repose, dit-elle. Cela a été un choc terrible pour la pauvre enfant. Après votre départ, ce matin, je lui ai donné quelque chose pour dormir et maintenant elle est plongée dans un profond sommeil. D'ici une heure ou deux, peut-être.

Japp acquiesça.

— Quoi qu'il en soit, elle ne pourra rien vous dire de plus que moi, ajouta fermement miss Carroll.

— Que pensez-vous du maître d'hôtel ? demanda Poirot.

— J'avoue qu'il ne me plaît guère, répondit-elle. Mais je ne saurais vous dire pourquoi.

Nous étions arrivés devant la porte d'entrée.

— Vous vous teniez là-haut, hier soir, n'est-ce pas, mademoiselle ? demanda brusquement Poirot en indiquant le premier étage.

— En effet. Pourquoi ?

— Vous avez vu lady Edgware traverser le vestibule et entrer dans la bibliothèque ?

— Oui.

— Et vous avez vu distinctement son visage ?

— Certainement.

— *Vous n'avez pas pu voir son visage, mademoiselle*. De là où vous étiez, vous ne pouviez voir sa tête que de derrière.

Miss Carroll rougit de colère. Elle paraissait décontenancée.

— Le derrière de sa tête, sa voix, sa démarche ! C'est la même chose. On ne peut pas s'y tromper. Je *sais* que c'était Jane Wilkinson. La femme la plus détestable qui soit !

Là-dessus elle tourna les talons et s'élança dans l'escalier.

8

Les possibilités

Japp fut obligé de nous quitter. Poirot et moi, nous nous assîmes sur un banc, dans un endroit tranquille de Regent's Park.

— Je comprends l'histoire de la rose entre vos lèvres maintenant, dis-je en riant. Sur le moment, j'ai cru que vous étiez devenu fou.

Il hocha la tête sans sourire.

— Vous constaterez, Hastings, que la secrétaire est un témoin dangereux, dangereux parce que inexact. Vous avez remarqué qu'elle affirmait avoir vu le *visage* de la visiteuse. J'ai pensé que c'était impossible. Si celle-ci était *sortie* de la bibliothèque, alors oui. Mais pas si elle allait *vers* la bibliothèque. Je me suis donc livré à cette petite expérience, d'où il est résulté que j'avais raison, et j'ai refermé mon piège sur la secrétaire. Elle a fait aussitôt machine arrière.

— Mais sa conviction demeure inébranlable,

remarquai-je. Après tout, une voix et une démarche sont tout aussi inimitables.

— Non, non.

— Enfin, Poirot, la voix et l'allure générale sont bien ce qu'il y a de plus caractéristique chez quelqu'un.

— C'est vrai. Et c'est justement la raison pour laquelle elles sont si faciles à contrefaire.

— Vous pensez...

— Retournez de quelques jours en arrière. Rappelez-vous cette soirée au théâtre...

— Carlotta Adams ? Oh ! mais elle a du génie !

— Une personnalité célèbre n'est pas si difficile à imiter. Je reconnais cependant que celle-là est particulièrement douée. Elle saurait tromper son monde même sans l'aide des éclairages et de la distance.

Une idée soudaine me traversa l'esprit.

— Poirot ! m'écriai-je. Vous ne pensez tout de même pas... Non, ce serait une coïncidence trop extraordinaire !

— Cela dépend, Hastings. D'un certain point de vue, cela ne serait même pas une coïncidence.

— Mais pourquoi Carlotta Adams aurait-elle voulu tuer lord Edgware ? Elle ne le connaissait même pas !

— Comment savez-vous qu'elle ne le connaissait pas ? Vous n'avez pas le droit de faire des suppositions, Hastings. Il existait peut-être un lien entre eux, dont nous ignorons tout. Non que ce soit là ma théorie.

— Parce que vous avez une théorie ?

— Oui. J'ai envisagé depuis le début la possibilité que Carlotta Adams soit mêlée à cette affaire.

— Mais, Poirot...

— Attendez, Hastings. Laissez-moi rassembler quelques faits. Lady Edgware parle sans la moindre réticence de ses relations avec son mari, et va même jusqu'à dire qu'elle veut le tuer. Nous ne sommes pas les seuls à entendre ça. Un domestique l'a entendu, sa femme de chambre l'a probablement entendu très souvent. Bryan Martin l'a entendu et j'imagine que Carlotta Adams elle-même l'a entendu. Sans compter tous ceux à qui ces personnes ont pu le raconter.

Le même soir, on vante la magnifique imitation de Jane par Carlotta Adams. Bien. Qui avait un mobile pour tuer lord Edgware ? Sa femme.

» A présent, supposez que quelqu'un d'autre souhaite se débarrasser de lord Edgware. Il a un bouc émissaire à portée de la main. Le jour où Jane Wilkinson annonce qu'elle souffre de migraine et passera la soirée tranquille, *on met le plan à exécution !*

» Il faut que l'on voie lady Edgware entrer dans la maison de Regent Gate. Eh bien, on la voit... elle va même jusqu'à décliner son identité ! C'est un peu trop, non ? Cela éveillerait des soupçons, même chez une huître.

» Autre détail, tout petit détail, je le reconnais. La femme qui est allée à Regent Gate hier soir était vêtue de noir. *Or, Jane Wilkinson ne porte jamais de noir*. Nous l'avons entendue le dire. Supposons donc que la personne qui est venue chez lord Edgware hier soir n'était *pas* Jane Wilkinson, mais une femme qui se faisait passer pour elle.

» Est-ce elle qui a tué lord Edgware ? Est-ce qu'une troisième personne est entrée dans la maison et a tué lord Edgware ? Dans ce cas, cette personne est-elle entrée avant ou après la visite de la prétendue lady Edgware ? Si elle est arrivée après, qu'a-t-elle dit à lord Edgware ? Comment a-t-elle justifié sa présence ? Elle a pu abuser le majordome, qui ne la connaissait pas, et la secrétaire, qui ne l'a pas vue de près, mais elle ne pouvait pas espérer abuser son mari. Ou n'a-t-elle trouvé qu'un cadavre ? Lord Edgware a-t-il été tué *avant* qu'elle n'entre dans la maison ? A un moment donné entre 9 et 10 ?

— Stop, Poirot ! m'écriai-je. J'ai la tête qui tourne !

— Mais non, mon ami. Nous ne faisons qu'envisager des possibilités. Comme on essaye un habit. Celui-ci vous va ? Non, il fait des plis aux épaules. Celui-là ? Oui, c'est mieux, mais il n'est pas tout à fait assez grand. Cet autre ? Non, trop petit. Et ainsi de suite. Jusqu'à ce que nous trouvions le costume sur mesure... la vérité !

— Mais qui aurait pu mettre sur pied un complot aussi diabolique ?

— Ah ! Il est trop tôt pour le dire ! Nous devons d'abord nous demander qui pouvait avoir une raison de souhaiter la mort de lord Edgware ? Le neveu, bien sûr, l'héritier. Un peu trop évident peut-être. Ensuite, malgré la déclaration de principe de miss Carroll, nous avons l'éventualité d'un ennemi. Lord Edgware m'est apparu comme un homme qui pouvait aisément se faire des ennemis.

— Incontestablement, approuvai-je.

— Quel qu'il soit, l'assassin devait se sentir en parfaite sécurité. Souvenez-vous, Hastings. Si elle n'avait pas changé d'avis à la dernière minute, Jane Wilkinson n'aurait pas eu d'alibi. Si elle était restée seule dans sa chambre au *Savoy*, comment le prouver ? On l'aurait arrêtée, jugée... et probablement pendue.

Je frissonnai.

— Il y a pourtant une chose qui m'intrigue, poursuivit Poirot. Il est clair qu'on a voulu l'incriminer. Mais alors, que signifie le coup de téléphone ? Pourquoi l'a-t-on appelée à Chiswick et a-t-on raccroché aussitôt après avoir constaté qu'elle était bien là ? Comme si quelqu'un avait voulu s'assurer de sa présence là-bas avant de... faire quoi ? L'appel est survenu à 9 h 30, très probablement avant le meurtre. L'intention semble avoir été — je ne vois pas d'autre mot — *salutaire*. Ça *ne peut pas* être l'assassin qui a appelé — il a tout fait pour qu'on accuse Jane. Mais alors, qui ? On dirait que nous avons affaire à deux jeux de circonstances entièrement différentes.

Je secouai la tête, complètement perdu.

— Ce n'est peut-être qu'une coïncidence, avançai-je.

— Non. Tout ne peut pas être coïncidences. Il y a six mois, une lettre disparaît. Pourquoi ? Trop de choses demeurent inexpliquées. Il doit exister un lien entre elles.

Il soupira.

— Et cette histoire que Bryan Martin est venu nous raconter... dit-il.

— Cela n'a certainement rien à voir avec l'affaire, Poirot.

— Vous êtes aveugle, Hastings, aveugle et délibérément obtus. Ne comprenez-vous pas que tout ceci forme un scénario ? Un scénario plutôt confus pour l'instant, mais qui s'éclaircira peu à peu...

Poirot me parut bien optimiste. Je n'avais pas l'impression que les choses pourraient jamais s'éclaircir. La tête me tournait.

— C'est impossible, dis-je soudain. Je ne peux pas le croire, Carlotta Adams n'est pas capable de ça. Elle a l'air de... eh bien, d'une fille tellement gentille !

Cependant, tout en parlant, je me souvins des paroles de Poirot à propos de l'amour de l'argent. L'amour de l'argent... Etait-ce là le ressort de ce qui paraissait incompréhensible ? Poirot avait été prophétique, ce soir-là. Il avait vu Jane menacée par son étrange tempérament narcissique. Il avait vu Carlotta menée par l'avarice...

— Je ne crois pas qu'elle ait commis ce meurtre, Hastings. Elle est trop raisonnable et trop équilibrée pour cela. Peut-être ne lui a-t-on même pas dit qu'un crime allait être commis. Elle a pu être utilisée sans le savoir. Mais dans ce cas...

Il s'interrompit et fronça les sourcils.

— Même comme ça, elle est un élément de l'affaire. Je veux dire, elle va lire la nouvelle dans les journaux ce matin. Elle va comprendre...

Un son rauque s'échappa de sa gorge.

— Vite, Hastings. Vite ! J'ai été aveugle, je suis un imbécile ! Un taxi. Tout de suite !

Je le contemplai fixement.

Il agita les bras.

— Un taxi ! Vite !

Il en arrêta un qui passait et nous nous engouffrâmes dedans.

— Vous connaissez son adresse ?

— Celle de Carlotta Adams ?

— Mais oui, mais oui ! Vite, Hastings, vite, chaque minute compte, vous ne comprenez pas ?

— Non, dis-je. Je ne comprends pas.

Poirot jura entre ses dents.

— L'annuaire ? Non, elle n'y figurera pas. Au théâtre.

Au théâtre, on ne voulut pas d'abord nous donner l'adresse de Carlotta, mais Poirot arriva à ses fins. Elle habitait un appartement dans une résidence, près de Sloane Square. Le taxi nous y conduisit. Poirot bouillait d'impatience.

— S'il n'est pas trop tard, Hastings, s'il n'est pas trop tard...

— Pourquoi cette hâte ? Je ne comprends pas. Qu'est-ce que cela signifie ?

— Cela signifie que j'ai été lent. Terriblement lent à voir ce qui saute aux yeux ! Ah ! Mon Dieu, si seulement nous pouvions arriver à temps !

9

LE SECOND MEURTRE

Je ne comprenais pas l'agitation de Poirot, mais je le connaissais assez bien pour être sûr qu'il avait une bonne raison de se tourmenter.

Nous nous arrêtâmes devant Rosedew Mansion. Poirot jaillit du taxi, paya le chauffeur et entra précipitamment dans l'immeuble.

L'appartement de miss Adams était au premier étage. Sans attendre l'ascenseur, Poirot grimpa l'escalier quatre à quatre.

Il frappa et sonna. Après un court moment, une femme d'âge moyen, très soignée, vint nous ouvrir. Ses paupières étaient rougies comme si elle venait de pleurer.

— Miss Adams ? demanda vivement Poirot.

La femme de chambre le dévisagea.

— Vous n'êtes pas au courant ?

— Au courant de quoi ?

Il était devenu mortellement pâle, et je compris que ce qu'il redoutait s'était produit.

La femme secouait lentement la tête.

— Elle est morte. Dans son sommeil. C'est terrible.

— Trop tard, murmura Poirot en s'adossant au chambranle de la porte.

En le voyant si ému, la femme l'observa avec plus d'attention.

— Excusez-moi, monsieur, vous êtes un de ses amis ? Je ne me souviens pas de vous avoir déjà vu.

Poirot ne répondit pas directement.

— Avez-vous fait venir un médecin ? Qu'a-t-il dit ?

— Elle a pris une trop forte dose de somnifère. Si ce n'est pas malheureux ! Une dame si jeune et si gentille. Un vrai danger, ces médicaments ! Du véronal, paraît-il.

Poirot se redressa, soudain plein d'autorité.

— Il faut que j'entre.

La femme de chambre le considéra d'un air à la fois sceptique et soupçonneux.

— Je ne crois pas... commença-t-elle.

Mais Poirot était bien décidé à obtenir ce qu'il voulait.

— Vous devez me laisser entrer, dit-il. Je suis de la police et je dois enquêter sur les circonstances de la mort de votre maîtresse.

La femme de chambre en eut le souffle coupé. Elle s'écarta pour nous laisser passer.

A partir de là, Poirot prit la situation en main.

— Ce que je vous ai dit, déclara-t-il, impérieux, est strictement confidentiel. Vous ne devez le répéter à personne. Tout le monde doit continuer à penser que la mort de miss Adams est accidentelle. Veuillez nous donner le nom et l'adresse du médecin que vous avez appelé.

— Dr Heath, 17, Carlisle Street.

— Et votre nom ?

— Bennett. Alice Bennett.

— Je vois que vous étiez très attachée à votre maîtresse, miss Bennett.

— Oh, oui, monsieur ! Miss Adams était charmante ! J'ai travaillé pour elle l'année dernière, quand elle était ici. Elle n'était pas comme les autres actrices. C'était une vraie dame. Elégante dans ses manières et dans tout.

Poirot l'écoutait avec attention et sympathie. Sans un signe d'impatience. Je compris que c'était le seul moyen d'obtenir d'elle les renseignements qu'il désirait.

— Cela a dû vous faire un choc, dit-il doucement.

— Oh, oui, monsieur ! Je lui ai apporté son thé... à 9 h 30, comme d'habitude... et elle était allongée, j'ai pensé qu'elle dormait. J'ai posé le plateau. J'ai tiré les rideaux et un anneau s'est coincé, monsieur, j'ai dû le secouer très fort. Ça a fait un de ces bruits ! Quand je me suis retournée, j'ai été surprise de voir que ça ne l'avait pas réveillée. Et tout d'un coup, quelque chose m'a frappée. Ce n'était pas naturel la façon dont elle était couchée. Je me suis approchée, lui ai pris la main... Elle était froide comme la glace, monsieur, et j'ai poussé un cri.

Elle s'interrompit, les larmes aux yeux.

— Oui, oui, fit Poirot gentiment. Cela a dû être terrible, pour vous. Est-ce que miss Adams prenait souvent des comprimés pour dormir ?

— Elle en prenait parfois quand elle avait mal à la tête, monsieur. Mais ce ne sont pas les mêmes qu'elle a avalés hier soir, en tout cas c'est ce que le docteur a dit.

— Est-ce que quelqu'un est venu la voir, hier soir ? Un visiteur ?

— Non, monsieur. Hier soir, elle est sortie.

— Vous a-t-elle dit où elle allait ?

— Non, monsieur. Elle est sortie vers 7 heures.

— Ah ! Et comment était-elle habillée ?

— Elle portait une robe noire, monsieur. Une robe noire et un chapeau noir.

Poirot me regarda.

— Portait-elle des bijoux ?

— Juste le collier de perles qu'elle porte toujours, monsieur.

— Et des gants ? Des gants gris ?

— Oui, monsieur. Elle avait des gants gris.

— Ah ! Et maintenant, si vous voulez bien, décrivez-moi son humeur. Elle était gaie ? Excitée ? Triste ? Nerveuse ?

— Il me semble qu'elle s'amusait de quelque chose, monsieur. Elle souriait tout le temps, comme si elle faisait une farce à quelqu'un.

— A quelle heure est-elle rentrée ?

— Un peu après minuit, monsieur.

— Et quelle était son attitude alors ? La même ?

— Elle était terriblement fatiguée, monsieur.

— Mais pas bouleversée, pas déprimée ?

— Oh non monsieur ! Elle avait l'air contente mais à bout, si vous voyez ce que je veux dire. Elle a voulu téléphoner à quelqu'un, puis elle a déclaré qu'elle n'en pouvait plus, qu'elle le ferait demain.

— Ah ! fit Poirot, les yeux brillants d'excitation.

Il se pencha vers elle et demanda d'une voix qu'il voulait indifférente :

— Avez-vous entendu le nom de la personne qu'elle a appelée ?

— Non, monsieur. Elle a simplement prié l'opératrice de composer le numéro, et a attendu. Au bout d'un petit moment, on a dû lui dire « je cherche votre correspondant », comme ils disent, monsieur, et elle a répondu « très bien », et puis tout à coup elle a bâillé et elle a dit : « Oh ! Je n'en peux plus ! Je suis trop fatiguée », elle a raccroché et s'est déshabillée.

— Et le numéro qu'elle a demandé ? Vous vous en souvenez ? Essayez de réfléchir. Cela peut être important.

— Je regrette, monsieur. C'était Victoria quelque chose, c'est tout ce que je me rappelle. Je ne faisais pas particulièrement attention, vous savez.

— A-t-elle mangé ou bu quelque chose avant de se coucher ?

— Un verre de lait chaud, comme chaque soir.

— Qui l'a préparé ?

— Moi, monsieur.

— Et aucun visiteur n'est venu dans la soirée ?

— Aucun, monsieur.

— Ni un peu plus tôt dans la journée ?

— Pas que je sache, monsieur. Miss Adams a

déjeuné et a pris le thé en ville. Elle est rentrée à 6 heures.

— De quand datait le lait ? Celui qu'elle a bu hier soir ?

— Le lait était frais. C'était celui qu'on livre l'après-midi, monsieur. Le livreur le laisse devant la porte à 4 heures. Mais je suis sûre qu'il n'y avait rien dans ce lait, monsieur. J'en ai pris moi-même avec mon thé ce matin. Et le docteur affirme qu'elle a pris elle-même ces saletés de comprimés.

— Je me trompe peut-être, dit Poirot. Oui, il est possible que je me trompe complètement. Je verrai le médecin. Mais, miss Adams avait des ennemis, vous savez. Les choses sont très différentes en Amérique.

Il hésita, mais la brave Alice sautait déjà sur l'hameçon.

— Oh ! je sais, monsieur. J'ai entendu parler de Chicago, des gangsters et de tout ça. Ce doit être un pays épouvantable, et ce que fait la police américaine, je me le demande ? Ce n'est pas comme la nôtre.

Poirot n'insista pas, le patriotisme insulaire d'Alice Bennett lui évitait bien des explications.

Ses yeux tombèrent sur une petite valise — un genre d'attaché-case — posée sur une chaise.

— Miss Adams a-t-elle pris ça avec elle lorsqu'elle est sortie, hier soir ?

— Elle l'avait cmportée le matin, monsieur. Elle ne l'avait pas en revenant après le thé, mais elle l'a rapportée le soir.

— Ah ! Me permettez-vous de l'ouvrir ?

Alice Bennett aurait permis n'importe quoi. Comme la plupart des femmes prudentes et soupçonneuses, une fois surmontée sa méfiance, la manipuler était un jeu d'enfant.

La mallette n'était pas fermée à clef et Poirot l'ouvrit. Je m'approchai et regardai par-dessus son épaule.

— Vous voyez, Hastings, vous voyez ? murmura-t-il, surexcité.

Le contenu était certainement révélateur.

Il y avait là un coffret à maquillage, deux objets que j'identifiai comme étant de ces talonnettes qu'on met dans les chaussures pour se grandir de deux ou trois centimètres, une paire de gants gris et, enveloppée dans du papier de soie, une perruque de cheveux blonds très joliment faite, rigoureusement du même blond que celui de Jane Wilkinson, et coiffée comme elle avec une raie au milieu et des boucles sur la nuque.

— Doutez-vous toujours, Hastings ?

Jusque-là je doutais encore. Mais maintenant je ne doutais plus. Poirot referma la valise et se tourna vers la femme de chambre.

— Savez-vous avec qui miss Adams a dîné hier soir ?

— Non, monsieur.

— Avec qui elle a déjeuné, ou pris le thé ?

— Pour le thé, je ne sais rien, monsieur. Mais je crois qu'elle a déjeuné avec miss Driver.

— Miss Driver ?

— Oui, sa grande amie. Elle a une boutique de chapeaux sur Moffat Street. Ça s'appelle « Chez Geneviève ».

Poirot nota l'adresse dans son calepin sous celle du médecin.

— Une dernière chose, madame. Vous rappelez-vous quelque chose, *n'importe quoi*, que miss Adams aurait dit ou fait en rentrant, à 6 heures, et qui vous aurait frappée comme étant inhabituel ou significatif ?

La femme de chambre réfléchit un instant.

— Je ne peux vraiment pas dire, monsieur. Je lui ai proposé du thé et elle m'a répondu qu'elle l'avait déjà pris.

— Ah ! Elle a dit qu'elle l'avait pris ! fit Poirot, l'interrompant. Pardon, continuez.

— Après ça elle a écrit des lettres jusqu'au moment de sortir.

— Des lettres, hein ? Vous ne savez pas à qui ?

— Si, monsieur. C'était juste une lettre, à sa sœur, à Washington. Elle lui écrivait régulièrement, deux fois par semaine. Elle a pris la lettre avec elle pour la mettre au dernier courrier, mais elle a oublié de la poster.

— Alors, elle est toujours là ?

— Non, monsieur. Je l'ai postée. Elle s'en est souvenue hier soir juste avant de se coucher. Je lui ai dit que j'allais vite aller la mettre. Avec un supplément de timbre, en la mettant dans la boîte urgente, elle pourrait encore partir.

— Ah ! Et c'est loin d'ici ?

— Non, monsieur. Au coin de la rue.

— Avez-vous fermé la porte de l'appartement à clef derrière vous ?

Mrs Bennett le contempla fixement.

— Non, monsieur. Je la laisse toujours comme ça quand je vais à la poste.

Poirot sembla sur le point de dire quelque chose, puis il se ravisa.

— Voulez-vous la voir ? demanda la domestique, les larmes aux yeux. Elle est très belle.

Nous la suivîmes dans la chambre.

Carlotta Adams avait l'air étrangement sereine et beaucoup plus jeune que le fameux soir au *Savoy*. On aurait dit une enfant endormie, épuisée.

Poirot la regardait avec une bizarre expression. Je le vis faire un signe de croix.

— J'ai fait un serment, Hastings, déclara-t-il, tandis que nous redescendions l'escalier.

Je ne lui demandai pas lequel. C'était facile à deviner.

Quelques minutes plus tard, il ajouta :

— Il y a au moins une chose qui me soulage. Je n'aurais pas pu la sauver. Lorsque j'ai appris le meurtre de lord Edgware, elle était déjà morte. Cela me réconforte. Oui, cela me réconforte beaucoup.

10

JENNY DRIVER

Notre visite suivante fut pour le médecin dont la femme de chambre nous avait donné l'adresse.

C'était un homme assez âgé, agité et distrait. Il connaissait Poirot de réputation et ne cacha pas sa joie de le rencontrer en chair et en os.

— Que puis-je pour vous, monsieur Poirot ?

— Vous avez été appelé ce matin, docteur, au chevet de miss Carlotta Adams.

— Ah oui ! la pauvre petite ! Une comédienne de talent ! J'ai vu son spectacle deux fois. Quelle misère de finir ainsi ! Pourquoi ces filles avalent-elles ces drogues, je ne comprends pas.

— Vous croyez alors qu'elle était toxicomane ?

— Professionnellement parlant, je ne dirais pas ça. En tout cas pas par injections hypodermiques. Aucune trace d'aiguille. Elle les prenait de toute évidence par voie orale. La femme de chambre prétend qu'elle avait un sommeil naturel, mais ces gens-là ne savent pas tout. Je ne pense pas qu'elle prenait du véronal tous les soirs, mais elle en avalait depuis quelque temps déjà.

— Qu'est-ce qui vous fait croire cela ?

— Ceci... sapristi, où l'ai-je donc fourré ? (Il cherchait quelque chose au fond d'une sacoche.) Ah ! Voilà.

Il en sortit un petit sac à main en cuir noir.

— Il y aura une enquête, naturellement, poursuivit-il. J'ai emporté ça avec moi pour que la femme de chambre n'y touche pas.

Il ouvrit la pochette et en sortit une petite boîte en or. Les initiales C.A. y étaient incrustées avec des rubis. C'était un bibelot de grande valeur. Le médecin l'ouvrit. Il était rempli de poudre blanche.

— Du véronal, dit-il brièvement. Et regardez ce qui est écrit.

Gravé à l'intérieur du couvercle, nous lûmes :

D. à C.A. Paris, 10 nov.
Doux rêves.

— Le 10 novembre, répéta Poirot, songeur.

— Exactement, et nous sommes en juin. Ceci semble prouver qu'elle prenait de cette poudre depuis au moins six mois et, l'année n'étant pas précisée, cela fait même peut-être dix-huit mois, ou deux ans et demi, ou davantage... ?

— Paris, D., murmura Poirot en fronçant les sourcils.

— Oui, cela vous dit quelque chose ? A propos, je ne vous ai pas demandé pourquoi vous vous intéressiez à cette affaire. Mais je suppose que vous avez de bonnes raisons. Vous voulez savoir si c'est un suicide ? Eh bien, je ne peux pas vous répondre. Personne ne le pourrait. D'après la bonne, elle était très gaie, hier. Je pencherais plutôt pour la thèse de l'accident. Le véronal n'est pas un produit fiable, vous savez. Vous pouvez en prendre une grande quantité et cela ne vous tuera pas, et vous pouvez en prendre un tout petit peu et adieu. C'est un médicament extrêmement dangereux à cause de ça. L'enquête conclura certainement à une mort accidentelle. J'ai peur de ne rien pouvoir faire de plus pour vous.

— Puis-je examiner le sac de miss Adams ?

— Faites, faites.

Poirot vida la pochette. Elle contenait un petit mouchoir en dentelle dans un coin duquel étaient brodées les initiales C.M.A., un poudrier, un bâton de rouge à lèvres, un billet d'une livre, de la menue monnaie et un pince-nez.

Poirot examina celui-ci avec intérêt. C'était un modèle classique, plutôt sévère, avec une monture dorée.

— Curieux. J'ignorais que miss Adams portait des verres. Peut-être s'en servait-elle pour lire ?

Le docteur les observa attentivement.

— Non, ce sont des verres pour voir de loin, affirma-t-il. Ils sont même très forts. Leur propriétaire devait être très myope.

— Vous ne savez pas si miss Adams... ?

— Je ne l'ai jamais vue. J'ai été appelé une fois pour soigner le doigt de sa femme de chambre, et c'est tout. Miss Adams, que j'ai aperçue un instant à cette occasion, ne portait pas de lunettes ce jour-là.

Poirot remercia le médecin et nous prîmes congé. Mon ami paraissait perplexe.

— Peut-être me suis-je fourvoyé, admit-il.

— Au sujet de la mystification ?

— Non, non. Cela me paraît acquis. Je veux parler de sa mort. Elle avait bien du véronal en sa possession. Il est possible qu'elle ait été épuisée, hier soir, et qu'elle ait décidé de passer une bonne nuit.

Soudain, devant les passants médusés, il s'arrêta net et se frappa la main du poing.

— Non, non et non ! s'écria-t-il énergiquement. Pourquoi un accident se produirait-il si à propos ? Ce n'est pas un accident. Ce n'est pas un suicide. Non, elle a joué son rôle, et, ce faisant elle a signé son arrêt de mort. On a pu choisir le véronal simplement parce qu'on savait qu'elle en prenait de temps à autre, et qu'elle possédait cette boîte. Mais en ce cas, l'assassin devait bien la connaître. Qui est ce D, Hastings ? Je donnerais cher pour le savoir.

— Poirot, dis-je tandis qu'il restait plongé dans ses pensées, si nous avancions ? Tout le monde nous regarde.

— Hein ? Ah oui ! vous avez peut-être raison ! Bien que cela ne me gêne pas qu'on me regarde. Cela n'entrave en rien le fil de mes pensées.

— Les gens commençaient à rire, murmurai-je.

— Cela n'a aucune importance.

Je n'étais pas tout à fait d'accord. J'ai horreur de me faire remarquer. Poirot, lui, ne craignait qu'une chose : l'humidité ou la chaleur qui affectaient la tenue de sa moustache.

— Prenons un taxi, dit-il en agitant sa canne.

L'un d'eux s'arrêta devant nous et Poirot lui demanda d'aller « Chez Geneviève », dans Moffat Street.

C'était un de ces établissements où l'on présente un indescriptible chapeau et un châle, en bas, dans une petite vitrine, mais où le véritable centre des opérations se situe au premier étage d'un escalier à l'odeur de moisi.

Nous arrivions devant une porte sur laquelle on pouvait lire : « Chez Geneviève, Entrez sans frapper. » Ayant obéi à cette injonction, nous nous trouvâmes dans une petite pièce pleine de chapeaux. Une créature blonde et imposante vint au-devant de nous, non sans jeter un regard soupçonneux à Poirot. Sans doute jugeait-elle son crâne en pain de sucre peu propice au port d'un bibi à plumes.

— Miss Driver ? demanda Poirot.

— Je ne sais pas si Madame pourra vous recevoir. De quoi s'agit-il ?

— Veuillez dire à miss Driver qu'un ami de miss Adams voudrait lui parler.

La beauté blonde n'eut pas besoin de porter le message. Un rideau de velours noir s'agita violemment, et une petite créature pétulante, aux cheveux d'un roux flamboyant en émergea :

— Qu'y a-t-il ?

— Etes-vous miss Driver ?

— Oui. Que voulez-vous au sujet de Carlotta ?

— Avez-vous appris la triste nouvelle ?

— Quelle triste nouvelle ?

— Miss Adams est morte dans son sommeil la nuit dernière. Une trop forte dose de véronal.

La jeune femme écarquilla les yeux.

— Quelle horreur ! s'écria-t-elle. Pauvre Carlotta ! Je n'arrive pas à le croire. Elle était pleine de vie hier encore.

— C'est pourtant vrai, mademoiselle, dit Poirot. Voyons... Il est tout juste une heure. Me ferez-vous l'honneur de déjeuner avec mon ami et moi-même ? J'ai quelques questions à vous poser.

Elle le toisa des pieds à la tête. C'était une petite fonceuse. Elle me faisait un peu penser à un fox-terrier.

— Qui êtes-vous ? demanda-t-elle d'un ton tranchant.

— Je m'appelle Hercule Poirot. Et voici mon ami, le capitaine Hastings.

Je m'inclinai.

Elle nous dévisagea l'un après l'autre.

— J'ai entendu parler de vous, dit-elle brusquement. Je viens.

Elle appela la blonde :

— Dorothy ? Mrs Lester doit venir pour le modèle Rose Descartes que nous avons créé pour elle. Essayez toutes les plumes. Bye, bye. Je ne serai pas longue, j'espère.

Elle attrapa un petit chapeau noir, le fixa sur une oreille, se poudra énergiquement le nez et regarda Poirot.

— Prête, dit-elle.

Cinq minutes plus tard, nous étions assis dans un petit restaurant de Dover Street. Poirot avait passé la commande et nous avions des cocktails devant nous.

— Alors, dit Jenny Driver, je veux savoir ce que tout ceci signifie. Dans quoi Carlotta est allée se fourrer ?

— Ainsi, elle était allée se fourrer dans quelque chose, mademoiselle ?

— Qui pose les questions, vous ou moi ?

— Il me semblait que ce devait être moi, répondit Poirot en souriant. J'ai cru comprendre que vous et miss Adams étiez de grandes amies.

— C'est exact.

— Eh bien, mademoiselle, je vous assure solennellement que tout ce que je fais, je le fais uniquement dans l'intérêt de votre amie défunte. Je vous demande de le croire.

Il y eut un instant de silence pendant lequel Jenny Driver parut réfléchir à la question. Finalement, elle fit un petit signe de tête.

— Je vous crois. Continuez. Que voulez-vous savoir ?

— On m'a dit, mademoiselle, que votre amie a déjeuné avec vous hier ?

— En effet.

— Vous a-t-elle parlé de ses projets pour la soirée ?

— Elle n'a pas parlé précisément de cette soirée-là.

— Mais elle a parlé de quelque chose ?

— Ma foi, elle a bien fait allusion à quelque chose, qui est peut-être ce que vous cherchez à savoir. Mais c'était confidentiel, vous savez.

— Bien entendu.

— Bon, laissez-moi réfléchir. Je ferais mieux de tout vous expliquer à ma façon.

— Comme il vous plaira, mademoiselle.

— Eh bien, Carlotta était très excitée. Cela ne lui arrive pas souvent. Ce n'est pas son genre. Elle ne m'a rien raconté de précis, elle m'a dit qu'elle avait promis le secret, mais qu'il y avait quelque chose en train. Une sorte de gigantesque mystification, ai-je cru comprendre.

— Une mystification ?

— C'est ce qu'elle a dit. Mais elle n'a dit, ni où, ni quand, ni comment. Seulement... (Elle s'interrompit et fronça les sourcils.) Voyez-vous, Carlotta n'était pas de celles qui apprécient les farces et les canulars. Elle était sérieuse, gentille, travailleuse. Je veux dire qu'elle a certainement été entraînée par quelqu'un dans cette histoire. Et j'ai pensé... remarquez, elle n'a rien dit de tel...

— Oui, oui, je comprends très bien. Qu'avez-vous pensé ?

— J'ai pensé — j'en étais même sûre — qu'il y avait de l'argent en jeu. Rien n'avait le don de remuer Carlotta, excepté l'argent. Elle était faite comme ça. Je n'ai jamais rencontré quelqu'un d'aussi doué pour les affaires. Elle n'aurait jamais été aussi contente s'il n'avait pas été question d'argent — et de beaucoup d'argent. J'ai eu l'impression qu'elle avait accepté un pari... qu'elle était quasiment certaine de gagner. Et pourtant, ce n'est pas exactement cela. Carlotta n'aurait pas parié. Je ne crois pas qu'elle ait jamais parié. Mais je suis sûre que, d'une manière ou d'une autre, l'argent jouait un rôle.

— Elle ne l'a pas vraiment dit ?

— Heu... non. Elle a seulement déclaré qu'elle allait très bientôt pouvoir faire ceci et encore ça. Faire venir sa sœur d'Amérique pour la rejoindre à Paris. Elle adorait sa petite sœur. Très fragile, je crois, et musicienne. Voilà. C'est tout ce que je sais. C'est ce que vous vouliez ?

Poirot hocha la tête.

— Oui. Cela confirme mon hypothèse. J'espérais plus, je l'avoue. Je m'attendais à ce que miss Adams soit liée par le secret. Mais j'espérais qu'en tant que femme, elle n'aurait pas vu d'inconvénients à le confier à sa meilleure amie.

— J'ai bien essayé de la faire parler, reconnut Jenny. Mais elle s'est contentée de rire et a promis de tout me raconter un jour.

Poirot garda le silence pendant quelques instants.

— Avez-vous entendu parler de lord Edgware ? demanda-t-il enfin.

— L'homme qui a été assassiné ? J'ai vu son nom sur une affichette il y a une demi-heure.

— C'est ça. Savez-vous si miss Adams le connaissait ?

— Je ne pense pas. Je suis même sûre que non. Oh ! Attendez une minute.

— Oui, mademoiselle ? fit vivement Poirot.

— Qu'est-ce que c'était donc ?... dit-elle en fronçant les sourcils. Ah oui, ça me revient, elle m'a parlé de lui, une fois. Avec beaucoup d'amertume.

— D'amertume ?

— Oui. Elle disait qu'on ne devrait pas laisser des individus comme lui anéantir la vie des autres avec leur cruauté et leur égoïsme. Elle disait... oui, c'est bien ce qu'elle m'a dit... que la mort d'un homme pareil serait un bienfait pour tout le monde.

— Quand vous a-t-elle dit ça, mademoiselle ?

— Oh ! il y a un mois, à peu près.

— Et comment en êtes-vous venues à aborder ce sujet ?

Jenny Driver fouilla les recoins de sa mémoire pendant quelques minutes et finit par secouer la tête.

— Je ne m'en souviens pas, avoua-t-elle. Son nom a dû venir dans la conversation. Il était peut-être dans les journaux. Quoi qu'il en soit, je me rappelle avoir trouvé étrange que Carlotta se montre si véhémente, tout d'un coup, à propos d'un homme qu'elle ne connaissait même pas.

— C'est curieux, en effet, déclara Poirot d'un air songeur. (Puis il demanda :) Savez-vous si miss Adams avait l'habitude de prendre du véronal ?

— Pas à ma connaissance. Je ne l'ai jamais vue en prendre ni entendue dire qu'elle en prenait.

— Avez-vous déjà vu dans son sac une petite boîte en or sur laquelle étaient gravées les initiales C.A., avec des rubis ?

— Une petite boîte en or ? Non, je suis sûre que non.

— Savez-vous où était miss Adams en novembre dernier ?

— Voyons... Elle est retournée aux Etats-Unis en novembre, je crois vers la fin du mois. Et avant cela, elle était à Paris.

— Seule ?

— Seule, bien sûr ! Désolée, vous ne vouliez peut-être pas dire ça ! Je ne sais pas pourquoi, Paris évoque toujours le pire. Alors que c'est un endroit si charmant, si convenable ! Mais Carlotta n'était pas de celles qui cherchent l'aventure pour un week-end, si c'est cela que vous avez en tête.

— A présent, mademoiselle, je vais vous poser une question très importante. Miss Adams s'intéressait-elle à un homme en particulier ?

— La réponse est non, fit lentement Jenny. Depuis que je la connais, Carlotta se consacre à sa carrière et à sa jeune sœur. Elle avait tout à fait le genre « Chef de famille sur les épaules de qui tout repose ». La réponse est donc NON, à proprement parler.

— Ah ! Et à parler moins proprement ?

— Je ne serais pas étonnée d'apprendre que Carlotta s'intéressait à quelqu'un, ces derniers temps.

— Ah !

— Ce n'est qu'une supposition de ma part, vous savez. A cause de son comportement. Elle était... différente, pas exactement rêveuse, mais absente. Et son allure, même, était différente. Oh ! c'est difficile à expliquer ! C'est le genre de chose qu'une femme sent — et bien sûr à propos de laquelle elle peut très bien se tromper.

— Merci infiniment, mademoiselle. Une dernière chose. Connaissez-vous, parmi les amis de miss Adams, quelqu'un dont le nom commencerait par la lettre D ?

— D ? fit Jenny Driver en réfléchissant. D ? Non, je ne vois pas, je regrette.

11

L'ÉGOÏSTE

Je ne pense pas que Poirot ait espéré une autre réponse. Néanmoins, il secoua tristement la tête, perdu dans ses pensées. Jenny Driver se pencha et, les coudes sur la table, demanda :

— Et maintenant, va-t-on enfin me dire quelque chose ?

— Mademoiselle, permettez-moi d'abord de vous féliciter, répondit Poirot. Vos réponses à mes questions ont été particulièrement intelligentes. Il est clair que vous avez de la cervelle, mademoiselle. Vous me demandez si je vais vous dire quelque chose ? Je vous réponds : pas grand-chose. Juste quelques faits tout nus, mademoiselle.

Il s'arrêta un instant, puis expliqua posément :

— Lord Edgware a été assassiné la nuit dernière, dans sa bibliothèque. A 10 heures, hier soir, une dame, que je soupçonne être votre amie miss Adams, est venue chez lui, a demandé à le voir et s'est présentée sous le nom de lady Edgware. Elle portait une perruque blonde et était maquillée de façon à ressembler à la vraie lady Edgware, qui, comme vous le savez sans doute, est miss Jane Wilkinson, l'actrice. Miss Adams, si c'était bien elle, n'est restée que quelques minutes. Elle a quitté la maison à 10 h 05, mais est rentrée chez elle après minuit. Elle s'est couchée, après avoir absorbé une trop forte dose de véronal. Maintenant, mademoiselle, vous voyez pourquoi je vous ai posé toutes ces questions.

Jenny prit une profonde inspiration.

— Oui, dit-elle. Je vois. Je pense que vous avez raison, monsieur Poirot. Je veux dire, raison de penser qu'il s'agissait de Carlotta. Ne serait-ce que parce qu'elle est venue m'acheter un chapeau, hier.

— Un chapeau ?

— Oui. Elle en voulait un qui lui cache le côté gauche du visage.

Je dois insérer ici quelques mots d'explication car j'ignore à quelle époque on lira ces lignes. De mon temps, j'ai vu se succéder de nombreuses modes en matière de chapeaux féminins : la cloche qui masquait si complètement le visage qu'on désespérait de reconnaître ses amies ; le chapeau incliné vers l'avant, le bibi délicatement posé sur la nuque, le béret et bien d'autres. En ce mois de juin-là, le chapeau ressemblait à une assiette à soupe renversée, que l'on portait attaché (comme par succion) sur une oreille, laissant l'autre partie du visage et des cheveux libres à l'examen.

— Ces chapeaux se portent habituellement du côté droit, n'est-ce pas ? demanda Poirot.

La petite modiste acquiesça.

— Mais nous en avons toujours quelques-uns qui se portent sur la gauche, expliqua-t-elle. Certaines personnes préfèrent de beaucoup leur profil droit, d'autres se coiffent avec tous leurs cheveux d'un même côté. Voyons, y a-t-il une raison pour laquelle Carlotta aurait pu vouloir cacher son profil gauche ?

Je me rappelai que la porte d'entrée, à Regent Gate, s'ouvrait vers la gauche, de sorte que quiconque entrait était vu de ce côté par le majordome. Et je me rappelai aussi (je l'avais remarqué l'autre soir) que Jane Wilkinson avait un petit grain de beauté au coin de l'œil gauche.

Tout excité, je fis part de mes réflexions à Poirot. Il approuva énergiquement.

— C'est ça, c'est ça. Vous avez parfaitement raison, Hastings. Oui, cela explique l'achat du chapeau.

— Monsieur Poirot ? (Jenny se redressa soudain.) Vous ne croyez pas... vous ne croyez tout de même pas que c'est Carlotta qui l'a fait ? Je veux dire, qui l'a tué ? Vous ne pouvez pas penser ça. Sous prétexte qu'elle a eu quelques paroles amères à son endroit.

— Non, je ne le crois pas. N'empêche, je trouve curieux qu'elle ait parlé de lord Edgware en ces termes. J'aimerais savoir pourquoi. Qu'avait-il pu faire, que savait-elle pour qu'elle parle de lui de cette façon ?

— Je l'ignore, mais elle ne l'a pas tué. Elle était... oh ! Elle était... eh bien... trop raffinée !

Poirot hocha la tête.

— Oui. Oui. Vous exprimez cela très bien. C'est un point d'ordre psychologique, je suis d'accord. Ce crime est scientifique, mais pas raffiné.

— Scientifique ?

— Oui. L'assassin savait exactement où frapper pour atteindre les centres nerveux vitaux à la base du crâne, là où il se raccorde à la moelle épinière.

— Un médecin, dit Jenny d'un air songeur.

— Miss Adams connaissait-elle un médecin ? Je veux dire, en comptait-elle un en particulier parmi ses amis ?

— Pas que je sache. Du moins, pas en Angleterre.

— Encore une question. Miss Adams portait-elle un pince-nez ?

— Des verres ? Jamais !

— Ah ! fit Poirot en fronçant les sourcils.

Une vision me traversa l'esprit. Un médecin sentant l'acide phénique, aux yeux de myope chaussés de puissantes lentilles... Absurde !

— A propos, miss Adams connaissait-elle Bryan Martin, l'acteur ? demanda Poirot.

— Oh, oui ! Elle m'a dit qu'elle l'a connu tout enfant. Mais je ne crois pas qu'ils se voyaient beaucoup. De temps en temps, seulement. Elle pensait que le succès lui était monté à la tête.

Elle consulta sa montre et poussa une exclamation.

— Mon Dieu ! Il faut que je file. Vous ai-je été de quelque utilité, monsieur Poirot ?

— Certainement, mademoiselle. Je vous demanderai encore votre aide, à l'occasion.

— Je suis à votre disposition. Il faut trouver celui qui a conçu ce plan diabolique !

Elle nous serra rapidement la main, sourit, découvrant des dents éclatantes, et nous quitta avec sa brusquerie habituelle.

— Une personnalité intéressante, déclara Poirot en payant la note.

— Elle me plaît, dis-je.

— Il est toujours agréable de rencontrer des gens à l'esprit vif.

— Un peu dure, peut-être ? ajoutai-je après réflexion. La nouvelle de la mort de son amie ne l'a pas bouleversée autant que je l'aurais cru.

— Elle n'est certainement pas du genre à pleurer, reconnut Poirot.

— Avez-vous tiré de cet entretien ce que vous désiriez ?

Il secoua la tête.

— Non. J'espérais... j'espérais beaucoup obtenir un indice conduisant à D, la personne qui a offert à Carlotta la petite boîte en or. J'ai échoué. Malheureusement, Carlotta Adams était une fille réservée. Elle ne racontait rien sur ses amis ou sur ses affaires de cœur. D'ailleurs, la personne qui a eu l'idée de cette mystification n'était peut-être pas du tout de ses amis. Une simple connaissance a pu lui faire cette proposition — sous prétexte de « s'amuser » — moyennant finances. Cette personne aura pu remarquer la boîte en or qu'elle transportait avec elle et avoir eu l'occasion d'en apercevoir le contenu.

» Mais comment diable a-t-on pu lui faire avaler le véronal ? Et quand ? Bien sûr, il y a eu le moment pendant lequel la porte de l'appartement est restée ouverte, lorsque la femme de chambre est sortie poster la lettre. Mais cela ne me satisfait pas. C'est trop compter sur la chance. Et maintenant, au travail. Il nous reste deux pistes possibles.

— Lesquelles ?

— D'abord, l'appel téléphonique au numéro de « Victoria ». Il me paraît tout à fait plausible que Carlotta ait téléphoné en rentrant pour annoncer son succès. D'autre part, où était-elle entre 10 h 05 et minuit ? Elle a pu avoir rendez-vous avec l'instigateur de la supercherie. Dans ce cas, ce coup de téléphone aurait été simplement destiné à un ami.

— Et la seconde piste ?

— Ah ! Je compte beaucoup sur elle ! C'est la lettre, Hastings. La lettre de Carlotta à sa sœur. Il est possible, je dis bien, possible, qu'elle lui ait raconté toute l'affaire. Cela n'était pas trahir son secret, puisqu'on ne devait lire cette lettre qu'une semaine plus tard, et à l'étranger de surcroît.

— Fantastique, si c'est le cas !

— Ne misons pas trop là-dessus, Hastings. C'est une possibilité, voilà tout. Maintenant, prenons les choses par l'autre bout.

— Qu'appelez-vous l'autre bout ?

— Une analyse approfondie de tous ceux à qui profite le moins du monde la mort de lord Edgware.

Je haussai les épaules.

— Hormis son neveu et sa femme...

— Et l'homme que sa femme voulait épouser, ajouta Poirot.

— Le duc de Merton ? Il est à Paris.

— En effet. Mais vous ne pouvez pas nier qu'il soit intéressé à l'affaire. Et puis il y a les domestiques, le majordome. Qui sait quels griefs ils pouvaient nourrir ? Mais je pense que nous devrions attaquer par un nouvel entretien avec Jane Wilkinson. Elle est astucieuse. Elle nous ouvrira peut-être de nouveaux horizons.

Nous retournâmes une fois de plus au *Savoy*. Nous trouvâmes la dame entourée de cartons et de papiers de soie, d'exquises étoffes noires éparpillées sur tous les dossiers de chaise. Jane, l'air grave et absorbé, était en train d'essayer un autre petit chapeau noir devant le miroir.

— Bonjour, monsieur Poirot. Asseyez-vous. Enfin, si on peut s'asseoir quelque part. Ellis, voulez-vous libérer quelque chose ?

— Madame, vous êtes ravissante.

Jane répondit très sérieusement.

— Je ne veux pas jouer les hypocrites, monsieur Poirot. Mais il faut bien respecter les convenances, n'est-ce pas ? Je pense que je dois être prudente. Oh ! A propos, j'ai reçu un adorable télégramme du duc.

— De Paris ?

— Oui, de Paris. Réservé, naturellement, soi-disant des condoléances... Mais rédigées de façon que je puisse lire entre les lignes.

— Mes félicitations, madame.

— J'ai réfléchi, monsieur Poirot, dit-elle en battant des mains et en baissant le ton. (On aurait dit un ange s'apprêtant à laisser libre cours à des pensées d'une exquise sainteté.) Tout ceci est tellement *miraculeux*, si vous voyez ce que je veux dire. Me voici, tous mes soucis envolés. Pas de pénible histoire de divorce. Plus de tracas. Le chemin est libre, tout va comme sur des roulettes. Cela me remplit d'un sentiment presque religieux, si vous voyez ce que je veux dire.

Je retins mon souffle. Poirot la regarda, la tête légèrement penchée de côté. Elle avait l'air tout à fait sérieuse.

— C'est ce qui vous frappe, madame, hein ?

— Les choses tournent très bien pour moi, reprit Jane dans une sorte de chuchotement émerveillé. Ces derniers temps, je n'arrêtais pas de penser : « Si seulement Edgware pouvait mourir. » Et voilà, il est mort ! C'est... C'est presque comme une réponse à une prière.

Poirot s'éclaircit la gorge.

— Je ne peux pas dire que je vois les choses tout à fait de la même façon, madame. Quelqu'un a tué votre mari.

Elle hocha la tête.

— Oui, évidemment.

— Il ne vous est pas venu à l'idée de vous demander qui cela pouvait être ?

Elle le contempla fixement.

— Cela a-t-il de l'importance ? Je veux dire... Quel rapport ? Le duc et moi allons pouvoir nous marier d'ici quatre ou cinq mois.

Poirot eut du mal à se maîtriser.

— Oui, madame. Je sais cela. Mais ceci mis à part,

vous ne vous êtes jamais demandé *qui a tué votre mari ?*

— Non.

Elle avait l'air toute surprise. Manifestement, l'idée la fit réfléchir.

— Et cela ne vous intéresse pas de le savoir ? demanda Poirot.

— Pas beaucoup, je dois dire, reconnut-elle. Je suppose que la police le trouvera. Ils sont très habiles, non ?

— C'est ce qu'on dit. Mais moi aussi je vais m'efforcer de le trouver.

— Vraiment ? Comme c'est amusant !

— Pourquoi amusant ?

— Eh bien, je ne sais pas.

Elle avait l'œil de nouveau attiré par ses vêtements. Elle enfila un manteau en satin et se regarda dans la glace.

— Vous n'y voyez pas d'inconvénient ? demanda malicieusement Poirot.

— Bien sûr que non, monsieur Poirot. Je serais ravie que vous fassiez la preuve de votre habileté. Je vous souhaite de réussir.

— Madame, je veux plus que des souhaits. Je veux votre opinion.

Mon opinion ? répéta Jane d'un air absent en tournant la tête pour s'examiner de dos. A propos de quoi ?

— Qui aurait pu tuer votre mari, selon vous ?

Jane secoua la tête.

— Je n'en ai aucune idée.

Elle remua les épaules et prit sa glace à main.

— Madame ! fit Poirot d'une voix forte et énergique. QUI, À VOTRE AVIS, A TUÉ VOTRE MARI ?

Cette fois-ci, il atteignit son but. Jane lui lança un regard surpris.

— Geraldine, je pense, dit-elle.

— Qui est Geraldine ?

Mais Jane avait déjà l'esprit ailleurs.

— Ellis, remontez un peu l'épaule droite. Voilà. Pardon, monsieur Poirot ? Geraldine est sa fille. Non, Ellis, l'épaule *droite*. C'est mieux. Oh ! vous devez déjà partir, monsieur Poirot ? Je vous suis extrêmement reconnaissante pour tout. Je veux dire, pour le divorce, même si ce n'est plus nécessaire. Je penserai toujours que vous avez été merveilleux.

Je ne revis Jane Wilkinson qu'à deux reprises. Une fois sur scène, et une autre fois, assis en face d'elle lors d'un déjeuner. Mais je la vois toujours comme je l'ai vue ce jour-là, absorbée corps et âme dans ses vêtements, ses lèvres laissant négligemment échapper les mots qui devaient influencer la conduite de Poirot, l'esprit fermement et parfaitement concentré sur sa propre personne.

— Epatant, déclara Poirot avec admiration lorsque nous nous retrouvâmes dans la rue.

12

LA FILLE

En regagnant nos appartements, nous trouvâmes sur le bureau une lettre qui avait été déposée par un coursier. Poirot l'ouvrit avec soin, comme d'habitude, et se mit à rire.

— Quand on parle du loup... Voyez, Hastings.

Le papier portait l'adresse du 17, Regent Gate et était couvert d'une écriture verticale très caractéristique, qui semblait à première vue facile à lire, mais qui, bizarrement, ne l'était pas.

Cher Monsieur,

On m'a dit que vous êtes venu à la maison ce matin, avec l'inspecteur. Je suis désolée de n'avoir pas eu l'occasion de vous parler. Si cela vous convient, je vous serais très obligée de me consacrer quelques minutes cet après-midi.

Bien sincèrement,

Geraldine Marsh.

— Curieux, dis-je. Je me demande pourquoi elle veut vous voir...

— Vous trouvez curieux qu'elle veuille me voir ? Vous n'êtes pas très poli, mon ami.

Poirot avait l'horripilante habitude de plaisanter au moment le moins opportun.

— Nous allons y aller tout de suite, Hastings, dit-il, et il se coiffa de son chapeau après l'avoir amoureusement débarrassé d'un grain de poussière imaginaire.

L'idée que Geraldine pouvait avoir tué son père, comme l'avait négligemment suggéré Jane Wilkinson, me paraissait particulièrement absurde. Seule une personne dépourvue de cervelle pouvait envisager une chose pareille. C'est ce que je dis à Poirot.

— Cervelle, cervelle... Qu'entendez-vous exactement par là ? Dans votre langage, vous diriez que Jane Wilkinson a une cervelle d'oiseau. C'est une expression dépréciative. Mais considérez un instant l'oiseau. Il existe et se multiplie, non ? Dans la Nature, c'est un signe de supériorité mentale. La charmante lady Edgware ne connaît ni l'histoire, ni la géographie, ni les classiques, sans doute. Le nom de Lao Tseu évoquera pour elle un pékinois primé, le nom de Molière, une maison de couture. Mais quand il s'agit de choisir des vêtements, de faire des mariages riches et avantageux et d'obtenir ce qu'elle veut, son taux de réussite est phénoménal.

» L'opinion d'un philosophe à propos de qui pourrait être l'assassin de lord Edgware ne me serait d'aucune utilité. Du point de vue d'un philosophe, un meurtre doit avoir pour mobile le plus grand bien du plus grand nombre, et comme il est bien difficile de le déterminer, les philosophes font rarement des meurtriers. En revanche, l'opinion irréfléchie de lady Edgware *peut* m'être utile, car elle a un point de vue matérialiste fondé sur la connaissance des pires côtés de la nature humaine.

— Il y a peut-être du vrai là-dedans, concédai-je.

— Nous y voici, dit Poirot. Je suis curieux de savoir pourquoi cette jeune personne tient tant à me voir.

— C'est un désir bien naturel, dis-je, en lui renvoyant la balle. Vous l'avez dit vous-même il y a un quart d'heure. Le désir bien naturel de voir de près quelque chose d'unique.

— C'est peut-être vous, mon bon ami, qui avez fait impression sur son cœur l'autre jour, répliqua Poirot en sonnant.

Je me souvins du visage étonné de la jeune fille qui m'était apparue sur le seuil. Je voyais encore ses yeux noirs et ardents dans son visage blême. Ce simple coup d'œil m'avait beaucoup frappé.

On nous fit monter dans un grand salon, où Geraldine Marsh arriva quelques minutes après.

La vive impression qu'elle m'avait faite se trouva renforcée. Cette fille grande et mince, au teint pâle et aux immenses yeux noirs obsédants, était fascinante.

Son maintien très calme, étant donné son âge, était d'autant plus remarquable.

— C'est très gentil à vous d'être venu si vite, monsieur Poirot, dit-elle. Je suis désolée de vous avoir manqué ce matin.

— Vous étiez couchée ?

— Oui. Miss Carroll — la secrétaire de mon père — m'y avait forcée. Elle a été très gentille.

Elle s'était exprimée avec une étrange réticence, qui m'intrigua.

— En quoi puis-je vous être utile, mademoiselle ? demanda Poirot.

— Vous êtes venu voir mon père, hier, juste avant le drame ? demanda-t-elle après un moment d'hésitation.

— Oui, mademoiselle.

— Pourquoi ? Etait-ce lui qui vous avait convoqué ?

Poirot ne répondit pas tout de suite. Il semblait réfléchir. Je crois maintenant que c'était savamment calculé de sa part. Il voulait la pousser à parler. Il avait compris qu'elle était du genre impatient. Elle voulait tout, tout de suite.

— Craignait-il quelque chose ? Dites-le-moi, je vous en prie. Il faut que je le sache. De qui avait-il peur ? Pourquoi ? Que vous a-t-il dit ? Oh ! Pourquoi ne dites-vous rien ?

Je me doutais que ce calme qu'elle affichait n'était pas naturel. Il n'avait pas mis longtemps à se rompre. Le buste incliné maintenant, Geraldine se tordait nerveusement les mains sur les genoux.

— Ce qui s'est passé entre lord Edgware et moi était confidentiel, dit lentement Poirot.

Il ne la quittait pas des yeux.

— Alors, il s'agissait de... je veux dire, cela devait avoir un rapport avec... la famille. Oh ! Pourquoi me torturez-vous ? Pourquoi ne voulez-vous pas répondre ? Il faut que je sache. Il le faut, je vous dis.

Une fois de plus, très lentement, Poirot secoua la tête, comme en proie à une profonde perplexité.

Geraldine Marsh se redressa.

— Monsieur Poirot, dit-elle. Etant sa fille, je suis en droit de savoir ce que craignait mon père la veille de sa mort. Ce n'est pas juste de me laisser dans l'ignorance. Et ce n'est pas juste envers mon père de ne rien vouloir me dire.

— Aimiez-vous donc tant votre père, mademoiselle ? demanda doucement Poirot.

Elle eut un mouvement de recul, comme si on l'avait piquée.

— Si je l'aimais ? murmura-t-elle. Si je l'aimais... Je... je...

Et soudain elle perdit brusquement son sang-froid. Elle éclata de rire. Renversée dans son fauteuil, elle riait, riait....

— C'est trop drôle ! Quelle question ! C'est trop drôle... disait-elle, haletante.

Son fou rire hystérique n'était pas passé inaperçu. La porte s'ouvrit et miss Carroll entra. Elle se montra ferme et efficace.

— Allons, allons, Geraldine, mon petit, reprenez-vous. Non, non. Cela suffit, maintenant. Calmez-vous. Calmez-vous immédiatement.

Ce ton ferme produisit son effet. Le rire de Geraldine faiblit. Elle s'essuya les yeux et se redressa.

— Je vous demande pardon, dit-elle à voix basse. C'est la première fois que cela m'arrive.

Miss Carroll continuait à la regarder avec inquiétude.

— Tout va bien à présent, miss Carroll. C'était stupide.

Et soudain, elle sourit. Un sourire étrange, amer, qui lui déforma les lèvres. Elle se tint bien droite, sans regarder personne.

— Il m'a demandé, dit-elle d'une voix claire et froide, si j'aimais mon père.

Miss Carroll poussa une espèce de vague gloussement. C'était signe, chez elle, d'indécision. Geraldine poursuivit, la voix haute et méprisante :

— Vaut-il mieux mentir ou dire la vérité ? La vérité, je pense. Je n'aimais pas mon père. Je le haïssais.

— Geraldine, mon petit !

— Pourquoi faire semblant ? Vous ne le détestiez pas, parce qu'il ne pouvait pas vous atteindre. Vous étiez l'une des rares personnes au monde qui lui échappait. Pour vous, il ne représentait rien d'autre qu'un employeur qui vous payait tant par an. Ses accès de rage, ses bizarreries, ne vous intéressaient pas ; vous les ignoriez. Je sais ce que vous allez me dire : « Chacun sa croix. » Vous étiez gaie, insouciante. Vous êtes une femme forte. Vous n'êtes pas vraiment humaine. Mais il est vrai que vous pouviez quitter la maison sur l'instant. Pas moi. Ma place était ici.

— Vraiment, Geraldine, je ne pense pas qu'il soit nécessaire de raconter tout ceci. Pères et filles s'entendent souvent mal. Mais, dans la vie, j'ai constaté que moins on parle, mieux ça vaut.

Geraldine lui tourna le dos et s'adressa à Poirot.

— Monsieur Poirot, je *haïssais* mon père. Je suis contente qu'il soit mort. Pour moi, cela signifie la liberté, la liberté et l'indépendance. Je ne tiens pas du tout à retrouver son assassin. Pour ce que nous en savons, la personne qui l'a tué avait peut-être de bonnes — de très bonnes raisons pour justifier son acte.

Poirot la regarda, pensif.

— Voilà un principe qu'il serait dangereux d'adopter, mademoiselle.

— Si on pend quelqu'un, est-ce que cela fera revivre mon père ?

— Non, répondit Poirot. Mais cela peut empêcher l'assassinat d'autres personnes innocentes.

— Je ne comprends pas.

— Quelqu'un qui a tué une fois recommence presque toujours. Parfois même plusieurs fois.

— Je n'en crois rien. Pas... pas une vraie personne.

— Vous voulez dire, s'il ne s'agit pas d'un maniaque homicide ? Eh bien si ! On a supprimé une vie, — peut-être à l'issue d'une lutte terrible avec sa conscience. Ensuite — le danger vous guettant — le second crime est déjà moralement plus facile. A la moindre menace, au premier soupçon, le troisième suit. Et, peu à peu, une sorte d'orgueil de l'artiste s'éveille, tuer devient un *métier*. On finit presque par le faire pour le plaisir.

La jeune fille avait caché son visage entre ses mains.

— C'est horrible ! Horrible ! Ce n'est pas vrai.

— Et si je vous disais que *c'est déjà fait ?* Que déjà, pour se sauver, *l'assassin a tué une deuxième fois ?*

— Comment, monsieur Poirot ? s'écria miss Carroll. Un autre meurtre ? Où ça ? Qui ?

Poirot secoua doucement la tête.

— C'était une simple illustration de mon propos. Je vous demande pardon.

— Oh ! J'ai vraiment cru un instant... Et maintenant Geraldine, allez-vous cesser ces propos ridicules ?

— Je vois que vous êtes de mon côté, fit Poirot avec un petit salut.

— Je ne suis pas pour la peine capitale, déclara vivement miss Carroll. Ceci mis à part, je suis certainement de votre côté. La société doit être protégée.

Geraldine se leva. Elle se passa la main dans les cheveux.

— Je suis désolée, dit-elle. Je crois que je me suis

conduite comme une idiote. Vous refusez toujours de me dire pourquoi mon père vous a convoqué ?

— Convoqué ? répéta miss Carroll, stupéfaite.

— Vous m'avez mal compris, mademoiselle Marsh. Je n'ai jamais refusé de vous le dire.

Poirot était bien obligé maintenant de jouer carte sur table.

— Je me demandais simplement dans quelle mesure notre entrevue devait être considérée comme confidentielle. Votre père ne m'a pas convoqué. J'ai sollicité un entretien avec lui pour le compte d'une de mes clientes. Cette cliente, c'était lady Edgware.

— Oh ! Je vois !

Une curieuse expression passa sur le visage de la jeune fille. Je crus d'abord que c'était de la déception. Puis je compris que c'était du soulagement.

— J'ai été stupide, dit-elle lentement. J'ai cru que mon père s'était peut-être senti menacé par un danger quelconque. C'était idiot.

— Vous savez, monsieur Poirot, intervint miss Carroll, vous m'avez causé un vrai choc en suggérant que cette femme avait commis un deuxième meurtre.

Poirot ne lui répondit pas. Il demanda à Geraldine :

— Pensez-vous que lady Edgware a commis ce crime, mademoiselle ?

— Non, je ne crois pas. Je ne l'imagine pas faisant une chose pareille. Elle n'est pas assez... comment dirais-je... pas assez naturelle.

— Je ne vois pas qui d'autre aurait pu le faire, déclara miss Carroll. Et je ne crois pas que ce genre de femme ait un quelconque sens moral.

— Ce n'est pas forcément elle, raisonna Geraldine. Elle a pu venir ici, avoir un entretien avec lui et repartir, et le vrai meurtrier peut être une espèce de fou qui sera venu après.

— Tous les assassins ont des déficiences mentales, c'est bien connu, déclara miss Carroll. Des troubles des glandes à sécrétion interne.

A cet instant, la porte s'ouvrit, un jeune homme entra et s'arrêta, embarrassé.

— Pardon, dit-il. J'ignorais qu'il y avait du monde.

Geraldine le présenta.

— Mon cousin, lord Edgware. Mr Poirot. Ce n'est pas grave, Ronald. Tu ne nous déranges pas.

— Tu es sûre, Dina ? Comment allez-vous, monsieur Poirot ? Vos petites cellules grises sont-elles en train de fonctionner à propos du mystère qui touche notre famille ?

Je fis un effort de mémoire. Ce visage rond, jovial et sans expression, ces yeux légèrement pochés, cette petite moustache perdue comme une île au milieu de cette étendue...

Bien sûr ! C'était le compagnon de Carlotta Adams le soir du souper chez Jane Wilkinson.

Le capitaine Ronald Marsh. Maintenant, lord Edgware.

13

LE NEVEU

Le nouveau lord Edgware avait l'œil vif. Il remarqua mon léger mouvement de surprise.

— Ah ! Vous vous souvenez de moi ? dit-il aimablement. La petite soirée chez tante Jane... J'étais légèrement éméché, non ? Mais je m'imaginais que c'était passé inaperçu.

Poirot prenait congé de Geraldine Marsh et de miss Carroll.

— Je descends avec vous, dit Ronald.

Dans l'escalier, il poursuivit :

— Drôle de chose, la vie. Chassé à coup de pied un jour, maître du château le lendemain. Feu mon oncle, que je ne pleure pas, m'avait flanqué à la porte, il y a trois ans. Mais vous savez certainement tout ça, monsieur Poirot.

— J'en ai entendu parler, oui, répondit tranquillement Poirot.

— Bien sûr. Une chose pareille, on peut être sûr

qu'elle sera déterrée. Un fin limier ne risque pas de passer à côté.

Il sourit.

Puis il ouvrit la porte de la salle à manger.

— Vous boirez bien une goutte avant de partir ?

Poirot refusa. Moi aussi. Le jeune homme se fit un mélange qu'il but tout en continuant à parler.

— A la santé du meurtrier ! dit-il gaiement. En l'espace d'une courte nuit, celui qui était le désespoir du créditeur tourne à l'espoir du marchand. Hier, j'étais face à la ruine, aujourd'hui tout n'est qu'abondance. Dieu bénisse tante Jane !

Il vida son verre d'un trait. Puis, changeant de ton, il demanda :

— Sérieusement, monsieur Poirot, que faites-vous ici ? Il y a quelques jours, Jane déclamait sur un ton théâtral : « Qui me débarrassera de cet insolent tyran ? » et voilà qu'elle en est débarrassée ! Pas par votre intermédiaire, j'espère ? Le crime parfait, par Hercule Poirot, ex-chien policier.

— Je suis là, cet après-midi, pour répondre à un message de miss Geraldine Marsh, répondit Poirot en souriant.

— Une réponse qui n'en est pas une, hein ? Non, monsieur Poirot, que faites-vous vraiment ici ? vous vous intéressez à la mort de mon oncle. Pour une raison ou pour une autre.

— Je m'intéresse toujours aux assassinats, lord Edgware.

— Mais vous n'en commettez pas. C'est très prudent. Vous devriez enseigner la prudence à tante Jane. La prudence et les rudiments de l'art du camouflage. Pardonnez-moi de l'appeler tante Jane. Ça m'amuse. Vous avez vu son air ébahi quand je l'ai fait, l'autre jour ? Elle n'avait pas la moindre idée de qui j'étais.

— Vraiment ?

— Non. On m'avait chassé trois mois avant son arrivée.

Son air niais et bon enfant s'évanouit un instant. Puis, il reprit d'un ton léger :

— Superbe femme. Mais sans subtilité. Ses méthodes sont plutôt grossières, hein ?

Poirot haussa les épaules.

— C'est possible.

Ronald le regarda avec curiosité.

— J'ai l'impression que vous ne pensez pas qu'elle l'ait fait. Alors, elle vous a entortillé, vous aussi ?

— J'ai beaucoup d'admiration pour la beauté, déclara Poirot d'un ton égal. Mais pour... les preuves...

Il avait prononcé ce dernier mot très doucement.

— Les preuves ? répéta l'autre vivement.

— Peut-être ignorez-vous, lord Edgware, que lady Edgware se trouvait à une soirée, à Chiswick, à l'heure où l'on prétend l'avoir vue ici ?

Ronald poussa un juron.

— Alors, elle y est quand même allée ! Ah ! Les femmes ! A 6 heures, elle jurait ses grands dieux que rien ne la ferait sortir ce soir-là, et je suppose que dix minutes plus tard, elle avait changé d'avis. Si vous organisez un meurtre, ne comptez jamais sur les femmes. C'est à cause d'elles que les plans les mieux conçus se détraquent. Non, monsieur Poirot, je ne suis pas en train de m'accuser. Oh, oui ! je sais très bien ce qui vous a traversé l'esprit ! Qui est le Suspect Naturel ? Le célèbre Méchant — Propre à rien de Neveu !

Il se renversa en riant dans son fauteuil.

— Je vais faire faire des économies à vos petites cellules grises, monsieur Poirot. Inutile de vous épuiser à chercher quelqu'un qui m'aurait aperçu avec tante Jane hier après-midi, lorsqu'elle a déclaré que jamais, jamais, au grand jamais elle ne sortirait ce soir-là, etc. Vous vous demanderez alors si le méchant neveu n'est pas venu ici la nuit dernière, coiffé d'une perruque blonde et d'un chapeau parisien.

S'amusant visiblement de la situation, Ronald Marsh nous observait tous les deux. Poirot, la tête légèrement inclinée, le regardait attentivement. Je me sentais assez mal à l'aise.

— J'avais un mobile, reprit-il — Oh, oui ! le

mobile est connu. Et je vais vous faire cadeau d'un renseignement d'une valeur inestimable. Je suis venu voir mon oncle. Pourquoi ? Pour lui demander de l'argent. Oui — vous vous pourléchez les babines : pour lui DEMANDER DE L'ARGENT ! Je suis reparti bredouille. Et le soir même, lord Edgware meurt, le couteau sur la nuque. Un bon titre ça, à propos. Le couteau sur la nuque. Ça ferait bien dans une vitrine.

Il marqua une pause. Poirot continua à garder le silence.

— Je suis sincèrement flatté de votre attention, monsieur Poirot. Le capitaine Hastings a l'air de quelqu'un qui a vu un fantôme, ou qui s'attend à en voir un. Ne soyez pas si tendu, mon ami. Attendez la chute. Bon. Où en étions-nous ? Ah oui. Affaire du Méchant Neveu qui veut rejeter la faute sur sa détestée Tante par Alliance. Le neveu, autrefois célèbre pour ses incarnations de personnages féminins, dans son plus grand rôle dramatique. D'une voix de petite fille, il s'annonce comme étant lady Edgware et se faufile devant le majordome à petits pas. Il n'éveille aucun soupçon. « Jane », s'écrie mon oncle affectionné. Je glapis. Je lui passe les bras autour du cou et enfonce gentiment le canif. La suite est purement médicale et peut être omise. Exit la soi-disant dame. Et au lit après une bonne journée de travail.

Il éclata de rire, se leva et alla se verser un autre whisky-soda. Puis il retourna lentement s'asseoir.

— Plausible, non ? Mais vient maintenant le point capital. La déception ! L'impression désagréable d'avoir été menés en bateau. Car maintenant, monsieur Poirot, nous arrivons à l'alibi !

Il vida son verre.

— J'ai toujours beaucoup aimé les alibis, remarqua-t-il. Lorsque je lis un roman policier, mon attention se réveille quand on en vient à l'alibi. Le mien est remarquablement bon. Trois personnes de poids, et juives par-dessus le marché. Pour parler clairement, Mr, Mrs et miss Dortheimer. Très riches et très musiciens. Ils ont une loge à Covent Garden. Dans cette loge ils invitent des jeunes gens pleins d'avenir. Je suis, monsieur Poirot, un jeune homme plein d'avenir — disons aussi doué qu'ils peuvent l'espérer. Si j'aime l'opéra ? Franchement, non. Mais j'apprécie l'excellent dîner qui précède, à Grosvenor Square, et j'apprécie aussi l'excellent souper qui suit quelque part ailleurs, même si je dois danser avec Rachel Dortheimer et avoir le bras raide ensuite pendant deux jours. Nous y voilà, monsieur Poirot. Tandis que coule le sang de mon oncle, je chuchote de joyeux riens dans l'oreille incrustée de diamants de la blonde — Oh, non ! qu'elle me pardonne ! —, de la brune Rachel, dans une loge de Covent Garden... Son long nez juif tremble d'émotion. Vous comprenez, monsieur Poirot, pourquoi je peux me permettre d'être si franc. (Il se cala au fond de son siège.) J'espère que je ne vous ai pas ennuyé. Des questions ?

— Je peux vous assurer que vous ne m'avez pas ennuyé, déclara Poirot. Et, puisque vous êtes si obligeant, il y a une petite question que j'aimerais vous poser ?

— Avec joie.

— Depuis quand connaissez-vous miss Carlotta Adams, lord Edgware ?

Quelle que soit la question à laquelle il s'attendait, ce n'était certainement pas à celle-là.

Il se redressa vivement, ayant complètement changé d'expression.

— Pourquoi diable voulez-vous savoir ça ? Quel rapport avec ce dont nous parlons ?

— Simple curiosité. Pour le reste, vous avez tout expliqué si complètement que je ne vois rien de plus à vous demander.

Ronald lui jeta un rapide coup d'œil. On aurait dit qu'il n'appréciait pas l'aimable assentiment de Poirot. Il me semble qu'il aurait préféré le trouver plus soupçonneux.

— Carlotta Adams ? Attendez... Environ un an. Un petit peu plus. Je l'ai rencontrée l'année dernière lorsqu'elle a donné son spectacle pour la première fois.

— Vous la connaissiez bien ?

— Assez. Mais c'est le genre de fille qu'on ne connaît jamais très bien. Réservée et tout et tout.

— Mais vous l'aimez bien ?

Ronald le dévisagea.

— J'aimerais savoir pourquoi vous vous intéressez tant à cette dame. Est-ce parce que j'étais avec elle l'autre soir ? C'est vrai, je l'aime beaucoup. Elle est compréhensive : elle vous écoute et vous donne l'impression que vous êtes quelqu'un, après tout.

Poirot hocha la tête.

— Je vois. Alors vous allez être désolé !

— Désolé ? De quoi ?

— De ce qu'elle soit morte.

— Quoi ?

Ronald bondit de stupeur.

— Carlotta, morte ? (Il avait l'air totalement confondu par la nouvelle.) Vous me faites marcher, monsieur Poirot. Carlotta allait très bien la dernière fois que je l'ai vue !

— Quand ça ? demanda vivement Poirot.

— Avant-hier, je crois. Je ne m'en souviens plus.

— Et pourtant, elle est morte.

— Cela a dû être brutal ? Que s'est-il passé ? Un accident dans la rue ?

Poirot fixa le plafond.

— Non. Elle a absorbé une trop forte dose de véronal.

— Oh, mon Dieu ! La pauvre petite ! C'est très triste...

— N'est-ce pas ?

— Je suis désolé, en effet. Tout allait si bien pour elle ! Elle voulait faire venir sa petite sœur d'Amérique, elle avait toutes sortes de projets. Bon Dieu ! Je suis plus désolé que je ne saurais le dire.

— Oui, dit Poirot. C'est triste de mourir quand on ne veut pas mourir, quand on a toute la vie devant soi et toutes les raisons de vivre.

Ronald le regarda avec curiosité.

— Non ? où voulez-vous en venir, monsieur Poirot ?

Poirot se leva et lui tendit la main.

— J'exprime mon sentiment — un peu brutalement, peut-être. Mais je n'aime pas qu'on prive les jeunes de leur droit à la vie, lord Edgware. Cela... m'affecte très profondément. Je vous souhaite le bonjour.

— Oh ! heu... au revoir.

Il paraissait assez abattu.

En ouvrant la porte, je faillis me heurter à miss Carroll.

— Ah ! Monsieur Poirot, on m'a dit que vous n'étiez pas encore parti. J'aimerais vous parler une minute. Vous accepterez peut-être de monter dans ma chambre ?

Nous montâmes tous les trois.

— C'est à propos de Geraldine, dit-elle lorsque nous eûmes refermé la porte de son sanctuaire.

— Oui, mademoiselle ?

— Cette enfant vous a raconté un tas d'inepties, tout à l'heure. Non, ne protestez pas. Des inepties. J'appelle ça comme ça et ce n'est pas autre chose. Elle rumine.

— Elle m'a paru en effet extrêmement tendue, dit Poirot.

— Pour dire la vérité, elle n'a pas eu une existence bien heureuse, vous savez. Personne ne pourrait dire le contraire. En toute honnêteté, monsieur Poirot, lord Edgware était très spécial — pas le genre d'homme à s'occuper de l'éducation d'un enfant. Très franchement, il terrorisait Geraldine.

— Oui, j'imagine bien quelque chose comme ça.

— Il était vraiment spécial. Je ne sais pas très bien comment l'exprimer, mais... il aimait qu'on ait peur de lui. On aurait dit qu'il en éprouvait une espèce de plaisir.

— C'est ça.

— C'était un homme très cultivé, d'une intelligence remarquable. Mais, d'une certaine façon... ma foi, je n'ai jamais eu à en souffrir, mais c'était bien là. Je ne m'étonne pas que sa femme l'ait quitté. Celle-ci, j'entends. Non pas que je l'approuve. Je n'ai absolument aucune estime pour elle. Mais en épousant lord Edgware, elle a eu tout ce qu'elle méritait et davantage. Enfin, elle l'a quitté, et il n'y a rien eu de cassé, comme on dit. Mais Geraldine, elle, ne pouvait pas le quitter. Durant de longues périodes, il paraissait oublier totalement son existence, et soudain, il se souvenait d'elle. Parfois, j'ai pensé... mais je ne devrais peut-être pas dire ça...

— Si, si, mademoiselle, dites-le.

— Eh bien, j'ai pensé parfois qu'il se vengeait sur elle de la mère... sa première femme. C'était une personne aimable, je crois, avec un bon caractère. Je l'ai toujours trouvée bien à plaindre. Je ne vous aurais jamais dit tout cela, monsieur Poirot, sans ce stupide éclat de Geraldine tout à l'heure. Les choses qu'elle a dites, à propos de sa haine pour son père... Cela peut paraître bizarre à quelqu'un qui n'est pas au courant.

— Merci beaucoup, mademoiselle. Lord Edgware, je crois, aurait mieux fait de ne pas se marier.

— En effet.

— Il n'avait jamais songé à se marier une troisième fois ?

— Comment pouvait-il le faire ? Sa femme était en vie.

— En lui rendant sa liberté, il aurait été libre lui-même.

— Je crois qu'il avait déjà eu assez d'ennuis avec deux femmes, dit miss Carroll avec conviction.

— Ainsi, vous pensez qu'il n'aurait pas été question d'un troisième mariage ? Il n'y avait personne ? Réfléchissez, madcmoiselle. Vraiment personne ?

Miss Carroll rougit.

— Je ne comprends pas pourquoi vous revenez tout le temps sur ce point. Mais non, il n'y avait personne !

14

Cinq questions

— Pourquoi avez-vous questionné miss Carroll pour savoir si lord Edgware avait l'intention de se remarier ? demandai-je avec curiosité sur le chemin du retour.

— C'était une chose possible qui m'était soudain venue à l'esprit, mon ami.

— Pourquoi ?

— Je cherchais à m'expliquer la brusque volte-face de lord Edgware à propos du divorce. Il y a là quelque chose de bizarre.

— Oui, c'est en effet bizarre, répondis-je, songeur.

— Voyez-vous, Hastings, lord Edgware m'a confirmé ce que sa femme nous avait dit. Elle avait fait appel à toutes sortes d'hommes de loi, mais son mari refusait de céder d'un pouce. Et puis, d'un seul coup, il se rend !

— Ou du moins, c'est ce qu'il dit, lui rappelai-je.

— C'est vrai Hastings. Votre remarque est parfaitement juste. Nous n'avons pas la preuve que cette lettre ait été écrite. Première hypothèse : Ce monsieur ment et pour une raison quelconque il a inventé ce conte à notre intention. Mais si ce n'est pas le cas ? Eh bien, nous ne savons pas. Mais, en supposant qu'il a bien écrit cette lettre, il faut qu'il ait eu pour ça une raison. Et la raison qui se présente le plus naturellement à l'esprit, c'est qu'il avait rencontré quelqu'un qu'il désirait épouser. Ce serait une explication satisfaisante de son soudain revirement. C'est pourquoi j'ai posé ces questions.

— Miss Carroll a paru bien catégorique.

— Oui. Miss Carroll... dit Poirot d'un ton méditatif.

— Où voulez-vous en venir, cette fois ? demandai-je, exaspéré.

Poirot est un expert pour ce qui est de semer le doute grâce à une simple intonation.

— Pour quelle raison mentirait-elle ?

— Aucune, aucune. Mais, voyez-vous, Hastings, on peut difficilement se fier à son témoignage.

— Vous pensez qu'elle ment ? Mais pourquoi ? Elle a l'air parfaitement honnête.

— Justement. Entre le mensonge délibéré et le manque de précision involontaire, il est parfois difficile de faire la différence.

— Qu'est-ce que vous entendez par là ?

— Tromper sciemment est une chose. Mais être certain des faits et des idées que l'on avance, de leur vérité si profonde que les détails n'ont plus aucune importance — ceci, mon ami, est caractéristique des personnes particulièrement honnêtes. Souvenez-vous. Miss Carroll nous a déjà menti une fois. Elle a prétendu avoir *vu* le visage de Jane Wilkinson, alors que c'était impossible. Que s'est-il passé, en réalité ? Eh bien, elle jette un coup d'œil en bas et aperçoit Jane Wilkinson dans le vestibule. Aucun doute, dans son esprit il s'agit bien de Jane Wilkinson. Elle *sait* que c'est elle. Elle dit avoir vu son visage distinctement parce que, étant sûre de son affaire, le détail ne compte pas ! Quelle importance qu'elle ait vu son visage ou non, puisque *c'était* Jane Wilkinson ! Et ainsi pour tout. Elle *sait*. Elle répond aux questions à la lumière de son savoir, et non parce qu'elle se rappelle tel ou tel fait. Le témoin catégorique devrait toujours être traité avec suspicion, mon ami. Le témoin hésitant, qui se souvient mal, qui doute, qui va réfléchir une minute — et... ah, oui, c'est ainsi que cela s'est passé — est infiniment plus fiable !

— Mon Dieu, Poirot, vous bouleversez toutes mes idées sur la valeur des témoignages !

— Lorsque je demande à miss Carroll si lord Edgware avait l'intention de se remarier, elle tourne l'idée en ridicule, simplement parce qu'elle ne lui était jamais venue à l'esprit. Elle ne prendra pas la peine de chercher si de minuscules petits signes ne pointent pas dans cette direction. Par conséquent, nous en sommes toujours au même point.

— En tout cas, remarquai-je, songeur, elle ne s'est pas démontée lorsque vous lui avez prouvé qu'elle n'avait pas pu voir le visage de Jane Wilkinson.

— Non. C'est pourquoi j'ai décidé qu'elle était une de ces personnes honnêtes et qui se trompent, plutôt qu'une menteuse délibérée. Je ne vois d'ailleurs pas pourquoi elle mentirait délibérément, à moins que... mais oui, c'est une idée, ça !

— Quoi donc ? demandai-je, vivement.

Mais Poirot secoua la tête.

— Il m'est venu une idée. Mais c'est trop improbable. Oui, beaucoup trop improbable.

Et il refusa d'en dire plus.

— Elle semble éprouver beaucoup d'affection pour Geraldine, observai-je.

— Oui. Elle était certainement déterminée à assister à notre entretien. Quelle impression vous a fait la jeune Geraldine Marsh, Hastings ?

— J'étais désolé pour elle. Profondément désolé pour elle.

— Vous avez toujours eu le cœur tendre, Hastings. La beauté en détresse vous bouleverse immanquablement.

— Pas vous ?

Il opina gravement du chef.

— Si. Elle n'a pas eu une vie très heureuse. C'est écrit sur sa figure.

— En tout cas, dis-je avec chaleur, vous voyez à quel point la suggestion de Jane Wilkinson était grotesque — j'entends, que Géraldine serait mêlée au crime.

— Son alibi est sans doute satisfaisant, mais Japp ne me l'a pas encore communiqué.

— Mon cher Poirot, voulez-vous dire que même après l'avoir vue et lui avoir parlé, il vous faut encore un alibi ?

— Eh bien, mon bon ami, à quoi nous mène de l'avoir vue et de lui avoir parlé ? Nous avons compris qu'elle a été très malheureuse, elle reconnaît qu'elle haïssait son père, qu'elle est contente qu'il soit mort, et elle s'inquiète beaucoup de ce qu'il aurait pu nous dire hier matin. Après tout ça, vous trouvez qu'un alibi serait superflu !

— Sa franchise même prouve son innocence, affirmai-je avec chaleur.

— La franchise semble être une caractéristique de la famille. Le nouveau lord Edgware... avec quelle grandeur il a joué cartes sur table !

— C'est vrai, dis-je en souriant à cette évocation. Sa méthode est assez originale.

Poirot hocha la tête.

— Il nous a coupé l'herbe sous le pied.

— Oui. Nous avons eu l'air plutôt ridicule.

— Quelle drôle d'idée ! Vous avez peut-être eu l'air ridicule. Moi, je ne me suis pas senti ridicule le moins du monde, et je ne pense pas en avoir eu l'air. Au contraire, mon ami, je l'ai décontenancé.

— Vraiment ? fis-je, sceptique, ne me rappelant pas avoir remarqué quoi que ce soit de ce genre.

— Si, si. J'écoute, j'écoute toujours. Et à la fin, je pose une question à propos de tout autre chose, ce qui a beaucoup déconcerté notre brave monsieur. Vous ne faites pas attention Hastings.

— Je pensais que son horreur et sa stupéfaction à l'annonce de la mort de Carlotta n'étaient pas feintes. Mais vous allez m'annoncer que c'était merveilleusement bien joué ?

— C'est difficile à dire. Je reconnais qu'il *paraissait* sincère.

— Pourquoi pensez-vous qu'il nous a envoyé ces faits à la tête de façon si cynique ? Juste pour s'amuser ?

— C'est toujours possible. Vous autres, Anglais, vous avez un sens de l'humour des plus extraordinaires. Mais c'était peut-être une tactique. Les faits que l'on passe sous silence acquièrent une importance suspecte. Ceux que l'on révèle franchement tendent à être jugés moins graves qu'ils ne le sont en réalité.

— La querelle avec son oncle, le matin, par exemple ?

— Précisément. Il sait que nous l'apprendrons tôt ou tard, donc il prend le parti de s'en vanter.

— Il n'est pas si idiot qu'il en a l'air.

— Oh ! il n'est pas idiot du tout ! Il est même très intelligent quand il le veut bien. Il sait exactement où il en est, et comme il dit, il met cartes sur table. Vous jouez au bridge, Hastings. Dites-moi, quand fait-on ça ?

— Vous jouez aussi au bridge, dis-je en riant. Vous le savez aussi bien que moi ! Quand toutes les autres levées sont à vous et que vous voulez obtenir une nouvelle main sans tarder.

— C'est vrai, mon ami. Mais parfois aussi pour une autre raison. Je l'ai constaté une ou deux fois en jouant avec des dames. Il reste peut-être un léger doute. Eh bien, la dame jette ses cartes et dit « le reste est pour moi », ramasse les cartes et coupe le nouveau paquet. Le plus souvent, les autres joueurs ne protestent pas, surtout s'ils n'ont pas beaucoup d'expérience. Ce n'est pas évident, notez bien. Il faut mener la chose jusqu'au bout. Alors qu'on a déjà presque fini de distribuer la donne suivante, l'un des joueurs va penser : « Oui, mais elle aurait été obligée de prendre ce quatre de carreau au mort, qu'elle le veuille ou non, ce qui l'aurait obligée à jouer un petit pique, et mon neuf aurait été maître. »

— C'est ce que vous pensez ?

— Je pense, Hastings, qu'un excès de bravade a son intérêt. Et je pense également qu'il est temps d'aller dîner. Que diriez-vous d'une petite omelette ? Après quoi, vers 9 heures, je voudrais faire encore une visite.

— Où ça ?

— Dînons d'abord, Hastings. Et jusqu'au café, nous ne discuterons plus de l'affaire. Quand on mange, le cerveau doit se mettre au service de l'estomac.

Poirot tint parole. Nous allâmes dans un petit restaurant de Soho où il était connu, et on nous servit une délicieuse omelette, une sole, un poulet et un de ces babas au rhum dont Poirot raffole.

Tandis que nous sirotions notre café, Poirot m'adressa un sourire affectueux.

— Mon bon ami, je dépends de vous beaucoup plus que vous ne l'imaginez.

Ces paroles inattendues m'emplirent de confusion et de joie. Il ne m'avait jamais rien dit de pareil auparavant. Parfois, j'en étais secrètement blessé. On aurait dit qu'il s'efforçait presque de rabaisser mes capacités intellectuelles.

Bien que ses capacités à lui soient restées intactes, je compris soudain qu'il en était venu à compter sur mon aide plus que je ne pensais.

— Oui, ajouta-t-il d'un ton rêveur. Vous ne vous en rendez peut-être pas compte, mais c'est souvent vous qui m'indiquez le chemin.

J'en croyais à peine mes oreilles.

— Vraiment, Poirot ! balbutiai-je. J'en suis ravi. J'ai dû finir par apprendre quelque chose, à votre contact !

Il secoua la tête.

— Mais non, ce n'est pas cela ! Vous n'avez rien appris du tout.

— Oh ! fis-je, désemparé.

— C'est dans l'ordre des choses. Aucun être humain ne devrait apprendre quoi que ce soit d'un autre. Chacun devrait s'efforcer de développer ses propres facultés, sans essayer d'imiter quelqu'un d'autre. Je ne voudrais pas que vous deveniez un Poirot numéro deux inférieur. Je vous souhaite d'être un Hastings suprême. Et vous êtes le Hastings suprême. Je trouve en vous, Hastings, l'illustration quasi parfaite d'un esprit normal.

— Je ne suis pas anormal, je l'espère.

— Non, non. Vous êtes merveilleusement et parfaitement équilibré. Le bon sens incarné. Comprenez-vous ce que cela signifie, pour moi ? Lorsqu'un assassin commet un crime, son premier souci est de tromper. De tromper qui ? Il a dans l'esprit l'image d'un homme normal. Cela n'existe probablement pas, ce n'est qu'une abstraction mathématique. Mais vous, vous en approchez autant qu'il est possible. Par moments, des éclairs de génie vous élèvent au-dessus de la moyenne, à d'autres — j'espère que vous me pardonnerez — vous descendez jusqu'à d'étranges profondeurs dans la balourdise, mais dans l'ensemble vous êtes incroyablement normal. En quoi cela peut-il m'aider ? Simplement en ce que je vois se refléter dans votre esprit, exactement comme dans un miroir, ce que le criminel souhaite me faire accroire. C'est d'une aide précieuse.

Je ne comprenais pas très bien. Il me semblait que ce que Poirot disait pouvait difficilement passer pour un compliment. Quoi qu'il en soit, il s'empressa de corriger cette impression.

— Je me suis mal exprimé, dit-il très vite. Vous avez une perception intuitive de l'esprit du criminel qui me fait défaut. Vous me montrez ce que l'assassin désire que je croie. C'est un véritable don.

— Perception intuitive... Oui, j'ai peut-être, dis-je, une perception intuitive...

Je regardai Poirot. Il était en train de fumer l'un de ses minuscules cigarillos et me considérait avec une grande bienveillance.

— Ce cher Hastings, murmura-t-il. J'ai vraiment beaucoup d'affection pour vous.

Heureux, mais gêné, je me hâtai de changer de sujet.

— Allons, dis-je d'un ton net, revenons à notre affaire.

— Eh bien... commença Poirot. (Il rejeta la tête en arrière, plissa les yeux et, lentement, souffla sa fumée.) Je me pose des questions.

— Ah oui ?

— Vous aussi, sans doute.

— Certainement, dis-je.

M'adossant à mon siège et, fermant à demi les yeux, je lançai :

— Qui a tué lord Edgware ?

Poirot se redressa et secoua vigoureusement la tête.

— Non, non ! Pas du tout. C'est une question, ça ? Vous êtes comme un lecteur de roman policier qui soupçonne tous les personnages à tour de rôle, sans rime ni raison. Je reconnais que je l'ai fait moi-même une fois. Mais il s'agissait d'une affaire très exceptionnelle. Je vous la raconterai un jour. C'est le fleuron de ma couronne. Mais de quoi parlions-nous ?

— Des questions que vous vous posiez, répondis-je d'un ton ironique.

Je brûlais de lui dire que ma véritable utilité

auprès de lui était de fournir une oreille complaisante à ses fanfaronnades. Mais je me retins. Si cela pouvait lui faire plaisir de me faire la leçon, qu'il ne se gêne pas.

— Alors, quelles sont ces questions ?

C'était tout ce dont sa vanité avait besoin. Il s'adossa de nouveau et reprit son attitude précédente.

— Nous avons déjà discuté de la première. *Pourquoi lord Edgware a-t-il changé d'avis à propos du divorce ?* Une ou deux idées se présentent d'elles-mêmes. Vous en connaissez déjà une.

» La deuxième question que je me pose c'est : *Qu'est devenue la lettre ?* Qui peut avoir intérêt à ce que lord Edgware et sa femme restent liés ?

» Troisièmement, *que signifiait l'expression que vous avez vue sur son visage lorsque nous avons quitté la bibliothèque hier ?* Avez-vous une réponse à ça, Hastings ?

Je secouai la tête.

— Non, je ne me l'explique pas.

— Vous êtes sûr de ce que vous avez vu ? Vous avez parfois l'imagination un peu vive mon ami.

— Ah non ! protestai-je énergiquement. Je suis tout à fait sûr de ne pas m'être trompé.

— Bien. Il nous faut donc trouver une explication à cela. Ma quatrième question concerne ce pince-nez. Ni Jane Wilkinson ni Carlotta Adams ne portent des verres. *Que faisait donc le pince-nez dans le sac de Carlotta Adams ?*

» Et voilà ma cinquième question : *Qui a téléphoné pour s'assurer que Jane Wilkinson était à Chiswick et pourquoi ?*

» Ce sont là, mon ami, les questions qui me tourmentent. Si je pouvais y répondre je me sentirais plus heureux. Si je pouvais ne serait-ce qu'échafauder une théorie qui en donne une explication satisfaisante, mon amour-propre ne souffrirait pas autant.

— Il y a plusieurs autres questions, dis-je.

— Par exemple ?

— Qui a poussé Carlotta Adams à cette mystification ? Où était-elle ce soir-là avant et après 10 heures ? Qui est ce « D » qui lui a offert la boîte en or ?

— Ces questions vont de soi, rétorqua Poirot. Elles ne cachent aucune subtilité. Ce sont simplement des choses que nous ignorons. Des questions qui concernent des *faits*. Nous pouvons les apprendre n'importe quand. Mes questions à moi, mon ami, sont d'ordre psychologique. Les petites cellules grises du cerveau...

— Poirot ! m'écriai-je. (Il fallait à tout prix que je l'arrête. Je ne pouvais pas supporter d'entendre tout ça de nouveau.) Vous m'aviez parlé d'une visite, ce soir ?

Poirot consulta sa montre.

— C'est exact, dit-il. Je vais téléphoner pour voir si c'est possible.

Il reparut au bout de quelques minutes.

— Venez, dit-il. Tout va bien.

— Où allons-nous ? demandai-je.

— Chez sir Montagu Corner, à Chiswick. J'aimerais en savoir un peu plus sur ce coup de téléphone.

15

SIR MONTAGU CORNER

Il était près de 10 heures lorsque nous arrivâmes chez sir Montagu Corner, à Chiswick. Il habitait une grande maison au fond d'un parc. On nous fit entrer dans un vestibule aux splendides lambris. Sur notre droite, par une porte ouverte, nous aperçûmes la salle à manger, avec sa longue table en bois poli, éclairée par des chandeliers.

— Si ces messieurs veulent bien me suivre ? dit le majordome.

Il nous précéda dans un large escalier jusqu'à une grande pièce du premier étage, donnant sur la Tamise.

— Mr Hercule Poirot, annonça-t-il.

La salle avait des proportions magnifiques et une atmosphère de l'ancien temps avec sa lumière voilée, soigneusement étudiée. Dans un coin, près de la fenêtre entrouverte, quatre personnes étaient assises autour d'une table de bridge. Un homme se leva et vint vers nous.

— Je suis très heureux de faire votre connaissance, monsieur Poirot.

Je l'observai avec intérêt. Sir Montagu Corner avait un air typiquement juif, des petits yeux noirs intelligents et une perruque bien arrangée. Il était petit — un mètre soixante, tout au plus. Ses manières étaient affectées au dernier degré.

— Je vous présente Mr et Mrs Widburn.

— Nous nous sommes déjà rencontrés, dit gaiement Mrs Widburn.

— Et Mr Ross.

Ross était un jeune homme d'une vingtaine d'années, au visage agréable et aux cheveux blonds.

— J'interromps votre partie. Mille excuses, dit Poirot.

— Pas du tout. Nous n'avons pas encore commencé. Nous avons seulement distribué les cartes. Du café, monsieur Poirot ?

Poirot refusa, mais accepta un vieux cognac. On nous le servit dans d'immenses coupes.

Sir Montagu fit la conversation, tandis que nous le dégustions. Il parla d'estampes japonaises, de laques chinoises, de tapis persans, des impressionnistes français, de musique moderne et des théories d'Einstein.

Puis, il se carra dans son fauteuil et nous adressa un sourire. De toute évidence, il avait beaucoup goûté sa prestation. Dans la lumière tamisée, il ressemblait à quelque génie des temps médiévaux. Nous étions entourés d'exquis spécimens de l'art et de la culture.

— Je n'abuserai pas davantage de votre amabilité, sir Montagu, déclara Poirot, et j'en viendrai à l'objet de ma visite.

Sir Montagu agita une main qui ressemblait curieusement à une serre.

— Rien ne presse. Nous avons l'éternité devant nous.

— C'est l'impression que donne cette maison, dit Mrs Widburn dans un soupir. C'est merveilleux.

— Je ne vivrais pas à Londres pour un million de livres, déclara sir Montagu. On vit ici dans l'atmosphère de paix du vieux monde, celle qu'en cette époque chaotique nous avons, hélas, laissée derrière nous.

La pensée me vint, malicieuse, que si l'on offrait réellement un million de livres à sir Montagu, la paix du vieux monde pourrait aller au diable, mais je refoulai une opinion aussi hérétique.

— Qu'est-ce que l'argent, après tout ? murmura Mrs Widburn.

— Ah ! fit Mr Widburn. Et songeur, il remua distraitement quelques pièces de monnaie dans la poche de son pantalon.

— Charles, fit Mrs Widburn sur un ton de reproche.

— Pardon, dit-il en s'arrêtant.

— Parler crime dans une telle atmosphère est, je le crains, impardonnable, commença Poirot d'un ton d'excuse.

— Pas le moins du monde, fit sir Montagu en agitant gracieusement la main. Un crime peut être une œuvre d'art. Un détective peut être un artiste. Je ne parle pas de la police, bien sûr. Un inspecteur est venu ici, aujourd'hui. Etrange personnage. Il n'avait jamais entendu parler de Benvenuto Cellini, par exemple.

— Il désirait vous voir à propos de Jane Wilkinson, sans doute ? demanda Mrs Widburn, sa curiosité immédiatement en éveil.

— Il est fort heureux pour elle qu'elle se soit trouvée chez vous, hier soir, remarqua Poirot.

— C'est ce qu'il semble, répondit sir Montagu. Je l'avais conviée, sachant qu'elle était belle et talentueuse, et j'espérais pouvoir lui être utile. Elle songeait à prendre la direction d'un théâtre. Mais on dirait que j'étais destiné à lui être utile d'une tout autre façon.

— Jane a de la chance, déclara Mrs Widburn. Elle mourait d'envie d'être délivrée de lord Edgware, et voilà que quelqu'un se charge de la débarrasser de ses soucis. Elle va pouvoir épouser le duc de Merton, à présent. C'est le bruit qui court, en tout cas. La mère du duc est folle de rage.

— Elle m'a fait très bonne impression, dit courtoisement sir Montagu. Elle a fait quelques remarques tout à fait pertinentes sur l'art grec.

Je souris en mon for intérieur imaginant les « Oui », « Non », « Vraiment ? C'est merveilleux », que Jane Wilkinson avait dû lancer de sa voix rauque et envoûtante. Sir Montagu était le genre d'hommes qui mesurent l'intelligence des autres à la faculté qu'ils ont de l'écouter avec attention.

— Edgware était un drôle d'oiseau, d'après ce qu'on dit, déclara Mr Widburn. Il devait avoir un bon nombre d'ennemis.

— Est-il exact, monsieur Poirot, demanda Mrs Widburn, que quelqu'un lui a enfoncé un canif par-derrière, dans le cerveau ?

— Parfaitement exact, madame. Un travail propre et efficace... scientifique, dirais-je.

— Je remarque que vous y prenez un plaisir esthétique, monsieur Poirot, dit sir Montagu.

— Et maintenant, venons-en à l'objet de ma visite, déclara Poirot. On a appelé lady Edgware au téléphone pendant le dîner. C'est à ce propos que je cherche des informations. Peut-être m'autoriserez-vous à interroger vos domestiques ?

— Faites, faites. Voulez-vous sonner, Ross ?

Le majordome répondit à l'appel. C'était un homme entre deux âges, de grande taille, à l'allure ecclésiastique.

Sir Montagu lui expliqua ce que Poirot voulait. Le maître d'hôtel tourna poliment son attention vers lui.

— Qui a répondu au téléphone ? demanda Poirot.

— Moi-même, monsieur. L'appareil se trouve dans un recoin du vestibule.

— L'interlocuteur a-t-il demandé à parler à lady Edgware ou à Jane Wilkinson ?

— A lady Edgware, monsieur.

— Qu'a-t-il dit exactement ?

Le maître d'hôtel réfléchit un instant.

— Si ma mémoire est bonne, monsieur, j'ai dit : « Allô ! ». Une voix m'a alors demandé si le numéro était bien Chiswick 43434 et j'ai répondu que c'était bien ça. On m'a prié de ne pas quitter. Une autre voix m'a alors demandé si c'était bien Chiswick 43434 et quand j'ai répondu « oui », elle m'a dit : « Est-ce que lady Edgware dîne ici ? » J'ai dit qu'en effet, Sa Seigneurie dînait ici. La voix a continué : « Je voudrais lui parler, s'il vous plaît. » Je suis allé le dire à Sa Seigneurie qui était à table. Elle s'est levée, et je lui ai montré où était le téléphone.

— Et ensuite ?

— Sa Seigneurie a pris le combiné et a dit : « Allô ! qui est à l'appareil ? » Puis elle a dit : « Oui, c'est moi. Je suis lady Edgware. » J'allais repartir lorsqu'elle m'a rappelé pour me dire que la communication avait été coupée. Elle m'a dit que quelqu'un s'était mis à rire et, de toute évidence, avait raccroché. Elle m'a demandé si la personne avait donné son nom. Non, ils ne l'avaient pas fait. C'est tout ce qui s'est passé, monsieur.

Poirot fronça les sourcils.

— Croyez-vous vraiment que ce coup de fil ait un rapport avec le meutre, monsieur Poirot ? demanda Mrs Widburn.

— C'est impossible à dire, madame. Mais c'est une curieuse coïncidence.

— Il y a des gens qui aiment faire des farces au téléphone. J'en ai déjà fait les frais, moi-même.

— Cela arrive, en effet, madame.

Et, s'adressant de nouveau au majordome :

— Etait-ce une voix d'homme ou de femme ?

— Une voix de femme, je crois, monsieur.

— Quel genre de voix ? Haute ou basse ?

— Basse, monsieur. Et plutôt nette et distincte. (Il marqua une pause.) C'est peut-être mon imagination, monsieur, mais on aurait dit une étrangère. Surtout à cause de sa façon de prononcer les R.

— Pour ce qui est du R, cela pourrait tout aussi bien être un accent écossais, Donald, dit Mrs Widburn en adressant un sourire à Ross.

Celui-ci se mit à rire.

— Je plaide non coupable, dit-il. J'étais à table.

— Croyez-vous, demanda Poirot au domestique, que vous sauriez reconnaître cette voix si vous l'entendiez de nouveau ?

Le majordome hésita.

— C'est difficile à dire, monsieur. Peut-être. Je pense que c'est possible.

— Je vous remercie, mon ami.

Le majordome inclina la tête et se retira, plus pontifical que jamais.

Sir Montagu Corner continua à se montrer amical et à jouer de son charme à la mode ancienne. Il nous persuada de rester pour un bridge. Je refusai, les enjeux étant trop élevés pour moi. Le jeune Ross aussi parut soulagé à la perspective de céder sa place à quelqu'un. Nous restâmes assis, lui et moi, tandis que les quatre autres jouaient. La soirée se clôtura sur des gains importants pour Poirot et sir Montagu.

Nous remerciâmes notre hôte et prîmes congé. Ross partit avec nous.

— Drôle de petit bonhomme, dit Poirot quand nous nous retrouvâmes dans la rue.

Il faisait doux et nous avions décidé de marcher jusqu'à ce que nous trouvions un taxi, plutôt que d'en appeler un au téléphone.

— Oui, drôle de petit bonhomme, répéta Poirot.

— Très riche petit bonhomme, fit Ross avec conviction.

— Sans doute.

— On dirait qu'il s'est pris d'affection pour moi, dit Ross. J'espère que cela durera. L'appui d'un homme comme lui, c'est énorme.

— Vous êtes comédien, monsieur Ross ?

Il répondit par l'affirmative. Il parut déçu que son nom n'ait pas suffi à nous le faire savoir. Apparemment, il venait d'obtenir de merveilleuses critiques dans un sombre drame traduit du russe.

Après que nous eûmes réussi à le réconforter, Poirot lui demanda sans avoir l'air d'y toucher :

— Vous connaissiez Carlotta Adams ?

— Non. J'ai appris sa mort ce soir par les journaux. Elle avait pris trop de je ne sais quelle drogue. Ce que les filles peuvent absorber, c'est stupide !

— C'est triste, en effet. Elle était très douée, aussi.

— J'imagine.

Comme tous les comédiens, il était tout à fait indifférent aux performances des autres.

— Avez-vous vu son spectacle ? demandai-je.

— Non. Ce n'est pas tellement mon genre. C'est la mode en ce moment, mais je ne pense pas que cela durera.

— Ah ! Un taxi ! dit Poirot.

Il agita sa canne.

— Je vais continuer à pied, dit Ross. J'ai un métro direct à partir de Hammersmith.

Soudain, il eut un rire nerveux.

— C'est bizarre, dit-il. Ce dîner, hier soir.

— Oui ?

— Nous étions treize. Un invité s'est décommandé à la dernière minute. Nous ne l'avons remarqué qu'à la fin.

— Et qui s'est levé le premier ? demandai-je.

Il eut un petit rire étrange.

— C'est moi.

16

CONVERSATIONS

En rentrant, nous trouvâmes Japp qui nous attendait.

— J'ai eu envie de bavarder un peu avec vous

avant d'aller me coucher, monsieur Poirot, dit-il gaiement.

— Eh bien, mon bon ami, comment vont les choses ?

— Ma foi, elles ne vont guère. Ça, c'est un fait. (Il semblait un peu déprimé.) Vous n'auriez rien pour moi, monsieur Poirot ?

— J'ai une ou deux petites idées à vous proposer, répondit Poirot.

— Vous et vos idées ! D'une certaine façon, vous savez, vous êtes un phénomène ! Non que je refuse de les entendre. Il y a de bonnes choses parfois dans votre drôle de tête.

Poirot accueillit le compliment quelque peu froidement.

— Avez-vous une idée au sujet du double de la dame ? Voilà ce que j'aimerais savoir. Hein, monsieur Poirot ? Qui était-ce ?

— Je voulais justement vous parler de ça, dit Poirot.

Il demanda à Japp s'il avait entendu parler de Carlotta Adams.

— Son nom me dit quelque chose, mais j'ai du mal à le situer.

Poirot le lui expliqua.

— Celle-là ! Elle fait des imitations, n'est-ce pas ? Pourquoi vous êtes-vous fixé sur elle ? Sur quoi vous appuyez-vous ?

Poirot retraça nos démarches de la journée et les conclusions que nous en avions tirées.

— Par Dieu ! On dirait que vous avez raison ! Les vêtements, le chapeau, les gants... et la perruque blonde... Oui, c'est certainement cela. Monsieur Poirot, vous êtes sensationnel. C'est du beau travail. Mais rien ne prouve qu'on ait voulu l'écarter. Cela me paraît tiré par les cheveux. Je ne suis pas tout à fait d'accord avec vous sur ce point. Votre théorie est un peu trop invraisemblable pour mon goût. J'ai plus d'expérience que vous. Je ne crois pas au méchant qui tire les ficelles en coulisse.

» Carlotta Adams est bien la femme que nous cherchons, c'est entendu, et je vois deux possibilités.

Ou bien elle est venue pour un motif personnel, chantage peut-être, puisqu'elle a laissé entendre qu'elle en tirerait de l'argent. Ils ont une dispute. Il devient méchant, elle devient méchante, et elle le liquide. En rentrant chez elle, elle s'effondre. Elle n'avait pas l'intention de tuer. Et, à mon avis, elle a avalé exprès ces comprimés parce que c'était le moyen le plus facile d'en sortir.

— Vous pensez que cela explique tout ?

— Eh bien, il y a un tas de choses que nous ne savons pas encore, bien sûr. Mais c'est une bonne hypothèse de travail. Deuxième possibilité, le meurtre et la mystification n'ont rien à voir l'un avec l'autre. Il s'agirait d'une extraordinaire coïncidence.

Je savais que Poirot n'était pas de cet avis. Mais il se contenta de dire :

— Oui, c'est possible.

— Ou encore, écoutez, que pensez-vous de ça ? La supercherie n'est qu'une farce innocente. Quelqu'un en entend parler et se dit que cela arrange joliment ses affaires. Ce n'est pas une mauvaise idée, non ? (Il marqua une pause et poursuivit :) Pour ma part, je préfère la théorie numéro 1. Nous découvririons tôt ou tard le lien qui existe entre lord Edgware et Carlotta Adams.

Poirot lui parla de la lettre expédiée en Amérique par la femme de chambre, et Japp reconnut qu'elle pourrait se révéler très utile.

— Je m'en occupe tout de suite, dit-il en le notant dans son calepin.

« J'aurais tendance à penser que la dame est l'assassin, car je n'en vois pas d'autre. Il y a bien le capitaine Marsh, ou plutôt lord Edgware puisque tel est désormais son titre... Il a un motif qui crève les yeux. Et un passé peu glorieux. Toujours fauché et sans grands scrupules vis-à-vis de l'argent. En outre, il s'est disputé avec son oncle hier matin. Il me l'a dit lui-même, d'ailleurs — ce qui ôte du sel à l'histoire. Il serait quand même un coupable possible. Seulement il a un alibi pour hier soir. Il était au Royal Opera avec les Dortheimer. Des Juifs riches. Grosvenor Square. J'ai vérifié, ça tient. Il a dîné avec eux, ils sont allés à l'Opéra et ils ont ensuite soupé chez Sobranis. Voilà.

— Et Mademoiselle ?

— La fille, vous voulez dire ? Sortie, elle aussi. Elle a dîné avec des gens nommés Carthew West. Ils l'ont emmenée à l'Opéra, puis raccompagnée à la maison après. Elle est rentrée à minuit moins le quart. Elle est donc hors de cause. Rien à dire sur la secrétaire, une femme honnête et compétente. Enfin, le major-dome. Je ne peux pas dire qu'il me plaise beaucoup. Ce n'est pas naturel, pour un homme, d'avoir si bon air. Il a quelque chose de louche — et il y a quelque chose de bizarre dans la façon dont il est entré au service de lord Edgware. Oui, je fais une enquête sur lui. Mais je ne vois pas de mobile.

— Rien n'est survenu de nouveau ?

— Si, une ou deux choses. Difficile de dire si elles ont ou non une signification. D'une part, la clef de lord Edgware a disparu.

— Celle de la porte d'entrée ?

— Oui.

— C'est sans aucun doute intéressant.

— Comme je vous l'ai dit, cela peut signifier beaucoup ou rien. Ça dépend. Ce qui est beaucoup plus intéressant, à mon avis, c'est ceci : lord Edgware a pris de l'argent à la banque, hier. Oh ! pas une grosse somme, cent livres, en fait. Il l'a pris en billets de banque français parce qu'il devait se rendre à Paris aujourd'hui. Eh bien, cet argent a disparu.

— Qui vous l'a dit ?

— Miss Carroll. C'est elle qui est allée toucher le chèque. Elle me l'a signalé, et j'ai constaté que les billets étaient introuvables.

— Où étaient-ils, hier soir ?

— Miss Carroll n'en sait rien. Elle a donné l'argent dans une enveloppe de la banque à lord Edgware vers 3 heures et demie. Il se trouvait dans la bibliothèque à ce moment-là. Il l'a posée sur une table, à côté de lui.

— Cela donne certainement à réfléchir. C'est une complication.

— Ou une simplification. A propos, la blessure...

— Oui ?

— Le médecin déclare qu'elle n'a pas été faite par un canif ordinaire. Un objet de ce genre, mais avec une lame de forme différente. Et extraordinairement acérée.

— Un rasoir ?

— Non, non. Beaucoup plus petit.

Poirot fronça les sourcils d'un air songeur.

— Le nouveau lord Edgware, poursuivit Japp, a l'air très content de sa plaisanterie. Il trouve très amusant d'être soupçonné de meurtre. Il a d'ailleurs tout fait pour être soupçonné. C'est un peu bizarre, ça.

— C'est peut-être simplement de l'intelligence.

— Je dirais plutôt qu'il n'a pas la conscience tranquille. La mort de son oncle tombe à pic pour lui. A propos, il s'est installé dans la maison.

— Où habitait-il, avant ?

— Martin Street, St George's Road. Un quartier assez peu recommandable.

— Vous devriez noter cela, Hastings.

J'obéis, un peu surpris. Si Ronald s'était installé à Regent Gate, son ancienne adresse n'aurait guère d'utilité.

Je crois que c'est cette fille, Adams, qui l'a fait, dit Japp en se levant. Joli travail de votre part, monsieur Poirot, d'avoir pigé ça. Mais il est vrai que vous pouvez vous amuser et aller au théâtre. Vous remarquez des choses que je n'ai pas, moi, l'occasion de remarquer. Dommage qu'elle n'ait pas de mobile apparent, mais après avoir un peu déblayé, on en amènera bientôt un à la lumière, j'espère.

— Vous avez omis une personne qui, elle, a un mobile, déclara Poirot.

— Qui donc, monsieur ?

— Le gentleman connu pour vouloir épouser la femme de lord Edgware. Je veux parler du duc de Merton.

— Oui. Il y a sûrement là un mobile, fit Japp en riant. Mais un homme dans sa position ne commet pas un meurtre ! D'ailleurs, il est à Paris.

— Vous ne le considérez donc pas comme un suspect ?

— Et vous, monsieur Poirot ?

L'idée lui paraissait si absurde que Japp nous quitta en riant.

17

LE MAJORDOME

Le lendemain fut un jour d'inactivité pour nous, de grande activité pour Japp. Il arriva à l'heure du thé.

Il était rouge et courroucé.

— J'ai fait une gaffe !

— Impossible, mon ami, dit Poirot d'un ton apaisant.

— Si, si. J'ai laissé ce... (ici il se laissa aller à blasphémer) de majordome me glisser dans les mains.

— Il a disparu ?

— Touché. Ce qui me donne envie de me botter le derrière, c'est que, comme un idiot de la pire espèce, je ne le soupçonnais pas particulièrement.

— Calmez-vous, allons, calmez-vous.

— Facile à dire ! Seriez-vous calme, vous, si on vous avait passé un savon en haut lieu ? Oh ! C'est un spécialiste de la dérobade ! Ce n'est pas la première fois qu'il nous glisse entre les doigts. C'est un vrai cheval de retour.

Japp s'essuya le front, l'image même du malheur. Poirot émit de petits bruits compatissants, qui faisaient penser à une poule en train de pondre un œuf. Mieux placé pour comprendre l'âme britannique, je plaçai un whisky-soda bien tassé dans la main de l'infortuné inspecteur. Son visage s'éclaira un peu.

— Ma foi, dit-il. Ce n'est pas de refus !

Et il se mit à parler aussitôt avec plus d'entrain.

— Je ne suis même pas sûr qu'il soit l'assassin ! Bien sûr cela paraît suspect de prendre la poudre d'escampette, comme ça, mais il a peut-être d'autres raisons. J'avais commencé à me renseigner sur lui. Il a l'air d'être en cheville avec des boîtes de nuit mal famées. Pas le genre habituel. Quelque chose de beaucoup plus compliqué et malfaisant. En fait, c'est une vraie crapule.

— Quand même, cela ne signifie pas nécessairement qu'il soit un assassin.

— Exactement. Il est peut-être mêlé à une affaire plus ou moins louche, mais pas forcément au meurtre. Non. Je suis plus que jamais convaincu que c'est la fille Adams. Cependant, je n'en ai pas la preuve jusqu'à présent. J'ai fait fouiller son appartement de fond en comble aujourd'hui, mais on n'a rien déniché. Elle était prudente. Elle n'a gardé que quelques lettres d'affaire concernant ses contrats. Proprement classées et étiquetées. Et deux lettres de sa sœur, de Washington. Tout ce qu'il y a de régulier. A part ça, un peu d'argenterie, rien de neuf ni d'onéreux. Elle ne tenait pas de journal. Son livret bancaire et son chéquier ne nous ont rien appris du tout. Bon sang, cette fille ne semble même pas avoir eu de vie privée !

— Elle était d'un naturel réservé, dit Poirot, songeur. De notre point de vue, c'est bien dommage.

— J'ai parlé à sa femme de chambre. Rien à en tirer. Je suis allé voir cette fille qui tient une boutique de chapeaux et qui, semble-t-il, était une de ses amies.

— Ah ! Et que pensez-vous de miss Driver ?

— Elle m'a l'air d'un brin de fille drôlement intelligente et éveillée. Malheureusement, elle n'a pas pu m'aider. Cela ne m'étonne pas. Le nombre de disparues que j'ai pu chercher, et leurs familles et leurs amis qui disaient toujours la même chose : « Elle était gaie et affectueuse, et il n'y avait pas d'homme dans sa vie. » Ce n'est jamais vrai. C'est contraire à la nature. Les filles doivent avoir des hommes dans leur vie. Sinon, c'est qu'il y a quelque chose qui ne tourne pas rond chez elles. C'est la loyauté mal comprise des parents et des amis qui rend l'existence du policier si difficile.

Tandis qu'il reprenait son souffle, je remplis son verre.

— Merci, capitaine Hastings, ce n'est pas de refus. Eh bien, voilà, c'est tout. Il faut chercher et encore chercher. Il doit y avoir une dizaine de jeunes gens avec lesquels elle est allée au restaurant ou au dancing, mais rien n'indique que l'un ait compté plus que l'autre. Il y a le nouveau lord Edgware, il y a Mr Bryan Martin, l'acteur de cinéma, il y a tous les autres... mais rien de précis ni de particulier. Votre idée d'un homme qui tire les ficelles est une erreur complète. Vous en viendrez à penser, monsieur Poirot, qu'elle a fait cavalier seul. Je cherche maintenant le lien entre elle et l'homme qui a été assassiné. Il y en a forcément un. Je vais sans doute être obligé d'aller à Paris. « Paris » était gravé dans la petite boîte en or, et feu lord Edgware y est allé plusieurs fois l'automne dernier, m'a dit miss Carroll, pour assister à des ventes et acheter des bibelots. Oui, je pense que je dois absolument aller à Paris. L'enquête va avoir lieu demain. Elle sera ajournée, bien entendu. Après ça, je prendrai le bateau de l'après-midi.

— Vous débordez d'énergie, Japp. Cela me stupéfie.

— Vous, vous devenez paresseux. Vous restez assis, à *réfléchir !* C'est ce que vous appelez faire fonctionner vos petites cellules grises. Ce n'est pas bien. Il faut aller aux choses. Elles ne viennent pas à vous.

La petite servante ouvrit la porte.

— Mr Bryan Martin, monsieur. Etes-vous occupé ou voulez-vous le recevoir ?

— Je file, monsieur Poirot, dit Japp en se hissant de son siège. Toutes les vedettes du spectacle vous consultent, ma parole !

Poirot haussa modestement une épaule et Japp se mit à rire.

— Vous devez être millionnaire, maintenant, monsieur Poirot ! Que faites-vous de votre argent ? Vous le mettez de côté ?

— Je pratique l'épargne, bien sûr. Et à propos

d'argent, comment lord Edgware a-t-il disposé de sa fortune ?

— Tous les biens inaliénables reviennent à sa fille. Cinq cents livres à miss Carroll. C'est tout. Un testament très simple.

— Et rédigé... quand ça ?

— Après que sa femme l'eut quitté, il y a un peu plus de deux ans. Il l'a d'ailleurs expressément exclue de sa succession.

— Un homme vindicatif, murmura Poirot pardevers lui.

Japp s'en alla en leur lançant un joyeux « A bientôt ! ».

Bryan Martin entra. Vêtu sans une faute de goût, il était très beau. Et pourtant, je lui trouvai l'air hagard et plutôt malheureux.

— J'ai mis longtemps à venir, monsieur Poirot, dit-il en manière d'excuse. Et, de plus, je suis coupable de vous avoir fait perdre du temps.

— Vraiment ?

— Oui. J'ai vu la dame en question. J'ai discuté avec elle, plaidé ma cause, mais en vain. Elle refuse que je vous mette dans la confidence. Je crains que nous ne soyons obligés de laisser tomber. Je suis désolé... tout à fait désolé de vous avoir ennuyé.

— Du tout, du tout, répondit gentiment Poirot. Je m'y attendais.

— Hein ? fit le jeune homme, décontenancé. Vous vous y attendiez ? demanda-t-il, stupéfait.

— Mais oui. Lorsque vous avez parlé de consulter votre amie, j'aurais juré que tout se passerait ainsi.

— Vous avez alors une théorie ?

— Un détective, monsieur Martin, a toujours une théorie. C'est ce qu'on attend de lui. Pour ma part, je n'appelle pas cela une théorie. Je dis que j'ai une petite idée. C'est la première étape.

— Et la deuxième étape ?

— Si la petite idée se révèle exacte, alors, je *sais* ! Comme vous voyez, c'est très simple.

— J'aimerais bien connaître votre théorie, ou plutôt, votre petite idée.

Poirot secoua doucement la tête.

— Il y a une autre règle. Le détective ne dévoile jamais rien.

— Pouvez-vous la suggérer, alors ?

— Non. Je vous dirai seulement que j'ai conçu ma théorie au moment où vous avez évoqué une dent en or.

Bryan Martin le regarda fixement.

— Je suis tout à fait perplexe, déclara-t-il. Je ne comprends pas où vous voulez en venir. Vous ne pourriez pas me mettre sur la voie ?

Poirot sourit et secoua la tête.

— Parlons d'autre chose.

— Oui, mais d'abord... vos honoraires. Vous devez me laisser...

Poirot leva une main impérieuse.

— Pas un sou ! Je n'ai rien fait pour vous aider.

— J'ai pris votre temps...

— Lorsqu'une affaire m'intéresse, je ne prends pas d'argent. La vôtre m'intéresse beaucoup.

— J'en suis heureux, dit l'acteur, mal à l'aise.

Il avait l'air profondément misérable.

— Allons, jeune homme, dit Poirot gentiment, si nous changions de sujet ?

— Ce n'est pas l'homme de Scotland Yard que j'ai rencontré dans l'escalier ?

— Si. L'inspecteur Japp.

— La lumière était si faible, je n'en étais pas sûr. A propos, il est venu me poser quelques questions sur cette pauvre Carlotta Adams, cette fille qui est morte pour avoir pris trop de véronal.

— Vous la connaissiez bien... miss Adams ?

— Pas très bien. Je l'ai connue enfant, en Amérique. Nous nous sommes rencontrés une ou deux fois depuis, mais je ne l'ai jamais beaucoup vue. J'ai été désolé d'apprendre sa mort.

— Vous l'aimiez bien ? demanda Poirot.

— Elle était très sociable.

— Et très sympathique. C'est aussi mon avis.

— J'imagine qu'on pense à un suicide ? Je n'ai pas pu aider l'inspecteur. Carlotta était toujours très réservée sur ce qui la concernait.

— Je ne crois pas qu'il s'agisse d'un suicide, déclara Poirot.

— Plutôt un accident, je suis d'accord.

Il y eut un silence.

Puis Poirot reprit avec un sourire :

— L'assassinat de lord Edgware s'avère assez intrigant, n'est-ce pas ?

— C'est stupéfiant. Savez-vous... A-t-on la moindre idée de qui a fait ça, maintenant que Jane est définitivement hors de cause ?

— Oui, on soupçonne sérieusement quelqu'un.

Bryan Martin parut très excité.

— Vraiment ? Qui ça ?

— Le majordome a disparu. Et comme vous savez... la fuite équivaut à un aveu.

— Le majordome ! Vous me surprenez beaucoup.

— Un homme de belle allure. Il vous ressemble un peu, ajouta-t-il en s'inclinant pour accuser le compliment.

Bien sûr ! Je compris soudain pourquoi le visage du maître d'hôtel m'avait paru vaguement familier la première fois.

— Vous me flattez, dit Bryan Martin en riant.

— Non, non, non. Les jeunes filles, les servantes, les dactylos, les demoiselles de bonne famille ne sont-elles pas toutes à vos pieds, monsieur Martin ? En est-il une qui puisse vous résister ?

— Il y en a beaucoup, répondit Martin, qui se leva brusquement. Eh bien, merci infiniment, monsieur Poirot. Je vous prie encore une fois de m'excuser d'avoir abusé de votre temps.

Il nous serra la main et soudain, je le trouvai vieilli. Il avait l'air encore plus égaré.

J'étais dévoré de curiosité et, dès que la porte se referma sur lui, je m'exclamai :

— Poirot, vous attendiez-vous vraiment à ce qu'il vienne et renonce à toute idée d'enquête à propos de ces choses étranges qui lui sont arrivées en Amérique ?

— Vous m'avez entendu le dire, Hastings.

— Mais alors... (Je poursuivis mon raisonnement)

mais alors... vous devez savoir qui est cette mystérieuse personne qu'il devait consulter ?

Il sourit.

— J'ai ma petite idée, mon ami. Comme je l'ai dit, elle m'est venue quand il a mentionné la dent en or. Et, si ma petite idée est juste, je sais qui est la fille et pourquoi elle ne veut pas que Bryan Martin me demande d'enquêter. Je connais la vérité sur toute cette affaire. Et vous pourriez la connaître, vous aussi, si vous utilisiez le cerveau que le bon Dieu vous a donné. Parfois, je suis tenté de penser que, par inadvertance, il vous a oublié.

18

L'ARROGANT

Je n'ai pas l'intention d'entrer dans les détails de l'enquête concernant lord Edgware ou Carlotta Adams. Pour Carlotta, la conclusion fut : « mort accidentelle ». Pour lord Edgware, après identification et autopsie, l'enquête fut ajournée. A la suite de l'examen médical, il fut établi que le décès était survenu une heure ou, tout au plus, deux heures après la fin du dîner. C'est-à-dire entre 22 et 23 heures, le premier chiffre étant le plus probable.

On ne laissa rien transpirer de l'usurpation d'identité par Carlotta Adams de Jane Wilkinson. On publia dans la presse une description du majordome, l'impression générale étant que c'était lui l'homme qu'on recherchait. On l'accusa d'avoir impudemment inventé la visite de Jane Wilkinson à Regent Gate, et on ne fit pas état du témoignage de la secrétaire. Tous les journaux étaient pleins du meurtre, mais on y trouvait très peu de vrais renseignements.

Je savais que, pendant ce temps, Japp s'affairait. J'étais un peu mortifié de voir Poirot adopter une attitude aussi passive. L'idée me traversa l'esprit

— pas pour la première fois — que l'âge y était pour quelque chose. Les raisons qu'il invoquait ne me paraissaient pas convaincantes.

— Arrivé à ce stade de la vie, on évite de se déranger.

— Mais, Poirot, mon cher ami, vous ne devez pas vous considérer comme vieux ! protestai-je.

Je sentais qu'il avait besoin d'être remonté. Traiter par la suggestion, c'est l'idée à la mode, aujourd'hui.

— Vous êtes plus vigoureux que jamais, dis-je, sérieusement. Vous êtes à la fleur de l'âge, Poirot. Au sommet de vos facultés. Vous pourriez sortir et résoudre cette affaire avec brio, si vous le vouliez.

Poirot répondit qu'il préférait la résoudre en restant assis à la maison.

— Mais ce n'est pas possible, Poirot

— Pas entièrement, c'est vrai.

— Je veux dire que nous ne faisons rien ! C'est Japp qui fait tout.

— Ce qui me convient parfaitement.

— Cela ne me convient pas, à moi. Je voudrais que vous fassiez quelque chose.

— C'est ce que je fais.

— Et que faites-vous ?

— J'attends.

— Vous attendez quoi ?

— Que mon chien de chasse me rapporte le gibier, répondit-il avec un clin d'œil.

— A qui faites-vous allusion ?

— A ce brave Japp. A quoi bon avoir un chien si c'est pour aboyer soi-même ? Japp nous apporte ici le résultat de cette énergie physique que vous admirez tant. Il a à sa disposition des moyens qui me font défaut. Il va avoir des nouvelles pour nous très bientôt, j'en suis sûr.

A force de persistance dans l'enquête, il est vrai que Japp amassait lentement des matériaux. Il avait fait chou blanc à Paris, mais il revint quelques jours après, l'air très content de lui.

— C'est un travail de longue haleine, dit-il. Mais nous tenons enfin quelque chose.

— Félicitations, mon ami. Que s'est-il passé ?

— J'ai découvert que, ce soir-là, une dame blonde a déposé une mallette à la consigne de la gare d'Euston à 9 heures. On leur a montré celle de miss Adams, et on l'a formellement reconnue. Elle est de fabrication américaine, donc légèrement différente.

— Ah ! Euston. Oui, des grandes gares, c'est la plus proche de Regent Gate. Elle est allée là-bas sans aucun doute, s'est déguisée dans les toilettes et a laissé la mallette à la consigne. Quand a-t-elle été retirée ?

— A 10 h 30. Par la même dame, d'après le préposé.

Poirot hocha la tête.

— Et j'ai aussi trouvé autre chose, poursuivit Japp. J'ai toutes les raisons de croire que Carlotta Adams se trouvait au Lyons Corner, sur le Strand, à 11 heures du soir.

— Ah ! C'est très bien, ça ! Comment l'avez-vous découvert ?

— Ma foi, plus ou moins par hasard. On a parlé dans les journaux d'une petite boîte en or avec des initiales en rubis. Un journaliste avait fait un article sur les jeunes actrices qui se droguent. De la copie pour la presse du cœur. La petite boîte fatale, son contenu mortel... le portrait pathétique d'une jeune fille qui avait la vie devant elle ! Comment elle a passé sa dernière soirée, comment elle se sentait, etc.

» Bref, il se trouve qu'une petite serveuse du Lyons Corner a lu cet article et s'est souvenue qu'une jeune femme qu'elle avait servie ce soir-là avait une boîte semblable entre les mains. Elle avait même remarqué les initiales C.A. Tout excitée, elle a raconté cela à ses amis : peut-être qu'un journal lui en donnerait quelque chose ?

» Un jeune reporter a rencontré la serveuse et vous allez trouver un article mélodramatique dans l'édition d'aujourd'hui de *The Evening Shriek*. « Les dernières heures de la talentueuse comédienne ». Attendant... l'homme qui ne vint jamais. Et un passage sur la serveuse qui a eu l'intuition que quelque chose n'allait pas chez sa consœur l'actrice. Des niaiseries de ce genre, vous voyez ?

— Et comment se fait-il que vous soyez déjà au courant ?

— Oh ! Nous sommes en très bons termes avec *The Evening Shriek*. Je tiens cela de la bouche du brillant journaliste qui essayait de m'extorquer des renseignements à propos d'autre chose. J'ai bien sûr couru au Lyons Corner...

Oui, voilà ce qu'il fallait faire. Mon cœur se serra de pitié pour Poirot. Japp obtenait des renseignements de première main, négligeant probablement d'importants détails, tandis que Poirot se contentait placidement de nouvelles éventées.

— J'ai vu la fille et je pense qu'il n'y a pas de doute à avoir. Elle n'a pas reconnu Carlotta Adams sur la photo, mais elle a déclaré n'avoir pas prêté une attention particulière à son visage. Elle était jeune, brune et mince, et très bien habillée, a-t-elle dit. Elle portait un de ces chapeaux à la mode. Ah ! Si seulement les femmes regardaient un peu plus les visages et un peu moins les chapeaux !

— Celui de miss Adams n'était pas facile à observer, remarqua Poirot. Il était mobile, sensible... très changeant.

— C'est exact. Je ne suis pas doué pour analyser ces choses-là. La dame était habillée de noir, c'est ce que la fille a dit, et elle avait un attaché-case avec elle. Justement la fille avait trouvé étrange qu'une dame si élégante se promène avec une mallette.

» Elle a commandé des œufs brouillés et du café, mais la fille pense que c'était pour tuer le temps et qu'elle attendait quelqu'un. Elle avait une montre-bracelet et elle n'arrêtait pas de la regarder. C'est en venant lui apporter l'addition que la fille a remarqué la boîte. La dame l'a sortie de son sac à main et l'a posée sur la table devant elle. Elle a ouvert le couvercle, puis l'a refermé. Elle souriait, comme plongée dans un rêve agréable. La fille avait été frappée par cette boîte qu'elle trouvait particulièrement jolie. « Moi aussi j'aimerais avoir une boîte en or avec mes initiales en rubis gravées dessus ! » a-t-elle dit.

» Apparemment, miss Adams est restée encore assise là pendant quelque temps après avoir payé la note. Enfin, elle a jeté un dernier coup d'œil à sa montre, a paru renoncer, puis est sortie.

Poirot fronça les sourcils.

— Elle avait rendez-vous, murmura-t-il. Rendez-vous avec quelqu'un qui n'est pas venu. Carlotta Adams a-t-elle fini par rencontrer cette personne ? Ou bien, ne l'ayant pas rencontrée, est-elle rentrée chez elle pour lui téléphoner ? J'aimerais le savoir. Oh ! comme j'aimerais le savoir...

— Ça, c'est votre théorie, monsieur Poirot. Le mystérieux Homme-dans-la-Coulisse. Cet Homme-dans-la-Coulisse est un mythe. Je ne prétends pas qu'il soit faux qu'elle attendait quelqu'un. C'est possible. Elle avait peut-être fixé rendez-vous là après que ce qu'elle avait à faire chez Sa Seigneurie aurait été heureusement accompli. Nous savons ce qui est arrivé. Elle a perdu la tête et l'a poignardé. Mais elle n'est pas femme à perdre la tête longtemps. Elle se change à la gare, récupère la mallette, va au rendez-vous prévu, puis il se produit ce qu'on appelle la « réaction ». L'horreur de ce qu'elle a fait. Et quand elle ne voit pas venir cette personne amie, c'en est trop. C'était peut-être quelqu'un qui savait qu'elle allait à Regent Gate ce soir-là. Elle se sent perdue. Alors, elle sort sa petite boîte. Une dose un peu trop forte de cette drogue et tout sera terminé. Au moins ne sera-t-elle pas pendue. C'est aussi clair que vous avez un nez au milieu de la figure.

Poirot porta machinalement la main à son nez d'un air de doute, puis la laissa tomber sur sa moustache. Il la caressa tendrement, avec orgueil.

— Rien ne prouve l'existence du mystérieux Homme-dans-la-Coulisse, reprit Japp, poursuivant obstinément son avantage. Je n'ai pas encore pu établir un rapport entre Carlotta Adams et Sa Seigneurie, mais je le ferai, c'est une simple question de temps. J'avoue que mon voyage à Paris m'a déçu. Mais neuf mois ont passé, c'est beaucoup. Cependant, j'ai quelqu'un sur place qui continue l'enquête. On peut encore découvrir quelque chose. Je sais que vous n'en croyez rien. Vous êtes une vraie tête de mule, vous savez !

— Vous commencez par insulter mon nez, et maintenant vous vous en prenez à ma tête !

— Simple façon de parler, dit Japp d'un ton apaisant. Je n'y voyais pas d'offense.

— Et la réponse à cela, dis-je, est : « Je n'y ai rien vu non plus. »

Poirot nous regarda l'un après l'autre, perplexe.

— Pas d'ordres à me donner ? demanda Japp, de la porte, d'un ton facétieux.

— Un ordre, non. Une suggestion, oui, dit Poirot.

— Ah ? Laquelle ? Parlez !

— Je suggère d'envoyer une circulaire aux taxis. Je voudrais que vous en trouviez un qui aurait fait une course, plus probablement deux courses — oui, deux courses, du quartier de Covent Garden jusqu'à Regent Gate, la nuit du meurtre. Aux alentours de 11 heures moins 20.

Japp lui glissa un œil soudain en alerte. Il avait l'air d'un malin petit fox-terrier.

— C'est ça l'idée, hein ? Bon, ça ne peut pas faire de mal — et il arrive que vous sachiez de quoi vous parlez.

A peine était-il parti que Poirot se leva et se mit à brosser vigoureusement son chapeau.

— Ne me posez pas de questions, mon ami. Apportez-moi plutôt la benzine. Un morceau d'omelette est tombé sur mon gilet, ce matin.

Je la lui apportai.

— Pour une fois, dis-je, je ne crois pas avoir besoin de poser de questions. Cela me semble assez clair. Vous pensez vraiment que c'est ça ?

— Mon ami, pour l'instant, je ne m'intéresse qu'à votre toilette. Excusez-moi de vous le dire, mais votre cravate ne me plaît pas.

— C'est une très jolie cravate, ripostai-je.

— Elle l'a sans doute été... un jour. Mais elle accuse son âge, comme vous avez été assez aimable pour me le dire tout à l'heure. Changez-en, je vous en prie, et brossez votre manche droite.

— Nous proposons-nous de rendre visite au roi George ? demandai-je, sarcastique.

— Non. Mais j'ai lu ce matin dans le journal que le duc de Merton est de retour à Londres. J'ai cru comprendre que c'était un membre éminent de l'aristocratie anglaise. Je tiens à lui rendre les honneurs qui lui sont dus.

Poirot n'a jamais rien eu du socialiste.

— Et pourquoi allons-nous chez le duc de Merton ?

— Je désire le voir.

Ce fut tout ce que je pus en tirer. Lorsque ma tenue obtint enfin l'approbation de l'œil critique d'Hercule Poirot, nous nous mîmes en route.

A Merton House, un laquais demanda à Poirot s'il avait rendez-vous. Poirot répondit par la négative. Le laquais emporta sa carte de visite et revint bientôt nous annoncer que Sa Grâce était désolée, mais qu'elle était très occupée ce matin. Poirot s'assit immédiatement sur une chaise.

— Très bien, dit-il. J'attendrai. Plusieurs heures, s'il le faut.

Ce ne fut pas nécessaire. Sans doute pour se débarrasser au plus vite de ce visiteur importun, Poirot fut admis en la présence du gentleman qu'il désirait voir.

Le duc devait avoir environ vingt-sept ans. Maigre et fragile, il n'était pas particulièrement avenant. Il avait des cheveux très fins d'une couleur indéfinissable, les tempes dégarnies, une petite bouche au pli amer, l'air vague et rêveur. Il y avait plusieurs crucifix dans la pièce, ainsi que diverses œuvres d'art religieux. Une grande étagère paraissait ne supporter que des livres de théologie. Ce jeune homme ressemblait plus à un pauvre petit boutiquier qu'à un duc. Je savais que, ayant été un enfant de santé délicate, il avait eu des précepteurs à domicile. C'était là l'homme sur lequel Jane Wilkinson avait jeté son dévolu ! C'était du plus haut comique.

Il avait une attitude suffisante et nous reçut à peine poliment.

— Vous avez peut-être déjà entendu mon nom, commença Poirot.

— Je ne le connais pas.

— J'étudie la psychologie du crime.

Le duc resta silencieux. Assis à son secrétaire, devant une lettre commencée, il tapotait impatiemment le bureau avec son crayon.

— Pour quelle raison désirez-vous me voir ? demanda-t-il avec froideur.

Poirot était assis en face de lui, le dos à la fenêtre.

— J'enquête en ce moment sur les circonstances qui entourent la mort de lord Edgware.

Pas un muscle du visage mou mais obstiné du duc ne bougea.

— Vraiment ? Je ne le connaissais pas.

— Mais vous connaissez sa femme, je pense, miss Jane Wilkinson ?

— C'est exact.

— Vous avez conscience, n'est-ce pas, qu'elle avait un mobile sérieux pour désirer la mort de son mari ?

— Je n'ai conscience de rien de pareil.

— J'aimerais vous poser franchement une question, Votre Grâce. Comptez-vous épouser bientôt miss Jane Wilkinson ?

— Quand je me déciderai à épouser quelqu'un, les journaux en feront état. Je juge votre question impertinente. (Il se leva.) Adieu.

Poirot se leva également. Il avait l'air embarrassé. Il secoua la tête et balbutia :

— Je ne voulais pas dire... Je... je vous demande pardon...

— Adieu, répéta le duc un peu plus fort.

Cette fois, Poirot abandonna. Il fit un petit signe caractéristique d'impuissance, et nous sortîmes. Nous avions été ignominieusement éconduits.

J'étais désolé pour Poirot. Son style pompeux habituel n'avait rien donné. Pour le duc de Merton, un grand détective se situait plus bas qu'un cafard.

— Cela ne s'est pas très bien passé, dis-je, compatissant. Quelle tête de mule que ce type ! Pourquoi vouliez-vous le voir ?

— Je voulais savoir si lui et Jane Wilkinson allaient vraiment se marier.

— C'est ce qu'elle dit.

— Ah ! C'est ce qu'elle dit... Comprenez bien

qu'elle est de celles qui disent n'importe quoi quand ça leur convient. Elle a peut-être décidé de l'épouser, et lui, le pauvre homme, n'en sait rien.

— Ma foi, il vous a proprement envoyé promener.

— Il m'a donné la réponse qu'il aurait donnée à un journaliste, oui. (Poirot eut un petit gloussement.) Mais je sais ! Je connais exactement l'état de la question.

— Comment l'avez-vous compris ? A son attitude ?

— Pas du tout. Vous avez remarqué qu'il était en train d'écrire une lettre ?

— Oui.

— Eh bien, lors de mes débuts dans la police belge, j'ai appris qu'il était très utile de savoir déchiffrer une écriture à l'envers. Voulez-vous savoir ce qu'il disait dans sa lettre ? *Ma Jane chérie, mon adorée, mon merveilleux petit ange, pourrai-je jamais vous faire comprendre ce que vous représentez pour moi ? Vous qui avez tant souffert ! Votre nature si pure...*

— Poirot ! l'interrompis-je, scandalisé.

— C'est là qu'il s'est arrêté. *Votre nature si pure, moi seul la connais.*

J'étais très fâché. Il était si naïvement content de sa performance !

— Poirot ! m'écriai-je. Vous ne pouvez pas faire ça. Lire une lettre qui ne vous est pas destinée !

— Vous dites des sottises, Hastings. Il est absurde de dire « Vous ne pouvez pas faire » quelque chose que j'ai déjà fait !

— Ce n'est pas... ce n'est pas jouer franc jeu.

— Je ne joue pas. Vous le savez. Le meurtre n'est pas un jeu. C'est une chose sérieuse. Et de toute façon, Hastings, vous ne devriez pas utiliser cette expression « jouer franc jeu ». Cela ne se dit plus. J'ai découvert ça. C'est fini. Les jeunes, ils rient quand ils entendent ça. Mais oui, les jolies filles vous riront au nez si vous dites « jouer franc jeu » ou « cela ne se fait pas ».

Je restai silencieux. Je ne digérais pas cette chose que Poirot avait faite avec tant de légèreté.

— Ce n'était pas nécessaire, repris-je. Si vous lui

aviez dit que vous étiez allé chez lord Edgware à la demande de Jane Wilkinson, il vous aurait accueilli différemment.

— Ah ! Mais je ne pouvais pas faire ça ! Je ne peux pas parler à d'autres des affaires de mes clients. Mes missions sont confidentielles. Il ne serait pas honorable de les divulguer.

— Honorable !

— Tout juste.

— Mais elle va l'épouser !

— Cela ne signifie nullement qu'elle n'ait pas de secret pour lui. Votre idée du mariage est très dépassée. Non, je n'aurais pas pu faire ce que vous suggérez. Mon honneur de détective est en jeu. L'honneur, c'est une chose très importante.

— Eh bien, j'imagine qu'il faut toutes sortes d'honneur pour faire un monde !

19

Une grande dame

La visite que nous reçûmes le lendemain matin fut, de mon point de vue, l'une des choses les plus surprenantes de toute l'affaire.

J'étais dans mon salon lorsque Poirot, l'œil brillant, passa la tête par la porte.

— Mon ami, nous avons une visite.

— Qui donc ?

— La duchesse douairière de Merton.

— Ça alors ! Que désire-t-elle ?

— Descendez avec moi, mon ami, et vous le saurez.

Je me dépêchai d'obéir et nous entrâmes ensemble dans la pièce.

La duchesse était une petite femme au nez busqué et au regard autoritaire. Malgré sa petite taille, personne n'aurait songé à la qualifier de courtaude.

Habillée de vêtements noirs passés de mode, chaque pouce de sa personne exprimait cependant la *grande dame*. Elle me frappa aussi par son air presque cruel. Mais tout ce qui était négatif chez son fils était positif chez elle. Sa force de volonté était terrifiante. Il me semblait presque sentir des ondes d'autorité émaner d'elle. Rien d'étonnant à ce que cette femme ait toujours dominé son entourage.

Elle sortit un face-à-main et nous étudia, moi d'abord, Poirot ensuite. Puis elle s'adressa à lui. Sa voix était claire et impérieuse, une voix habituée à donner des ordres et à être obéie.

— Vous êtes monsieur Hercule Poirot ?

Mon ami s'inclina.

— Pour vous servir, madame la Duchesse.

Elle me regarda.

— Mon ami, le capitaine Hastings. Mon assistant.

Elle eut un regard sceptique. Puis, elle inclina la tête en signe d'assentiment et s'assit sur la chaise que lui avança Poirot.

— Je suis venue vous consulter à propos d'une affaire très délicate, monsieur Poirot, et tout ce que je vous dirai doit être considéré comme absolument confidentiel.

— Cela va sans dire, madame.

— C'est lady Yardly qui m'a parlé de vous, en de tels termes et avec tant de gratitude envers vous que j'ai senti que vous étiez la seule personne à pouvoir m'aider.

— Soyez assurée, madame, que je ferai tout mon possible.

Elle hésitait encore. Enfin, au prix d'un évident effort, elle en vint au but, avec une simplicité qui me rappela curieusement Jane Wilkinson ce fameux soir au *Savoy*.

— Monsieur Poirot, faites en sorte que mon fils n'épouse pas cette actrice, Jane Wilkinson.

Si Poirot fut étonné, il n'en montra rien. Il regarda la duchesse d'un air songeur et prit son temps pour répondre.

— Pourriez-vous être un peu plus précise,

madame, quant à ce que vous attendez de moi ? demanda-t-il enfin.

— C'est difficile... Je sens que ce mariage serait un désastre. Il détruirait la vie de mon fils.

— Vous croyez, madame ?

— J'en suis certaine. Mon fils a de grands idéaux. Il ignore tout du monde. Il ne s'est jamais intéressé aux jeunes filles de sa classe. Il les trouvait écervelées et frivoles. Quant à cette femme, eh bien... elle est très belle, je le reconnais. Elle a le pouvoir d'asservir les hommes. Elle a ensorcelé mon fils. J'avais espéré que cette toquade lui passerait. Par bonheur, elle n'était pas libre. Mais, maintenant que son mari est mort...

Elle s'interrompit.

— Ils ont l'intention de se marier dans quelques mois. Le bonheur de mon fils est en jeu. Il faut empêcher ça, monsieur Poirot ! ajouta-t-elle, plus péremptoire.

Poirot haussa les épaules.

— Je ne prétends pas que vous ayez tort, madame. Je reconnais que cette union est mal assortie. Mais que faire ?

— A vous de faire quelque chose.

Poirot secoua lentement la tête.

— Si, si, monsieur Poirot, il faut que vous m'aidiez.

— J'ai bien peur que cela ne serve à rien, madame. Votre fils, je le crains, refuserait d'écouter ce qu'on pourrait dire contre cette dame. D'ailleurs, je crois qu'il n'y a pas grand-chose non plus à dire contre elle. Je doute que l'on trouve dans son passé quoi que ce soit de déshonorant. Elle a toujours été... disons... prudente ?

— Je sais, dit la duchesse d'un air mécontent.

— Ah ! Vous avez déjà mené une enquête ?

La duchesse rougit un peu sous son regard pénétrant.

— Je ne reculerai devant rien, monsieur Poirot, pour sauver mon fils de ce mariage. *Devant rien*, répéta-t-elle énergiquement. (Elle marqua une pause, et reprit :) L'argent n'a aucune importance dans cette histoire. Fixez vous-même vos honoraires. Il faut empêcher ce mariage. Vous êtes l'homme qu'il faut pour ça.

— Ce n'est pas une question d'argent, dit Poirot en secouant la tête. Je ne peux rien faire, pour une raison que je vous expliquerai. Mais de toute façon je ne vois pas ce qu'on pourrait faire. Il m'est impossible de vous aider, madame la Duchesse. Me trouverez-vous impertinent si je me permets de vous donner un conseil ?

— Quel conseil ?

— *Ne contrariez pas votre fils !* Il est en âge de prendre ses décisions lui-même. Et si son choix n'est pas le vôtre, n'en concluez pas que c'est vous qui avez raison. Si c'est un malheur, alors acceptez ce malheur. Soyez là pour l'aider quand il aura besoin d'aide. Mais ne le montez pas contre vous.

— Vous ne comprenez pas.

Elle se leva, les lèvres tremblantes.

— Mais si, madame la Duchesse, je comprends très bien. Je connais le cœur des mères. Personne ne le connaît mieux que moi, Hercule Poirot. Et je vous le dis en connaissance de cause ! Soyez patiente. Soyez patiente et calme, et déguisez vos sentiments. Il est encore possible que les choses cassent d'elles-mêmes. En vous opposant à votre fils, vous ne feriez qu'accroître son obstination.

— Au revoir, monsieur Poirot, dit-elle froidement. Vous m'avez déçue.

— Je regrette infiniment, madame, de ne pouvoir vous rendre service. Je me trouve dans une situation délicate. Lady Edgware, voyez-vous, m'a déjà fait l'honneur de venir me consulter.

— Ah, je vois ! (Sa voix était tranchante comme la lame d'un couteau.) Vous êtes dans le camp adverse. C'est sans doute ce qui explique pourquoi lady Edgware n'a pas encore été arrêtée pour le meurtre de son mari !

— Comment, madame la Duchesse ?

— Je pense que vous avez entendu ce que j'ai dit. Pourquoi est-elle en liberté ? Elle était là-bas ce soir-là. On l'a vue entrer dans la maison... Entrer dans la bibliothèque... Personne d'autre ne l'a approché et on l'a retrouvé mort. Et pourtant, elle n'a pas encore été arrêtée ! Notre police doit être corrompue jusqu'à la moelle.

Les mains tremblantes, elle noua son foulard autour du cou puis, avec une infime inclinaison de la tête, elle sortit.

— Ouf ! m'exclamai-je. Quelle mégère ! Et pourtant, je ne peux pas m'empêcher de l'admirer. Pas vous ?

— Parce qu'elle a décidé de plier l'univers à sa façon de penser ?

— Elle ne se soucie que du bonheur de son fils.

— C'est vrai. Et pourtant, Hastings, serait-il si terrible pour le duc d'épouser Jane Wilkinson ?

— Vous ne pensez tout de même pas qu'elle est vraiment amoureuse de lui ?

— Probablement pas. Presque certainement pas. Mais elle est amoureuse de sa situation. Elle jouera son rôle avec prudence. C'est une femme très belle et très ambitieuse. Ce n'est pas une telle catastrophe ! Le duc aurait pu épouser une jeune fille de sa classe qui l'aurait accepté pour les mêmes raisons, et on n'en aurait pas fait toute une histoire.

— C'est vrai, mais...

— Supposons qu'il épouse une fille qui l'aime passionnément, serait-ce un grand avantage ? J'ai remarqué que c'était souvent un grand malheur pour un homme que d'avoir une épouse qui l'aime. Elle lui fait des scènes de jalousie, le rend ridicule, exige tout son temps et toute son attention... Ah, non ! Ce n'est pas un lit de roses !

— Poirot, vous êtes un incorrigible vieux cynique !

— Mais non, mais non ! Je ne fais que réfléchir. En vérité, je suis du côté de la bonne mamma.

Je ne pus m'empêcher de rire en entendant traiter ainsi l'altière duchesse.

Poirot resta tout à fait sérieux.

— Ne riez pas. Tout ceci est très important. Il faut que je réfléchisse. Que je réfléchisse beaucoup.

— Je ne vois pas ce que vous pouvez faire, en l'occurrence, dis-je.

Poirot n'écoutait pas.

— Vous avez remarqué, Hastings, comme la duchesse était bien renseignée ? Et comme elle était vindicative ? Elle connaissait toutes les preuves accumulées contre Jane Wilkinson.

— Les preuves en faveur de l'accusation, pas celles qui sont en faveur de la défense, dis-je en souriant.

— Comment a-t-elle pu apprendre tout cela ?

— Jane l'aura dit au duc. Le duc le lui aura dit, suggérai-je.

— Oui, c'est possible. Et pourtant, j'ai...

Le téléphone sonna. J'allai répondre.

Je n'eus qu'à dire « oui » à intervalles irréguliers. Enfin, je raccrochai et me tournai tout excité vers Poirot.

— C'était Japp. D'abord, vous êtes « sensationnel », comme d'habitude. Ensuite, il a reçu un télégramme d'Amérique. Troisièmement, il a retrouvé le chauffeur de taxi. Quatrièmement, voulez-vous venir entendre ce que le chauffeur va dire ? Cinquièmement, vous êtes de nouveau « sensationnel », et il était convaincu depuis le début que vous aviez tapé dans le mille en supposant qu'un homme était caché derrière tout ça. J'ai oublié de lui raconter que nous venions d'avoir la visite de quelqu'un qui pensait que la police était corrompue.

— Alors, Japp est enfin convaincu, murmura Poirot. Curieux que ma théorie de l'Homme-dans-la-Coulisse se révèle exacte, juste au moment où je commençais à en échafauder une autre...

— Laquelle ?

— Le mobile du meurtre n'aurait rien à voir avec lord Edgware lui-même. Imaginez une personne qui détesterait Jane Wilkinson, qui la détesterait tellement qu'elle aimerait même la voir pendue pour meurtre. C'est une idée, ça !

Il soupira et se leva :

— Venez, Hastings, allons voir ce que Japp a découvert.

20

LE CHAUFFEUR DE TAXI

Nous trouvâmes Japp en train d'interroger un vieux bonhomme à lunettes et à la moustache en broussaille. Il avait une voix rauque et plaintive.

— Ah ! Vous voilà ! dit Japp. Eh bien, tout marche comme sur des roulettes. Ce monsieur — il s'appelle Jobson — a pris deux personnes en charge à Long Acre, le 29 juin au soir.

— C'est juste, confirma l'homme de sa voix enrouée. Une bien belle nuit. Avec la lune et tout. La jeune dame et le gentleman étaient près de la station de métro et ils m'ont appelé.

— Etaient-ils en tenue de soirée ?

— Oui, lui en gilet blanc et la jeune dame tout en blanc, avec des oiseaux brodés dessus. Ils sortaient du Royal Opera, je pense.

— Quelle heure était-il ?

— Un peu avant 11 heures.

— Et ensuite ?

— M'ont demandé de les emmener à Regent Gate — ils me diraient quelle maison en arrivant. Et ils m'ont dit de faire vite aussi. Les gens disent toujours ça. Comme si on voulait traîner. Plus vite on arrive et on s'attrape une autre course, mieux ça vaut. On n'y pense jamais. Et puis s'il y a un accident, c'est vous qui prendrez à cause de votre conduite dangereuse !

— Abrégeons, dit Japp avec impatience. Il n'y a pas eu d'accident, ce jour-là, non ?

— N... non, concéda l'homme, comme s'il regrettait que ce ne soit pas arrivé. Non, en fait, il n'y en a pas eu. Bon, me voilà à Regent Gate — ça ne m'avait pas pris plus de sept minutes — et alors le gentleman tape sur la vitre et je m'arrête. A peu près au numéro 8. Bon, le gentleman et la dame sont descendus. Le gentleman est resté où il était et il m'a dit de faire la même chose. La dame a traversé la rue et est repartie en arrière, le long des maisons sur l'autre trottoir. Le gentleman est resté près de la voiture, sur le trottoir, il la regardait et me tournait le dos. Il avait les mains dans les poches. Au bout de cinq minutes, je l'entends dire quelque chose — une espèce d'exclamation étouffée — et le voilà qui s'en va lui aussi. Je regarde après lui parce que je n'ai pas l'intention de me laisser filouter. On me l'a déjà fait, alors je garde l'œil sur lui. Il a grimpé les marches du perron d'une maison, de l'autre côté, et il est entré.

— Il a poussé la porte ?

— Non, il avait une clef.

— Quel était le numéro de la maison ?

— Le 17 ou le 19, je pense. Je trouvais drôle qu'on m'ait dit de rester où j'étais. Alors j'ai bien observé. Cinq minutes plus tard, lui et la jeune dame sont sortis ensemble. Ils sont remontés dans le taxi et m'ont dit de retourner à Covent Garden. Ils m'ont arrêté juste avant que j'arrive et ils m'ont payé. Largement, je dois dire. Bien que je vais avoir des ennuis à cause de ça — rien que des ennuis on dirait.

— Vous n'avez rien à craindre, dit Japp. Jetez simplement un œil sur ces photographies, et dites-moi si vous trouvez la dame ?

Il y avait une douzaine de photographies de jeunes femmes, toutes assez semblables. Je me penchai pardessus son épaule avec intérêt.

— C'est elle, dit Jobson.

Il pointa l'index avec décision sur une photo de Geraldine Marsh en robe du soir.

— Vous en êtes sûr ?

— Tout à fait sûr. Elle était pâle et brune.

— L'homme, à présent.

On lui tendit une autre série de photos. Il les observa attentivement et secoua la tête.

— Je ne saurais pas dire... je ne suis pas sûr. Ça pourrait être un de ces deux-là.

Parmi les photos s'en trouvait une de Ronald Marsh, mais ce n'était pas lui qu'avait désigné Jobson. Il en avait montré deux autres qui lui ressemblaient.

Jobson s'en alla et Japp jeta les photos sur la table.

— Pas mal. J'aurais préféré une identification plus

précise de Sa Seigneurie. C'est une vieille photo, prise il y a sept ou huit ans. La seule que j'aie pu trouver. Oui, j'aurais aimé une identification plus précise, bien que l'affaire soit assez claire. Voilà deux alibis qui volent en éclats. Votre idée était bonne, monsieur Poirot.

Poirot répondit avec modestie :

— Lorsque j'ai découvert qu'elle et son cousin avaient été tous les deux à l'Opéra, j'ai pensé qu'ils s'étaient peut-être retrouvés pendant un entracte. Et naturellement, les gens qui les accompagnaient devaient être convaincus qu'ils n'avaient pas quitté les lieux. En une demi-heure, on a largement le temps d'aller à Regent Gate et d'en revenir. En voyant lord Edgware insister si lourdement sur son alibi, j'ai flairé quelque chose de louche.

— Vous êtes un type drôlement soupçonneux, hein ? dit Japp affectueusement. Ma foi, vous avez raison. On ne peut pas être trop soupçonneux dans un monde comme celui-ci. Sa Seigneurie est bien notre homme. Regardez ça.

Il lui tendit un papier.

— Une dépêche de New York. Ils ont pris contact avec miss Lucie Adams. La lettre était au courrier qui lui a été remis ce matin. Elle ne voulait pas se défaire de l'original, à moins d'une nécessité impérieuse, mais elle a volontiers accepté que le policier en prenne copie et nous la télégraphie. La voici, et du diable si on pouvait espérer mieux.

Poirot s'empara de la dépêche avec le plus vif intérêt. Je lus par-dessus son épaule.

Ci-dessous le texte de la lettre reçue par Lucie Adams, datée du 29 juin, 8, Rosedew Mansions, Londres, S.W. 3.

« *Ma chère petite sœur, je suis désolée de t'avoir envoyé un pareil brouillon la semaine dernière, mais j'étais très occupée et n'avais pas une minute à moi. Eh bien, ma chérie, cela a été un vrai succès. Critiques excellentes, on affiche complet, et tout le monde est charmant. J'ai quelques très bons amis ici, et l'année prochaine, j'envisage de louer un théâtre pour deux mois. Le sketch du danseur russe a très bien marché et celui de l'Américaine à Paris aussi, mais le public continue à préférer les Scènes à l'hôtel Cosmopolite, je crois. Je suis tellement excitée que je sais à peine ce que j'écris, et tu vas comprendre pourquoi dans une minute, mais d'abord, il faut que je te raconte ce que les gens ont dit. Mrs Hergsheimer est toujours aussi attentionnée, et elle va m'inviter à déjeuner avec sir Montagu Corner, qui pourrait faire beaucoup pour moi. L'autre jour, j'ai rencontré Jane Wilkinson, qui m'a complimentée sur mon spectacle et l'imitation que je fais d'elle, ce qui m'amène à ce que je voulais te dire. En réalité, je ne l'aime pas beaucoup, car dernièrement, j'ai entendu dire un tas de choses sur elle par quelqu'un que je connais ; je crois qu'elle s'est montrée cruelle de façon très sournoise, mais passons. Sais-tu qu'en réalité, elle est mariée à lord Edgware ? De lui aussi, j'ai entendu dire beaucoup de choses récemment, et rien de joli joli, crois-moi. Il a traité son neveu, le capitaine Marsh, dont je t'ai parlé, de manière honteuse. Il l'a littéralement chassé de chez lui en lui coupant les vivres. Il m'a raconté tout ça et j'en ai été désolée pour lui. Il a beaucoup aimé mon spectacle ; il m'a dit : "Je suis sûr que lord Edgware lui-même s'y laisserait prendre. Voulez-vous parier ?" J'ai répliqué en riant : "Combien ?" Lucie, ma chérie, sa réponse m'a coupé net la respiration. Dix mille dollars ! Dix mille dollars, tu te rends compte ? Juste pour permettre à quelqu'un de gagner un pari stupide. Je lui ai répondu qu'à ce tarif j'accepterais d'abuser le roi lui-même à Buckingham Palace, au risque de commettre un crime de lèse-majesté ! Alors nous avons joint nos efforts pour mettre au point tous les détails.*

Je te raconterai tout la semaine prochaine — si j'ai été démasquée ou non. Quoi qu'il en soit, ma chérie, que je réussisse ou non, j'aurai dix mille dollars. Oh ! Lucie, ma petite sœur, tu sais ce que cela signifie pour nous ? Je n'ai pas le temps d'en dire plus — je vais de ce pas faire mon "canular". Des milliers et des milliers de baisers pour ma petite sœur.

Ta Carlotta. »

Poirot reposa la lettre. Elle l'avait touché, c'était visible.

Japp, lui, réagit de tout autre façon. Il exultait :

— Nous le tenons !

— Oui, lâcha Poirot, laconique, d'une voix sans inflexion.

Japp lui lança un regard intrigué.

— Qu'y a-t-il, monsieur Poirot ?

— Rien. Ce n'est pas exactement ce que je pensais, c'est tout. (Il avait l'air profondément attristé.) Et pourtant, ce doit être ça, murmura-t-il. Oui, ça doit être ça.

— Bien sûr que c'est ça. Vous n'avez pas arrêté de le dire.

— Non, non. Vous m'avez mal compris.

— N'avez-vous pas prétendu qu'il y avait quelqu'un derrière tout ça qui avait poussé la fille à le faire en toute innocence ?

— Oui, bien sûr.

— Alors, que désirez-vous de plus ?

Poirot soupira mais ne répondit pas.

— Vous êtes un drôle de type. Vous n'êtes jamais satisfait. C'est une vraie chance que la fille ait écrit cette lettre.

Poirot acquiesça avec plus de vigueur cette fois.

— Oui, le meurtrier n'avait pas prévu ça. En acceptant les dix mille dollars, miss Adams a signé son arrêt de mort. L'assassin croyait avoir pris toutes les précautions, mais, en toute innocence également, elle a été plus maligne. Le mort parle, oui, il arrive que le mort parle.

— Je n'ai jamais pensé qu'elle avait agi de sa propre initiative, déclara Japp sans rougir.

— Non, non, dit Poirot, l'esprit ailleurs.

— Bon, il faut que je me remette au travail.

— Vous allez arrêter le capitaine Marsh, je veux dire lord Edgware ?

— Pourquoi pas ? Ce ne sont pas les preuves contre lui qui manquent.

— C'est vrai.

— Vous semblez bien abattu, monsieur Poirot. En réalité, vous aimez la difficulté. Voilà votre propre théorie confirmée, et cela ne vous suffit pas. Voyez-vous quelque chose qui cloche dans toutes ces preuves ?

Poirot secoua la tête.

— Miss Marsh était-elle complice ou non ? Je l'ignore, dit Japp. Il semblerait qu'elle était au courant, puisqu'elle est sortie de l'Opéra avec lui. Sinon, pourquoi l'aurait-il emmenée ? Bon, allons écouter ce qu'ils ont à nous dire, tous les deux.

— Puis-je venir avec vous ? demanda Poirot, presque humblement.

— Vous pouvez, bien sûr ! C'est à vous que je dois l'idée.

Il récupéra le télégramme sur la table.

Je pris Poirot à part.

— Qu'est-ce qui ne va pas, Poirot ?

— Je suis très malheureux, Hastings. Apparemment, c'est clair comme de l'eau de roche. Mais *il y a quelque chose qui ne va pas*. Là ou ailleurs, quelque chose nous échappe. Tout paraît s'ajuster et correspondre à ce que j'avais imaginé, et cependant, mon ami, quelque chose ne va pas.

Il me regarda d'un air pitoyable.

Je fus bien embarrassé pour lui répondre.

21

La version de Ronald

Je comprenais difficilement l'attitude de Poirot. N'était-ce pas là ce qu'il prévoyait depuis le début ?

Tout le long du chemin jusqu'à Regent Gate, il resta perplexe et renfrogné, ne prêtant pas la moindre attention à Japp et à ses manifestations d'autosatisfaction.

Il sortit enfin de sa rêverie en soupirant.

— Quoi qu'il en soit, murmura-t-il, voyons d'abord ce qu'il a à dire.

— Un peu plus que rien, s'il a le moindre bon sens, répliqua Japp. Combien d'hommes se sont passé eux-mêmes la corde au cou pour avoir été trop pressés de parler ! En tout cas, on ne peut pas nous reprocher de ne pas les avertir. Tout est parfaitement régulier. Mais plus ils sont coupables, plus ils sont impatients de vous raconter les mensonges qu'ils ont concoctés pour leur défense. Ils ne savent pas qu'il faut toujours commencer par soumettre ses mensonges à un homme de loi.

Il soupira encore.

— Les avocats et les coroners sont les pires ennemis de la police. Sans arrêt, des affaires claires comme le jour sont gâchées par des coroners qui nous roulent dans la farine et permettent au coupable de nous échapper. Enfin, on ne peut pas trop leur en vouloir. C'est pour l'art avec lequel ils déforment les faits qu'on les paie, après tout.

Notre gibier était bien à Regent Gate. Nous trouvâmes toute la famille encore à table. Japp demanda à parler à lord Edgware en privé. On nous fit entrer dans la bibliothèque.

Quelques minutes plus tard, le jeune Marsh apparaissait, souriant. Il changea un peu d'expression après nous avoir jeté un coup d'œil. Il serra les lèvres.

— Bonjour, inspecteur. Que se passe-t-il ?

Japp lui servit sa petite histoire à sa manière habituelle.

— Alors c'est ça ? dit Ronald.

Il approcha une chaise, s'assit, et sortit de sa poche un étui à cigarettes.

— Je pense, inspecteur, que j'aimerais faire une déposition.

— A votre aise, mylord.

— C'est complètement idiot de ma part. Mais ça ne fait rien. Je crois que je vais le faire, « n'ayant aucune raison de craindre la vérité », comme disent les héros de romans.

Japp ne répondit pas. Son visage resta inexpressif.

— Vous avez là une table et une chaise à votre disposition, poursuivit le jeune homme. Votre esclave peut s'y asseoir et prendre tout en sténo.

Japp n'avait pas l'habitude qu'on ait pour lui autant d'attentions. La proposition de lord Edgware fut acceptée.

— Pour commencer, déclara ce dernier, comme j'ai quelques lueurs d'intelligence, je soupçonne que mon magnifique alibi est fichu. Parti en fumée. Exit les précieux Dortheimer. Le chauffeur de taxi, sans doute ?

— Nous n'ignorons rien de vos mouvements cette nuit-là, déclara Japp, le visage de bois.

— J'éprouve la plus grande admiration pour Scotland Yard. Quand même, si j'avais réellement prémédité un acte de violence, je n'aurais pas pris un taxi pour aller droit à l'endroit prévu et lui demander de m'attendre. Y aviez-vous pensé ? Ah ! Je vois que cela n'avait pas échappé à Mr Poirot.

— En effet, cela m'était venu à l'esprit, dit Poirot.

— On ne se conduit pas ainsi pour un crime prémédité, déclara Ronald. On s'affuble d'une moustache rousse, de lunettes à monture d'écaille, on se fait déposer dans une rue voisine et on renvoie le chauffeur. On prend le métro... Bon, je ne vais pas entrer dans tous les détails. Pour quelques milliers de guinées, mon avocat le fera mieux que moi. Bien sûr, j'entends déjà la réponse : le crime a été commis sous l'impulsion du moment. J'étais là, attendant dans le taxi, etc. quand je me suis dit brusquement : « Et maintenant, mon garçon, lève-toi et frappe ! »

» La vérité, je vais vous la dire. J'avais des ennuis d'argent. Aucun doute là-dessus. L'affaire était plutôt désespérée. Si je n'en trouvais pas pour le lendemain, il ne me restait plus qu'à tout quitter. J'essayai mon oncle. Il ne m'aimait pas, mais je pensais qu'il attachait du prix à son honneur et à son nom. C'est souvent le cas chez les hommes d'âge mûr. Mais mon oncle fit preuve d'une indifférence cynique et résolument moderne.

» Il ne me restait apparemment plus qu'à faire contre mauvaise fortune bon cœur. Je voulais encore tenter le coup et emprunter à Dortheimer, mais je savais que c'était sans espoir. Quant à épouser sa fille, je ne pouvais pas. D'ailleurs, elle est de toute façon beaucoup trop raisonnable pour vouloir de moi. Puis, par hasard, j'ai rencontré ma cousine à l'Opéra. Nous ne nous voyons guère, mais elle s'est toujours montrée très gentille avec moi, lorsque nous vivions sous le même toit. Je lui ai tout raconté. Son père lui en avait d'ailleurs déjà parlé. Elle m'a montré alors de quoi elle était capable. Elle m'a proposé ses perles. Elles avaient appartenu à sa mère.

Il marqua une pause. Sa voix était empreinte, je crois, d'une vraie émotion. Ou alors c'est que j'étais loin d'imaginer qu'on puisse jouer ça aussi bien.

— Bon. J'ai accepté l'offre de cet ange. Je pouvais obtenir l'argent dont j'avais besoin en donnant les perles en gage, et je jure que je les aurais rachetées et que je les lui aurais rendues, même si j'avais été, pour cela, obligé de travailler. Mais le collier était chez elle, à Regent Gate. Nous avons décidé que la meilleure chose à faire était d'aller le chercher immédiatement. Nous avons sauté dans un taxi, et en route.

» Nous avons demandé au chauffeur de s'arrêter de l'autre côté de la rue, pour éviter qu'on ne l'entende de la maison. Geraldine est sortie et a traversé la rue. Elle avait sa clef. Elle devait entrer doucement, prendre les perles et me les rapporter. Il était peu probable qu'elle rencontre quelqu'un, sinon un domestique. Miss Carroll, la secrétaire, se couchait habituellement vers 9 heures et demie. Quant à mon oncle, il était probablement dans la bibliothèque.

» Dina est donc partie. Je suis resté sur le trottoir à fumer une cigarette. De temps à autre, je levais les yeux pour voir si elle revenait. Et maintenant j'en arrive à la partie de mon récit que vous êtes libres de croire ou non. Un homme est passé à côté de moi sur le trottoir. Je me suis retourné pour le suivre des yeux. A mon grand étonnement, il est entré dans la maison qui porte le n° 17. Du moins, j'ai pensé que c'était le 17, mais j'étais un peu loin. Cela me surprit beaucoup, pour deux raisons. D'abord parce qu'il avait ouvert la porte avec une clef, et ensuite parce qu'il m'avait semblé reconnaître en lui un acteur en vogue.

» Je fus si étonné que je décidai d'en avoir le cœur net. J'avais justement dans ma poche ma propre clef du n° 17. Je l'avais perdue, ou croyais l'avoir perdue il y a trois ans. Je l'avais retrouvée par hasard il y a quelques jours, et je comptais la rendre à mon oncle ce matin-là. Dans le feu de notre discussion, cela m'était complètement sorti de l'idée. Elle avait suivi le reste du contenu de mes poches quand je m'étais changé.

» Je priai le chauffeur d'attendre, remontai la rue à la hâte, traversai, montai les marches du perron et ouvris la porte du n° 17 avec ma clef. Il n'y avait personne dans le vestibule. Rien n'indiquait que quelqu'un venait juste d'entrer. Je restai là une minute à regarder autour de moi. Puis je m'approchai de la porte de la bibliothèque. L'homme était peut-être déjà avec mon oncle. Dans ce cas, je devais entendre des voix. Je tendis l'oreille, mais je n'entendis rien.

» Soudain, je me sentis complètement ridicule. Bien sûr l'homme était entré dans une autre maison — la suivante, sans doute. Regent Gate est mal éclairé le soir. Je me sentais tout à fait idiot. Qu'est-ce qui m'avait pris de suivre ce type ? J'aurais l'air malin si mon oncle sortait tout à coup de la bibliothèque et me trouvait là... Cela ne ferait qu'attirer des ennuis à Geraldine et jeter de l'huile sur le feu. Tout cela parce que quelque chose, dans ses manières, m'avait fait penser qu'il ne voulait pas qu'on sache ce qu'il faisait. Heureusement, personne ne m'avait surpris. Il me restait à sortir de là au plus vite.

» Je me dirigeais vers la porte sur la pointe des pieds lorsque Geraldine est redescendue, les perles à la main. Elle a été très étonnée de me voir, bien sûr. Je l'ai entraînée hors de la maison et je lui ai tout expliqué.

Lord Edgware marqua une nouvelle pause, puis reprit :

— Nous sommes retournés en hâte à l'Opéra. Nous sommes arrivés juste au moment où le rideau se levait. Personne ne s'était aperçu de notre absence. La nuit était douce, et la plupart des gens étaient sortis prendre l'air dans la rue.

» Je sais ce que vous allez dire : pourquoi n'avoir pas raconté cela tout de suite ? A moi alors de vous poser une question : si vous aviez un mobile qui crève les yeux pour commettre un meurtre, reconnaîtriez-vous d'un cœur léger que vous vous trouviez sur les lieux du crime le soir où il a été commis ?

» Franchement, j'ai eu la trouille. Même si on nous avait crus, cela ne pouvait qu'entraîner des tas d'ennuis pour Geraldine et moi. Nous étions totalement étrangers au meurtre, nous n'avions rien vu, rien entendu. Il me paraissait évident que c'était l'œuvre de tante Jane. Alors, pourquoi m'impliquer là-dedans ? Je vous ai parlé de ma dispute et de mon manque d'argent parce que je savais que vous le découvririez et que si j'avais cherché à vous le cacher, cela vous aurait rendu soupçonneux ; vous vous seriez penché de plus près sur mon alibi.

» Telles qu'étaient les choses, j'ai pensé que si j'insistais assez là-dessus, j'arriverais à vous empêcher de regarder ailleurs. Les Dortheimer étaient sincèrement convaincus que je n'avais pas quitté Covent Garden. Ils ne pouvaient pas trouver suspect que je passe un entracte en compagnie de ma cousine. Quant à celle-ci, elle pouvait toujours dire qu'elle était avec moi et que nous n'avions pas quitté les lieux.

— Miss Marsh a approuvé cette... non-divulgation ?

— Oui. Dès que j'ai appris la nouvelle, j'ai couru la prévenir et lui demander, sur sa vie, de ne pas parler de notre randonnée nocturne. Elle était avec moi et j'étais avec elle pendant le dernier entracte, à Covent Garden. Nous avons bavardé un peu dans la rue et c'est tout. Elle a compris et elle a été tout à fait d'accord.

Il resta un instant silencieux.

— Je sais que je me suis mis dans un mauvais cas en racontant cela après coup. Mais mon histoire est absolument vraie. Je peux vous donner le nom et l'adresse de l'homme qui a pris les perles de Geraldine en gage ce matin. Et, si vous la questionnez, ma cousine confirmera tout ce que je viens de vous dire.

Il s'enfonça dans son siège et regarda Japp, lequel affichait toujours un visage sans expression.

— Vous avez bien dit que vous soupçonniez Jane Wilkinson d'avoir commis ce crime, lord Edgware ? demanda-t-il.

— Ma foi, n'auriez-vous pas pensé la même chose ? Après ce qu'a raconté le maître d'hôtel ?

— Et votre pari avec miss Adams ?

— Mon pari avec miss Adams ? Avec Carlotta Adams, vous voulez dire ? Que vient-elle faire là-dedans ?

— Niez-vous lui avoir offert la somme de dix mille dollars pour venir ici se faire passer pour Jane Wilkinson, cette nuit-là ?

Ronald ouvrit de grands yeux.

— Dix mille dollars ? C'est absurde ! Quelqu'un s'est moqué de vous, inspecteur ! Je n'ai pas dix mille dollars à offrir. C'est une blague ! C'est *elle* qui vous a dit ça ? Oh ! Bon sang, j'oubliais... elle est morte, non ?

— Oui, dit tranquillement Poirot. Elle est morte.

Ronald nous regarda tour à tour. Il avait pâli. Il avait l'air soudain effrayé.

— Je ne comprends rien à tout ça, dit-il. Je vous ai dit la vérité. Vous ne me croyez sans doute pas, ni les uns ni les autres.

A ma stupéfaction. Poirot fit un pas en avant.

— Si, dit-il. Moi, je vous crois.

22

L'ÉTRANGE CONDUITE D'HERCULE POIROT

Nous avions regagné nos chambres.

— Mais que diable... commençai-je.

Poirot m'interrompit par le geste le plus extravagant que je lui aie jamais vu faire. Les deux bras en l'air, il faisait des moulinets.

— Je vous en supplie, Hastings. Pas maintenant ! Pas maintenant.

Sur ce, il saisit son chapeau, le planta au sommet de son crâne, sans souci d'ordre ni de méthode, et sortit de la pièce en coup de vent. Une heure plus tard, il n'était toujours pas rentré, lorsque Japp apparut.

— Le petit homme est sorti ? demanda-t-il.

Je hochai la tête.

Japp s'effondra dans un fauteuil et s'épongea le front avec un mouchoir. La journée était chaude.

— Qu'est-ce qui lui a pris ? Vous savez, capitaine Hastings, j'ai failli tomber à la renverse lorsqu'il s'est approché de notre homme pour déclarer : « Moi, je vous crois. » Comme si nous étions en train de jouer dans un mélodrame. Je n'y comprends rien !

— Moi non plus, avouai-je.

— Et là-dessus le voilà qui s'en va ? Vous a-t-il dit quelque chose à ce sujet ?

— Rien, répondis-je.

— Rien du tout ?

— Rien du tout. Quand j'ai voulu lui parler, il m'a fait signe de me taire. J'ai pensé qu'il valait mieux ne pas insister. En arrivant ici, j'ai commencé à le questionner. Il a agité les bras, a saisi son chapeau et est ressorti en courant.

Nous nous regardâmes. Japp se frappa le front de l'index.

— Il doit être un peu..., dit-il.

Pour une fois, je fus enclin à lui donner raison. Japp avait souvent suggéré que Poirot devait être un peu « toqué » comme il disait. Mais c'était parce qu'il n'avait tout simplement pas compris où Poirot voulait en venir. Cette fois, j'étais obligé de reconnaître que je ne comprenais rien non plus à sa conduite. S'il n'était pas « toqué », il était du moins bizarrement changeant. Alors que sa propre hypothèse se trouvait triomphalement confirmée, il faisait aussitôt marche arrière. Il y avait de quoi désarçonner et affliger ses plus ardents supporters. Je secouai la tête, découragé.

— Je l'ai toujours trouvé un peu bizarre, dit Japp. Il a une façon très particulière et très étrange d'envisager les choses. C'est une espèce de génie, je le reconnais, mais on dit bien que le génie se situe à la frontière de la folie et qu'il est susceptible d'y basculer à tout moment.

» Il a toujours aimé les choses compliquées. Une affaire simple ne le satisfait jamais. Non, il faut qu'elle soit tortueuse. Il n'adhère plus à la réalité. Il joue son propre jeu. Comme une vieille dame qui fait des patiences. Si elle ne réussit pas, elle triche. Lui, il triche au contraire si cela vient trop facilement, pour rendre les choses plus difficiles. C'est ainsi que je le vois.

J'eus du mal à répondre. Je trouvais moi aussi que le comportement de Poirot était inexplicable. Mais, étant très attaché à mon drôle de petit ami, je me faisais plus de soucis que je n'étais prêt à l'avouer.

Poirot entra au milieu d'un sombre silence. Dieu merci, il était tout à fait calme maintenant.

Il ôta son chapeau, très soigneusement, le posa avec sa canne sur la table et s'assit sur son siège habituel.

— Ah ! Vous êtes là, mon bon Japp ! C'est heureux. Je voulais justement vous voir le plus tôt possible.

Japp le regarda sans répondre. Il avait compris que cela ne faisait que commencer et il attendait que Poirot s'explique.

Ce que mon ami fit, lentement et prudemment.

— Écoutez, Japp. Nous nous sommes trompés. Nous nous sommes complètement trompés. C'est affreux d'avoir à le reconnaître, mais nous avons commis une erreur.

— Ça va bien, dit Japp, avec optimisme.

— Mais non, ça ne va pas bien. C'est lamentable ! Cela me fait profondément souffrir.

— Vous n'avez pas à souffrir pour ce jeune homme. Il a largement mérité ce qui lui arrive.

— Ce n'est pas pour lui que je souffre. C'est pour vous.

— Pour moi ? Vous n'avez pas besoin de vous faire du souci pour moi.

— Mais si, justement. Qui vous a lancé dans cette direction ? C'est Hercule Poirot. Eh oui, je vous ai mis sur la piste. J'ai attiré votre attention sur Carlotta Adams, je vous ai parlé de la lettre envoyée en Amérique. Je vous ai dirigé pas à pas.

— J'en serais arrivé là de toute façon, dit Japp froidement. Vous avez eu un peu d'avance sur moi, c'est tout.

— Cela se peut. Mais cela ne me console pas. Si vous deviez souffrir d'une perte de prestige pour avoir écouté mes petites idées, je m'en repentirais amèrement.

Japp avait l'air de s'amuser. Je pense qu'il soupçonnait Poirot de mobiles peu honorables. Il s'imaginait que Poirot voulait s'attribuer le crédit d'avoir brillamment élucidé cette affaire.

— Ça va bien, dit-il. Je n'oublierai pas de signaler que je vous dois quelque chose dans cette histoire.

Il m'adressa un clin d'œil.

— Oh ! mais il ne s'agit pas de cela du tout ! s'écria Poirot en faisant claquer sa langue avec impatience. Je ne veux pas de félicitations. D'ailleurs, je vous le dis il n'y aura pas de félicitations. Vous allez au-devant d'un fiasco, et c'est moi, Hercule Poirot, qui en suis la cause.

Soudain, devant son expression profondément mélancolique, Japp éclata de rire. Poirot parut vexé.

— Désolé, monsieur Poirot, dit Japp en s'essuyant les yeux. C'est votre air de chien battu... Allons, oublions tout cela.

» Je suis disposé à prendre sur moi tout le crédit ou tout le blâme. L'affaire va faire grand bruit, vous avez raison. Eh bien, je vais faire tout mon possible pour obtenir une condamnation. Il se peut qu'un avocat retors tire Sa Seigneurie de là — on ne sait jamais avec un jury. Mais même comme ça, cela ne pourra me causer aucun tort. Même si nous n'obtenons pas sa condamnation, on saura que nous avions mis la main sur le coupable. Et si, par hasard, la troisième femme de chambre devient hystérique et avoue avoir commis le meurtre, eh bien, j'avalerai la pilule, je ne me plaindrai pas, je ne viendrai pas dire que c'est vous qui m'avez mené en bateau. Il me semble que c'est honnête.

Poirot le regarda gentiment et tristement.

— Vous êtes sûr de vous — toujours sûr de vous ! Vous ne vous arrêtez jamais pour vous demander : « Est-ce bien ça ? » Vous ne doutez jamais, vous ne vous étonnez jamais. Vous ne vous dites jamais : « C'est trop simple ! »

— Bien sûr que non ! Et c'est justement là, si je peux me permettre, que vous déraillez à chaque fois, monsieur Poirot. Pourquoi n'y aurait-il pas des choses simples ? Quel mal y a-t-il à ce que quelque chose soit facile ?

Poirot le regarda, soupira, leva à moitié les bras au ciel et secoua la tête.

— C'est fini. Je ne dirai plus rien.

— Splendide ! s'écria chaleureusement Japp. Maintenant, revenons aux choses sérieuses. Voulez-vous savoir ce que j'ai fait ?

— Assurément.

— Eh bien, j'ai rendu visite à miss Geraldine, et son histoire concorde exactement avec celle de lord Edgware. Peut-être sont-ils complices, mais cela m'étonnerait. A mon avis, il lui a joué la comédie ; de toute façon elle est aux trois quarts amoureuse de lui. Elle a été très secouée en apprenant son arrestation.

— Vraiment ? Et la secrétaire, miss Carroll ?

— Elle n'a pas paru très surprise, mais je peux me tromper.

— Et les perles ? demandai-je. Disait-il vrai ?

— Absolument. Il les a mises en gage le lendemain matin. Mais je ne pense pas que cela change grand-chose. A mon avis, il a parfait son plan quand il a rencontré sa cousine à l'Opéra. En un éclair. Aux abois, il a entrevu une porte de sortie. Je suppose qu'il méditait quelque chose de ce genre, c'est pourquoi il avait sur lui la clef de la porte d'entrée. Je ne crois pas que ça lui soit venu tout d'un coup. Mais en parlant à sa cousine, il comprend qu'il peut se protéger en l'impliquant dans l'histoire. Il joue de ses sentiments, fait allusion aux perles, elle entre dans son jeu, et les voilà partis. Dès qu'elle a pénétré dans la maison, il la suit, va jusqu'à la bibliothèque. Sa Seigneurie était peut-être assoupie dans un fauteuil ? Quoi qu'il en soit, en deux secondes, l'affaire était réglée et il est ressorti. Je ne pense pas qu'il tînt à ce que sa cousine le voie dans la maison. Il espérait qu'elle le trouverait allant et venant à côté du taxi. Et je ne pense pas non plus que le chauffeur de taxi fût censé le voir entrer dans la maison. Il devait donner l'impression d'avoir marché de long en large en fumant et en attendant la fille. Rappelez-vous que le taxi était tourné dans l'autre direction.

» Bien entendu, le lendemain matin, il a fallu qu'il porte le collier en gage. Il devait toujours faire semblant d'avoir besoin d'argent. Puis, lorsqu'il entend parler du crime, il effraye la fille pour qu'elle ne parle pas de leur expédition. Ils prétendront qu'ils ont passé cet entracte ensemble, à l'Opéra.

— Alors pourquoi ne s'en est-il pas tenu à cette version ? demanda vivement Poirot.

Japp haussa les épaules.

— Il a changé d'avis. Ou jugé qu'elle serait incapable de tenir jusqu'au bout. Elle est du genre nerveux.

— Oui, fit Poirot, songeur. Elle est du genre nerveux...

Après un silence, il reprit :

— Ne pensez-vous pas que, pour le capitaine Marsh, il aurait été plus simple et plus facile de quitter l'Opéra seul, pendant l'entracte ? D'entrer tranquillement avec sa clef, de tuer son oncle et de retourner à l'Opéra, plutôt que d'avoir un taxi dehors et, dedans, une fille très nerveuse qui risque à tout moment de descendre l'escalier, de perdre la tête et de le trahir ?

Japp eut un sourire.

— C'est ce que nous aurions fait, vous ou moi. Mais nous sommes légèrement plus intelligents que le capitaine Ronald Marsh.

— Je n'en suis pas sûr. Je l'ai trouvé très intelligent.

— Mais pas si intelligent que Mr Hercule Poirot ! Allons ! J'en suis bien certain, dit Japp en riant.

Poirot le regarda froidement.

— S'il n'est pas coupable, pourquoi aurait-il poussé Carlotta Adams à se livrer à cette mascarade ? poursuivit Japp. Je ne vois qu'une réponse : pour protéger le vrai criminel.

— Sur ce point, je suis entièrement d'accord avec vous.

— Eh bien, je suis heureux que nous soyons d'accord sur quelque chose.

— C'est peut-être lui qui a parlé à miss Adams... murmura Poirot, songeur. Quoique en réalité... non, c'est idiot.

Puis, levant soudain les yeux vers Japp, il lança une brève question :

— Et quelle est votre théorie à propos de la mort de Carlotta Adams ?

Japp s'éclaircit la gorge.

— Je pencherais pour... l'accident. Un accident qui tombe à pic, je l'admets. Je ne crois pas qu'il ait quelque chose à voir là-dedans. Son alibi après l'Opéra est sans faille. Il est resté chez Sobranis avec les Dortheimer, jusqu'à une heure du matin. Elle était au lit et endormie depuis longtemps. Non, je pense que c'est une illustration de la chance infernale qu'ont parfois les criminels. Sans cet accident, son plan était fait. D'abord, il lui aurait fait une peur bleue, lui aurait raconté qu'elle allait être arrêtée pour meurtre si elle avouait la vérité. Puis il l'aurait apaisée avec de l'argent frais.

— Croyez-vous, demanda Poirot en regardant droit devant lui, croyez-vous que miss Adams aurait laissé pendre une autre femme alors qu'elle détenait la preuve de son innocence ?

— Jane Wilkinson n'aurait pas été pendue. Les témoignages de ceux qui ont passé la soirée chez sir Montagu Corner sont irréfutables.

— *Mais l'assassin ne le savait pas*. Il pensait que

Jane Wilkinson serait pendue et que Carlotta Adams se tairait.

— Vous aimez causer, monsieur Poirot ! Vous voilà maintenant tout à fait convaincu que Ronald Marsh est blanc comme neige et qu'il ne ferait pas de mal à une mouche. Vous croyez qu'il a vu un homme s'introduire subrepticement dans la maison ?

Poirot haussa les épaules.

— Savez-vous qui il a cru reconnaître ?

— Je peux peut-être deviner.

— Bryan Martin, la vedette de cinéma. Qu'est-ce que vous en dites ? Un homme qui ne connaissait même pas lord Edgware !

— Dans ce cas, on doit trouver bizarre, en effet, de voir cet homme entrer dans la maison avec une clef.

— Pfft ! fit Japp, qui exprimait ainsi bruyamment son mépris. Et maintenant, je vais sans doute vous surprendre si je vous dis que Bryan Martin n'était pas à Londres ce soir-là. Il a emmené une demoiselle dîner à Molesey. Ils ne sont pas rentrés avant minuit.

— Ah ! fit doucement Poirot. Non, cela ne me surprend pas. La jeune femme était-elle également un membre de la profession ?

— Non. Elle tient un magasin de chapeaux. En fait, c'était une amie de Carlotta Adams, miss Driver. Vous serez d'accord, je pense, pour ne pas douter de son témoignage ?

— Je ne le conteste pas, mon ami.

— En réalité, vous êtes refait et vous le savez, mon vieux, remarqua Japp en riant. C'est une histoire à dormir debout, inventée sur l'instant, voilà tout. Personne n'est entré au n° 17 ni dans l'une ou l'autre des maisons voisines. Cela prouve quoi ? Que Sa Seigneurie est un menteur.

Poirot secoua tristement la tête. Japp se leva, ragaillardi.

— Allons, nous avons raison, vous le savez très bien.

— Que signifie « D. Paris, novembre » ?

Japp haussa les épaules.

— Une vieille histoire, j'imagine. Une fille ne peut-elle posséder un souvenir remontant à six mois sans qu'il ait quelque chose à voir avec le crime ? Il ne faut pas perdre le sens des proportions.

— Six mois, murmura Poirot avec un éclair soudain dans le regard. Dieu, que je suis bête !

— Que dit-il ? me demanda Japp.

— Ecoutez, dit Poirot.

Il se leva et tapota la poitrine de Japp.

— Pourquoi la femme de chambre de miss Adams n'a-t-elle pas reconnu la boîte ? Pourquoi miss Driver ne l'a-t-elle pas reconnue non plus ?

— Que voulez-vous dire ?

— C'est parce que cette boîte était *neuve !* On venait de la lui donner. Paris, Novembre — c'est parfait, c'est sans doute la date qui correspond au souvenir. Mais la boîte lui avait été donnée maintenant, pas à ce moment-là. On venait de l'acheter ! On venait juste de l'acheter ! Faites des recherches, je vous en supplie mon bon Japp. C'est une possibilité, oui, décidément, c'est une possibilité. Elle n'a pas été achetée ici mais à l'étranger, probablement à Paris. Si on l'avait achetée ici, avec toutes les photos et les descriptions parues dans la presse, le bijoutier se serait présenté à la police. Oui, oui, Paris. Peut-être dans une autre ville étrangère, mais, à mon avis, à Paris. Trouvez-le, je vous en supplie. Faites une enquête. Je voudrais... Je voudrais tellement savoir qui est ce mystérieux D.

— Cela ne peut pas faire de mal, déclara Japp, bon prince. Je ne peux pas dire que cela m'excite beaucoup, mais je ferai mon possible. Plus nous en savons, mieux ça vaut.

Et sur un joyeux signe de tête, il s'en alla.

23

La lettre

— Et maintenant, dit Poirot, allons déjeuner.

Il me prit par le bras. Il me souriait.

— J'ai bon espoir, expliqua-t-il.

J'étais heureux de le voir redevenu enfin lui-même, mais je restais néanmoins convaincu de la culpabilité du jeune Ronald. Je me demandais si Poirot lui-même ne s'était pas rallié aux arguments de Japp. La recherche de l'acheteur de la boîte n'était peut-être qu'une dernière tentative pour sauver la face.

Nous partîmes, dans la bonne humeur.

A mon grand amusement, j'aperçus Bryan Martin et Jenny Driver qui déjeunaient ensemble au fond de la salle. Me rappelant ce que Japp avait dit, je soupçonnai aussitôt une aventure amoureuse.

Ils nous aperçurent aussi et Jenny nous fit un signe de la main.

Nous en étions au café, lorsque Jenny quitta son compagnon pour venir vers nous, plus vive et dynamique que jamais.

— Puis-je m'asseoir une minute auprès de vous, monsieur Poirot ?

— Assurément, mademoiselle. Je suis enchanté de vous voir. Mr Martin ne se joindra-t-il pas à nous ?

— Je lui ai demandé de n'en rien faire. Je voudrais vous parler de Carlotta.

— Oui, mademoiselle ?

— Vous vouliez savoir s'il n'y avait pas un homme dans sa vie. C'est bien ça ?

— Oui, oui.

— Je n'ai pas cessé de réfléchir. Parfois, cela prend un certain temps, vous savez, pour éclaircir les choses. Il faut retourner en arrière, se rappeler des mots, des phrases auxquelles on n'avait pas nécessairement prêté attention à l'époque. Eh bien, c'est ce que j'ai fait. J'ai réfléchi encore et encore, j'ai essayé de me rappeler ce qu'elle m'avait dit exactement. Et j'ai fini par en tirer une conclusion.

— Oui, mademoiselle ?

— Je crois que l'homme qui l'intéressait... ou auquel elle commençait à s'intéresser, était Ronald Marsh. Vous savez, celui qui vient juste d'hériter du titre.

— Qu'est-ce qui vous fait croire cela, mademoiselle ?

— Eh bien, Carlotta m'a tenu un jour un discours très général à propos de la façon dont les mauvais coups du sort pouvaient affecter le caractère d'un individu. Elle disait qu'un homme pouvait être naturellement honnête et cependant descendre la pente. Plus victime que coupable, vous connaissez ça. Ce qu'une femme se raconte quand elle commence à avoir un faible pour un homme. Je l'ai entendu si souvent ! Et voilà que Carlotta, cette fille pleine de bon sens, me sortait cette histoire comme une parfaite idiote qui ne connaîtrait rien de la vie. « Ho, ho ! me suis-je dit. Il y a anguille sous roche. » Elle n'avait pas prononcé de nom — elle s'exprimait en général. Mais aussitôt après, elle s'était mise à parler de Ronald Marsh que la vie avait maltraité. Elle l'avait fait sans passion et d'un ton détaché. Si bien que je n'avais pas pensé à lier les deux choses à l'époque. Mais maintenant, je me demande... Il me semble qu'elle faisait allusion à Ronald Marsh. Qu'en pensez-vous, monsieur Poirot ?

Elle le regardait gravement.

— Je pense, mademoiselle, que vous venez peut-être de me donner là de précieux renseignements.

— Tant mieux ! s'écria Jenny en battant des mains.

Poirot la regarda avec gentillesse.

— Vous n'êtes peut-être pas au courant ? Le jeune homme dont vous parlez, Ronald Marsh... lord Edgware, il vient d'être arrêté.

— Oh ! (Sa bouche s'arrondit de surprise.) Alors, mes efforts de réflexion sont venus trop tard.

— Il n'est jamais trop tard, rétorqua Poirot. Pas avec moi, en tout cas. Je vous remercie, mademoiselle.

Elle nous quitta pour aller retrouver Bryan Martin.

— Alors, Poirot, dis-je. Voilà qui sape sérieusement vos convictions.

— Non, Hastings. Au contraire, cela ne fait que les renforcer.

Mais, malgré cette vaillante assertion, j'avais la certitude qu'il avait été secrètement ébranlé.

Les jours suivants, il ne parla pas une seule fois de l'affaire Edgware. Si j'abordais le sujet, il répondait par monosyllabes et sans manifester le moindre intérêt. En d'autres termes, il s'en lavait les mains. Quoi qu'il ait élaboré dans son fantastique cerveau, il était bien obligé d'admettre maintenant que cela ne s'était pas réalisé, que sa première opinion était la bonne, et que Ronald Marsh n'était que trop justement accusé du crime. Seulement, quand on s'appelle Hercule Poirot, il est difficile de le reconnaître ouvertement. Il faisait donc mine de ne plus s'y intéresser.

C'était ainsi du moins que je m'expliquais son attitude. Cela semblait corroboré par les faits. Il ne s'intéressa pas le moins du monde au jugement, une pure formalité d'ailleurs, et s'occupa activement d'autres affaires.

Je compris, seulement quinze jours après les événements que je raconte dans mon précédent chapitre, que je m'étais complètement trompé sur son attitude.

C'était l'heure du petit déjeuner. La pile de courrier habituelle reposait près de l'assiette de Poirot. Il la triait avec dextérité. Tout à coup, il laissa échapper une brève exclamation de plaisir, et saisit une lettre au timbre américain.

Il l'ouvrit avec son petit coupe-papier. Il avait l'air si content que je le regardai faire avec intérêt. L'enveloppe contenait une lettre et une épaisse liasse de papiers.

Poirot lut la lettre deux fois de suite, puis leva les yeux.

— Voulez-vous voir ça, Hastings ?

Je lus à mon tour :

Cher monsieur Poirot,

J'ai été très touchée par votre gentille — votre très gentille lettre. Tout cela est tellement déconcertant...

Mis à part mon terrible chagrin, j'ai été choquée par ce qu'on a eu l'air d'insinuer à propos de Carlotta — la plus chérie, la plus adorable des sœurs qu'une fille ait jamais eue. Non, monsieur Poirot, elle ne prenait pas de drogue. J'en suis sûre. Elle avait horreur de ce genre de choses. Je l'ai souvent entendue le dire. Si Carlotta a joué un rôle dans la mort de ce pauvre homme, c'est en toute innocence — la lettre qu'elle m'a écrite en est la preuve. Je vous envoie l'original puisque vous me le demandez. J'ai beaucoup de peine à me séparer de la dernière lettre qu'elle m'ait écrite, mais je sais que vous en prendrez soin et que vous me la rendrez. Si, comme vous le dites, elle peut vous aider à résoudre le mystère qui entoure sa mort, alors, bien sûr, il faut que vous l'ayez.

Vous me demandez si Carlotta faisait allusion dans ses lettres à quelqu'un de spécial. Elle parlait de beaucoup de gens, bien sûr, mais de personne en particulier. Ceux qu'elle fréquentait le plus étaient, je pense, Bryan Martin, que nous connaissions depuis des années, une fille nommée Jenny Driver, et un certain capitaine Ronald Marsh.

J'aimerais pouvoir vous aider davantage. Vous m'avez écrit avec tant de gentillesse et de compréhension, et vous avez l'air de deviner ce que Carlotta et moi étions l'une pour l'autre.

Avec toute ma reconnaissance.

Lucie Adams.

P.S. — Un policier vient juste de me réclamer cette lettre. Je lui ai répondu que je vous l'avais déjà envoyée. Ce n'était pas vrai, bien sûr, mais il m'a paru important que vous la voyiez d'abord. Il semblerait que Scotland Yard en ait besoin comme pièce à conviction contre le meurtrier. Vous la leur communiquerez. Mais, oh ! Je vous en prie, assurez-vous qu'ils me la rendront un jour ! Vous comprenez, ce sont les derniers mots que Carlotta m'a adressés.

— Ainsi, vous lui avez écrit, vous-même, remarquai-je. Pourquoi avez-vous fait ça, Poirot ? Et pourquoi lui avoir demandé l'original de la lettre de Carlotta ?

Il était en train de tirer de l'enveloppe les papiers dont j'ai parlé.

— En vérité, je ne saurais le dire, Hastings, sinon que j'espérais contre tout espoir que, d'une certaine façon, l'original expliquerait l'inexplicable.

— Je ne vois pas comment vous pourriez écarter les termes de cette lettre. Carlotta Adams l'a remise elle-même à sa femme de chambre pour qu'elle la poste. Il n'y a eu aucun tour de passe-passe. Et elle a tout d'une lettre ordinaire, parfaitement authentique.

— Je sais, je sais, soupira Poirot. Et c'est ce qui rend les choses si difficiles. Voyez-vous, Hastings, telle que se présente la situation, cette lettre est... *impossible.*

— Absurde !

— Si, si, c'est ainsi. Voyez-vous, telles que je conçois les choses, il en est qui *doivent* se produire — qui se suivent les unes les autres avec ordre et logique, de façon compréhensible... Et voilà que survient cette lettre. Elle ne concorde pas avec le reste. Alors, qui se trompe ? Hercule Poirot ou la lettre ?

— Vous ne pensez pas que ce pourrait être Hercule Poirot ? suggérai-je aussi délicatement que je le pus.

Poirot m'adressa un regard réprobateur.

— Il m'est arrivé de commettre des erreurs, mais ce n'est pas le cas ici. Puisque la lettre paraît impossible, c'est qu'elle est impossible. Quelque chose nous échappe à propos de cette lettre. Je cherche à découvrir ce que c'est.

Et là-dessus il se remit à l'examiner avec un petit microscope de poche.

Après une inspection approfondie, il me la tendit. Je n'y vis évidemment rien d'anormal. L'écriture était nette et lisible, et c'était mot pour mot la même que celle qui nous avait été télégraphiée.

Poirot poussa un long soupir.

— Il n'y a là aucune contrefaçon, non, tout est

écrit de la même main. Et pourtant, comme je l'ai dit, c'est impossible...

Il s'interrompit et me demanda de lui rendre les feuillets. Il recommença à les parcourir, lentement.

Soudain, il poussa un cri.

J'avais quitté la table et je regardais par la fenêtre. Je me retournai vivement.

Poirot frémissait littéralement d'excitation. Ses yeux étaient verts comme ceux d'un chat. Il pointait un doigt tremblant sur la lettre.

— Vous voyez, Hastings ? Regardez ici, vite, venez voir !

J'accourus. Un feuillet du milieu de la lettre était étalé devant lui. Je ne constatai rien d'anormal.

— Vous ne voyez pas ? Tous les autres feuillets ont les bords proprement coupés. C'étaient des feuilles simples. Mais celle-ci, regardez, elle a été déchirée d'un côté. Vous comprenez ce que je veux dire ? C'était *une double page* et, par conséquent, *il manque une page à la lettre !*

Je le regardai, l'air stupide sans aucun doute.

— Comment est-ce possible ? Le sens y est !

— Oui, oui, le sens y est, justement. C'est là que l'idée est diablement ingénieuse ! Lisez, vous comprendrez.

Je pense que le mieux est de reproduire ici un fac-similé de la page en question.

— Vous voyez, à présent ? La page précédente s'interrompt au moment où Carlotta parle du capitaine Marsh. Elle se déclare désolée pour lui, elle écrit : « Il a beaucoup aimé mon spectacle », et le feuillet suivant reprend avec « He said », « Il m'a dit... ». Mais, mon ami, *il manque une page !* Le « He » (Il) de la nouvelle page peut très bien ne pas être le « He » de la page précédente. *En fait, c'est bien d'un autre « He » qu'il s'agit.* C'est un autre homme qui a proposé la mystification. Remarquez que son nom n'est mentionné nulle part ensuite. Ah ! C'est épatant ! D'une façon ou d'une autre, le meurtrier parvient à s'emparer de cette lettre. Elle le dénonce. Il envisage sûrement de la supprimer et puis, en la relisant, il trouve un autre moyen de s'en sortir. Il

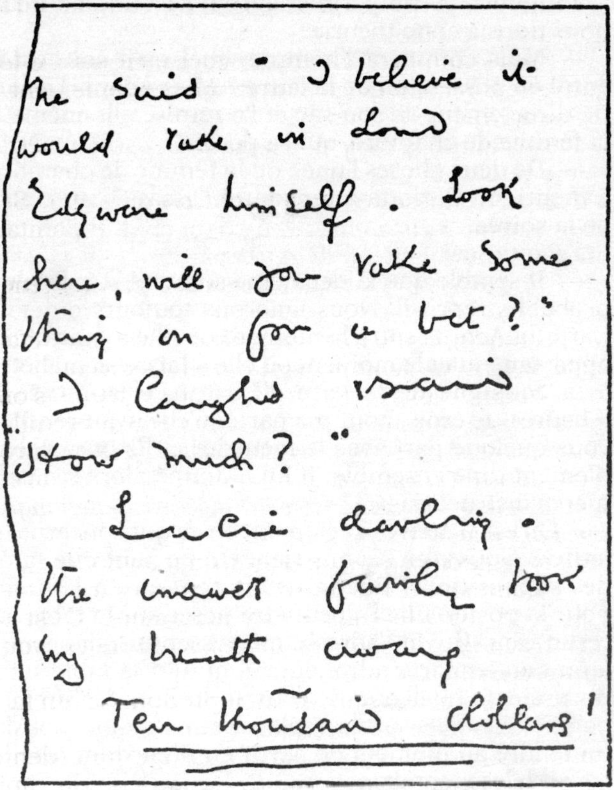
he said. I believe it
would take in Lord
Edgware himself. Look
here, will you take some-
thing on for a bet?"
I laughed & said
"How much?"
Lucie darling.
The answer fairly took
my breath away
Ten thousand dollars!

enlève une page et la lettre accuse maintenant un autre homme, un homme qui a aussi des raisons de souhaiter la mort de lord Edgware ! Ah ! quel cadeau ! Il arrache la page et remet la lettre en place.

Je regardai Poirot avec une certaine admiration. Je n'étais cependant pas tout à fait gagné à sa théorie. Il me paraissait parfaitement possible que Carlotta ait utilisé une demi-feuille de papier déjà déchirée. Mais Poirot était si transfiguré par la joie, que je n'eus pas le courage de suggérer cette prosaïque éventualité. Et après tout, il n'était pas impossible qu'il ait raison.

Toutefois, je me permis de soulever une ou deux objections à cette théorie.

— Mais comment l'homme, quel qu'il soit, est-il entré en possession de la lettre ? Miss Adams l'a sortie directement de son sac et l'a remise elle-même à la femme de chambre, qui l'a postée.

— De deux choses l'une : ou la femme de chambre a menti, ou Carlotta a rencontré l'assassin au cours de la soirée.

J'acquiesçai.

— Il semble que la deuxième solution soit la plus probable, reprit-il. Nous ignorons toujours où était Carlotta Adams entre le moment où elle a quitté son appartement et le moment où elle a laissé sa mallette à la consigne de la gare d'Euston, c'est-à-dire à 9 heures. Je crois, pour ma part, qu'elle avait rendez-vous quelque part avec le meutrier et ils ont probablement dîné ensemble. Il lui a donné alors ses dernières instructions.

» Qu'est-il arrivé exactement en ce qui concerne la lettre ? Nous n'en savons rien. On ne peut que faire des suppositions. Elle la tenait peut-être à la main pour la poster. Elle l'a peut-être posée sur la table au restaurant. Il voit l'adresse et pressent un danger. Il a pu s'en emparer adroitement, quitter la table sous un prétexte quelconque, l'ouvrir, la lire, déchirer la page et ensuite, soit la replacer sur la table, soit la lui tendre au moment de partir en prétextant qu'elle l'avait laissée tomber.

» Peu importe la façon exacte dont il a procédé, mais deux choses paraissent claires. D'abord que Carlotta Adams a rencontré l'assassin ce soir-là, soit avant le meurtre de lord Edgware, soit après (elle aurait eu assez de temps pour un bref entretien après avoir quitté le Lyons Corner). Ensuite, j'ai dans l'idée, mais je peux me tromper, que c'est l'assassin qui lui a offert la boîte en or, peut-être en souvenir de leur première rencontre. *Si c'est le cas, D. est l'assassin.*

— Je ne vois pas ce que cette boîte vient faire là-dedans.

— Ecoutez, Hastings, Carlotta ne s'adonnait pas au véronal. Sa sœur le dit et je crois que c'est vrai.

C'était une fille saine et lucide qui n'avait aucun goût pour ce genre de choses. Ni ses amis, ni sa femme de chambre n'ont reconnu la boîte. Alors, pourquoi l'a-t-on retrouvée en sa possession après sa mort ? Pour faire croire qu'elle prenait régulièrement du véronal, et depuis longtemps. C'est-à-dire, depuis au moins six mois. Disons qu'elle a vu l'assassin après le meurtre, ne serait-ce que quelques minutes. Ils ont pris un verre, Hastings, pour fêter le succès de leur entreprise. Et, dans la boisson de la jeune fille, il a mis une dose de véronal assez forte pour qu'elle ne risque pas de se réveiller le lendemain matin.

— Quelle horreur ! dis-je en frissonnant.

— Oui, ce n'est pas joli, joli, dit Poirot avec ironie.

Il y eut un silence.

— Allez-vous raconter tout ça à Japp ? demandai-je.

— Pas pour l'instant. Qu'ai-je à lui raconter ? Il me répondrait, ce bon Japp : « Encore une de vos découvertes ! La fille a simplement utilisé un morceau de papier dépareillé ! » C'est tout.

Je me sentis profondément confus.

— Et que répondre à ça ? poursuivit Poirot. Rien. C'est une chose possible. Mais je sais que cela ne s'est pas passé comme ça parce qu'*il est nécessaire que les choses ne se soient pas passées comme ça.*

Il marqua une pause. Il avait l'expression rêveuse.

— Imaginez, Hastings, que cet homme ait eu de l'ordre et de la méthode ! Il aurait coupé la feuille, au lieu de la déchirer. Et nous n'aurions rien remarqué. Rien !

— Nous en déduisons donc que c'est un individu peu soigneux, dis-je en souriant.

— Non, non. Il était peut-être pressé. Avez-vous remarqué comme le papier est mal déchiré ? Oh ! Cet homme était assurément pressé par le temps.

Il s'arrêta et reprit :

J'espère que vous avez pensé à ça. Cet homme, ce D, il faut qu'il ait un excellent alibi pour ce soir-là.

— Je ne vois pas comment il peut avoir un alibi quel qu'il soit s'il est allé d'abord à Regent Gate commettre un meurtre et ensuite retrouver Carlotta Adams.

— Précisément, dit Poirot. C'est bien ce que je veux dire. Il a furieusement besoin d'un alibi et il a dû en préparer un. Deuxième point : son nom commence-t-il vraiment par D ? Ou bien D est-il l'initiale d'un surnom sous lequel elle le connaissait ?

Il s'arrêta, puis déclara doucement :

— Un homme dont le nom ou le surnom commence par D. Nous devons le trouver, Hastings. Oui, nous devons le trouver.

24

Des nouvelles de Paris

Le lendemain, nous reçûmes une visite inattendue. On nous annonça Geraldine Marsh.

Comme elle s'asseyait sur le siège que lui présentait Poirot, je ne pus m'empêcher d'éprouver de la pitié pour elle. Ses yeux noirs me parurent plus grands et plus sombres que jamais. Ils étaient cernés, comme si elle n'avait pas dormi. Elle avait le visage étrangement défait et fatigué pour quelqu'un d'aussi jeune... à peine plus qu'une enfant.

— Je suis venue vous voir, monsieur Poirot, parce que je suis à bout. Je suis terriblement inquiète.

— Oui, mademoiselle ? fit Poirot, grave et compatissant.

— Ronald m'a raconté ce que vous lui avez dit l'autre jour. Je veux dire, ce jour affreux où on l'a arrêté. (Elle frissonna.) D'après lui, vous seriez soudain venu à lui quand il a déclaré qu'il supposait que personne ne le croirait et vous lui auriez dit : « Moi, je vous crois. » Est-ce vrai, monsieur Poirot ?

— C'est vrai, mademoiselle, c'est ce que j'ai dit.

— Je sais, mais je ne vous demandais pas si c'était

vrai que vous l'ayez dit, mais si ce que vous avez dit était vrai. J'entends, croyez-vous à son histoire ?

Comme elle avait l'air angoissée, penchée ainsi en avant, les mains crispées...

— Oui, mademoiselle, répondit tranquillement Poirot. Je ne crois pas que votre cousin ait tué lord Edgware.

— Oh ! (Son visage reprit des couleurs, ses yeux s'ouvrirent tout grands.) Mais alors, vous devez penser... que quelqu'un d'autre l'a fait ?

— Evidemment, mademoiselle, répondit-il en souriant.

— Je suis stupide. Je m'exprime mal ! Je veux dire... Savez-vous qui est ce quelqu'un ? demanda-t-elle vivement.

— J'ai mes petites idées, naturellement — mes soupçons, dirons-nous ?

— Voulez-vous me les dire ? Oh ! je vous en prie !

Poirot secoua la tête.

— Ce serait peut-être... injuste.

— Ainsi, vous soupçonnez précisément quelqu'un ?

Mais Poirot secoua encore la tête, sans se compromettre.

— Si seulement j'en savais davantage, l'implora la jeune fille, les choses seraient tellement plus faciles pour moi ! Et je pourrais peut-être vous aider. Oui, vraiment, je pourrais vous aider !

Elle était désarmante, mais Poirot secouait toujours la tête.

— La duchesse de Merton est toujours convaincue que c'est ma belle-mère, dit-elle, songeuse.

Elle jeta un coup d'œil interrogateur à Poirot qui ne réagit pas.

— Mais je vois mal comment c'est possible.

— Que pensez-vous d'elle ? De votre belle-mère ?

— A dire vrai, je la connais à peine. J'étais étudiante à Paris lorsque mon père l'a épousée. Quand je suis rentrée, elle a été plutôt gentille avec moi. Je veux dire, elle ne remarquait même pas ma présence. Je la trouvais très futile et... ma foi, intéressée.

Poirot opina du chef.

— Vous parliez de la duchesse de Merton. Vous la voyez souvent ?

— Oui. Elle m'a témoigné beaucoup d'amitié. J'ai passé beaucoup de temps avec elle ces derniers quinze jours. Cela a été terrible avec tous ces interrogatoires, ces journalistes, Ronald en prison et tout... (Elle frissonna.) J'ai l'impression de n'avoir aucun véritable ami. Mais la duchesse a été merveilleuse et lui aussi a été très gentil — je veux dire son fils.

— Il vous plaît ?

— Il est timide, je pense. Guindé et de rapports plutôt difficiles. Mais sa mère en parle beaucoup, ce qui fait que j'ai l'impression de le connaître mieux que je ne le connais en réalité.

— Je comprends. Dites-moi, mademoiselle, aimez-vous beaucoup votre cousin ?

— Ronald ? Bien sûr. Il... Je ne l'ai pas beaucoup vu depuis deux ans, mais auparavant, il vivait à la maison. Je... je l'ai toujours trouvé merveilleux. Il plaisante, invente les choses les plus insensées. Quelle différence cela faisait, dans cette triste maison qu'est la nôtre !

Poirot hocha la tête avec compassion, mais posa ensuite une question qui me choqua par sa brutalité.

— Donc vous n'aimeriez pas le voir pendu ?

— Non, non ! dit la jeune fille en tressaillant violemment. Pas ça ! Ah ! si seulement c'était elle... ma belle-mère. Ça *doit* être elle. La duchesse dit que c'est elle.

— Ah ! soupira Poirot. Si seulement le capitaine Marsh était resté dans le taxi, hein ?

— Oui... Du moins, que voulez-vous dire ? (Elle fronça les sourcils.) Je ne comprends pas.

— S'il n'avait pas suivi cet homme dans la maison. Avez-vous entendu quelqu'un entrer, à propos ?

— Non, je n'ai rien entendu.

— Qu'avez-vous fait en entrant dans la maison ?

— Je suis montée directement dans ma chambre chercher les perles, comme vous savez.

— Bien sûr. Et cela vous a pris un certain temps.

— Oui. Je ne suis pas arrivée à trouver tout de suite la clef de mon coffret à bijoux.

— C'est souvent le cas. Plus on se dépêche, moins on va vite. Vous avez mis un certain temps à redescendre et alors... vous avez trouvé votre cousin dans le vestibule.

— Oui, sortant de la bibliothèque.

Elle déglutit.

— Je comprends. Cela vous a fait un choc.

— En effet. (Elle le remercia du regard pour son ton amical.) Cela m'a surprise.

— Bien sûr, bien sûr.

— Ronnie a dit derrière mon dos : « Alors, Dina, tu les as ? » Cela m'a fait sursauter.

— Oui, dit Poirot gentiment. Comme je l'ai déjà dit, c'est bien dommage qu'il ne soit pas resté dehors. Le chauffeur de taxi aurait pu jurer qu'il n'était pas entré dans la maison.

Elle hocha la tête. Ses larmes tombaient, sans qu'elle y prît garde, sur ses genoux. Elle se leva, et Poirot lui prit la main.

— Vous voulez que je vous le sauve, c'est bien ça ?

— Oh, oui ! Je vous en prie. Vous ne savez pas...

Elle serrait les poings, essayant de se maîtriser.

— La vie n'a pas été facile, pour vous, mademoiselle, dit doucement Poirot. Je m'en rends bien compte. Non, elle n'a pas été facile. Hastings, voulez-vous appeler un taxi pour Mademoiselle ?

Je descendis avec elle et la mis dans un taxi. Elle s'était ressaisie et me remercia avec grâce.

Je trouvai Poirot en train d'arpenter la pièce, les sourcils froncés. Il avait l'air malheureux.

Le téléphone sonna, et je me réjouis de la diversion.

— Qui est à l'appareil ? Oh, Japp ? Bonjour, mon ami.

— Qu'est-ce qu'il veut ? Demandai-je en m'approchant...

Finalement, après diverses exclamations, Poirot dit :

— Oui, et qui est venu ? Est-ce qu'ils le savent ?

Quelle qu'ait été la réponse, ce n'était pas ce qu'il attendait. Sa mâchoire tomba de façon grotesque.

— Vous en êtes sûr ?

— ....

— Non, c'est un peu contrariant, c'est tout.

— Oui, il faut que je révise mes idées.

— ....

— *Comment ?*

— ....

— Quand même, j'avais raison à ce propos... Oui, un détail, comme vous dites.

— ....

— Non, je n'ai pas changé d'avis. Je vous demande de bien vouloir continuer à enquêter dans les restaurants du voisinage de Regent Gate et Euston, Tottenham, Court Road et peut-être Oxford Street ?

— ....

— Oui, un homme et une femme. Et aussi dans les environs du Strand juste avant minuit. *Comment ?*

— ....

— Mais oui, je sais que le capitaine Marsh était avec les Dortheimer. Mais il n'y a pas que le capitaine Marsh au monde !

— ....

— Ce n'est pas joli de dire que j'ai une tête de cochon. Tout de même, rendez-moi ce service, je vous en prie.

Il replaça le combiné.

— Eh bien ? demandai-je, impatient.

— La boîte en or a été effectivement achetée à Paris. On l'a commandée par correspondance, chez un joaillier réputé, spécialisé dans ce genre d'objets. La lettre venait d'une certaine lady Ackerley, elle était signée Constance Ackerley. Naturellement, il n'existe personne de ce nom. La lettre est arrivée deux jours avant le meurtre. La commande comprenait des initiales en rubis et une inscription à l'intérieur. Il s'agissait d'une commande urgente — qu'on devait venir chercher le lendemain. C'est-à-dire, la veille du crime.

— Et on est venu la chercher ?

— Oui, et on a payé en espèces.

— Qui est venu la chercher ? demandai-je, surexcité.

J'avais l'impression que nous approchions de la vérité.

— Une femme, Hastings.

— Une femme ? répétai-je, surpris.

— Mais oui. Une femme, petite, entre deux âges, et portant un pince-nez.

Nous nous regardâmes, complètement ahuris.

25

UN DÉJEUNER

Ce fut le lendemain, je crois, que nous nous rendîmes au déjeuner donné par les Widburn à l'hôtel Claridge.

Poirot n'avait pas plus que moi envie d'y aller. En fait, c'était la sixième invitation que nous recevions. Mrs Widburn était une personne obstinée qui aimait les célébrités. Nullement découragée par nos refus répétés, elle avait fini par nous proposer un tel choix de dates que nous dûmes capituler. Dans ces conditions, plus vite nous nous y rendrions, plus vite nous en serions débarrassés.

Depuis que nous avions reçu des nouvelles de Paris, Poirot se montrait très peu communicatif. A toutes mes observations, il répondait :

— Il y a là quelque chose qui m'échappe.

Et, à plusieurs reprises, il murmura :

— Pince-nez. Pince-nez à Paris. Pince-nez dans le sac de Carlotta Adams...

J'étais finalement content que ce déjeuner lui offre une source de distraction.

Le jeune Donald Ross était là, et vint nous accueillir joyeusement. Les hommes étant plus nombreux que les femmes, je me trouvai assis à côté de lui.

Jane Wilkinson était presque en face de nous et, à côté, entre elle et Mrs Widburn, se trouvait le jeune duc de Merton.

Il me fit l'impression — mais peut-être était-ce seulement une impression — d'être légèrement mal à l'aise. J'imagine que la compagnie n'était pas de son goût. C'était un jeune homme résolument conservateur, voire réactionnaire. Le genre de personnage qui a l'air d'être — par une espèce de regrettable erreur — sorti tout droit du Moyen Age. Son emballement pour la très moderne Jane Wilkinson faisait partie de ces plaisanteries anachroniques que la nature se plaît parfois à inventer.

Devant la beauté de Jane et sensible au charme que sa délicieuse voix rauque conférait à la plus banale de ses interventions, je pouvais difficilement m'étonner de sa reddition. Mais on peut s'habituer à une beauté parfaite et à une voix enivrante. Il me vint à l'esprit qu'un rayon de bon sens était peut-être en train de dissiper les brumes de ce grisant amour. Ce fut une remarque entendue par hasard, ou plus exactement une gaffe humiliante commise par Jane, qui me donna cette impression.

Quelqu'un — je ne me rappelle plus qui — ayant parlé du « jugement de Pâris », la voix délicieuse de Jane s'était élevée aussitôt :

— Paris ? Oh ! Paris ne casse vraiment rien ! Aujourd'hui, ce sont Londres et New York qui comptent !

Comme cela arrive parfois, cette intervention tomba pendant un arrêt de la conversation. Ce fut un moment très gênant. Sur ma droite, j'entendis Donald Ross reprendre sa respiration. Mrs Widburn se lança dans une tirade volubile sur l'Opéra russe. Chacun se mit en hâte à parler à son voisin. Seule Jane regardait sereinement autour d'elle, pas le moins du monde consciente d'avoir commis un impair.

C'est alors que je remarquai le duc. Les lèvres serrées, il avait rougi, et j'eus la sensation qu'il s'écartait de Jane. Sans doute venait-il d'avoir un avant-goût des situations très gênantes auxquelles pourrait le conduire un mariage avec une Jane Wilkinson.

Saisissant la première idée qui me vint à l'esprit, je m'adressai à ma voisine de gauche, une dame corpulente et titrée qui organisait des matinées enfantines. Je me rappelle lui avoir demandé :

— Qui est cette femme extravagante vêtue de mauve, à l'autre bout de la table ?

Naturellement, c'était la sœur de la dame en question. Après avoir balbutié des excuses je me tournai vers Ross, qui me répondit par monosyllabes.

Ce fut alors que, rebuté de part et d'autre, j'aperçus Bryan Martin. Il avait dû arriver tard, car je ne l'avais pas encore vu.

Il était assis un peu plus bas, de mon côté, et parlait avec animation à une jolie blonde.

Cela faisait longtemps que je ne l'avais pas vu de près, et je fus frappé par son changement. Il n'avait plus l'air défait. Il paraissait plus jeune et en meilleure forme à tous les points de vue. Il riait et plaisantait avec son vis-à-vis et semblait d'excellente humeur.

Je n'eus pas le loisir de l'observer davantage, car à cet instant ma corpulente voisine me pardonna et m'autorisa aimablement à écouter un long monologue sur les merveilles de la matinée enfantine qu'elle organisait pour une œuvre.

Poirot avait rendez-vous et dut partir de bonne heure. Il enquêtait sur l'étrange disparition des bottes d'un ambassadeur et le rendez-vous avait été fixé à deux heures et demie. Il m'avait chargé de présenter ses hommages à Mrs Widburn. Tandis que j'attendais pour m'acquitter de cette tâche — d'autant plus ardue que notre hôtesse était justement entourée d'amis sur le départ, qui lui soufflaient tous des « Chérie » précipitamment — quelqu'un me tapa sur l'épaule.

C'était le jeune Ross.

— Mr Poirot n'est pas là ? Je voudrais lui parler.

Je lui expliquai que mon ami venait de partir.

Ross sembla consterné. En l'examinant avec plus d'attention, je compris que quelque chose l'avait bouleversé. Il avait l'air pâle, les traits tirés, et quelque chose de bizarre et de mal assuré dans le regard.

— Vous voulez le voir pour quelque chose de particulier ? demandai-je.

— Je... ne sais pas, répondit-il lentement.

La réponse était si bizarre que je le regardai, surpris. Il rougit.

— Je sais, cela paraît étrange. C'est qu'il s'est produit quelque chose d'étrange, en effet. Quelque chose que je n'arrive pas à comprendre. Je... J'aurais aimé avoir l'opinion de Mr Poirot. Parce que, voyez-vous, je ne sais pas quoi faire. Je ne voudrais pas l'ennuyer, mais...

Il avait l'air si perplexe et si malheureux que je me hâtai de le rassurer.

— Poirot avait un rendez-vous, dis-je. Mais il sera de retour vers 5 heures. Vous pourriez peut-être lui téléphoner ou passer le voir à ce moment-là ?

— Merci. Je pense que je vais passer. A 5 heures ?

— Téléphonez d'abord, dis-je, pour ne pas vous déranger pour rien.

— Très bien. Je téléphonerai. Merci Hastings. Je pense que c'est peut-être très important. Oui, peut-être.

Je hochai la tête et me tournai de nouveau du côté où Mrs Widburn était en train de distribuer des paroles de politesse et de molles poignées de main.

Mon devoir accompli, je me disposais à partir lorsqu'un bras se glissa sous le mien.

— Ne faites pas semblant de ne pas me reconnaître, fit une voix joyeuse.

C'était Jenny Driver, très élégante d'ailleurs.

— Hello, dis-je. D'où sortez-vous ?

— J'étais à la table voisine.

— Je ne vous avais pas vue. Comment vont les affaires ?

— Ça marche très fort, merci.

— Vos assiettes à soupe ont du succès ?

— Mes assiettes à soupe, comme vous les appelez si aimablement, ont beaucoup de succès. Quand tout le monde aura la sienne, nous allons avoir un sale travail à faire : une espèce de cloche avec une plume qu'il faudra porter au beau milieu du front.

— C'est criminel.

— Pas du tout. Il faut bien que quelqu'un vienne au secours des autruches : elles sont toutes au chômage !

Elle se mit à rire et s'éloigna.

— Au revoir. Je m'accorde l'après-midi. Je vais faire un tour à la campagne.

— Vous avez raison. On étouffe, à Londres aujourd'hui.

Je me promenai moi aussi en rentrant par Hyde Park. Il était 4 heures quand j'arrivai à la maison. Poirot n'était pas encore rentré. Il revint vers 5 heures moins le quart. Il avait les yeux brillants et était visiblement d'excellente humeur.

— On dirait, Sherlock Holmes, que vous avez retrouvé les bottes de l'ambassadeur ! remarquai-je.

— C'était une histoire de trafic de cocaïne. Très ingénieuse. Je viens de passer une heure dans un institut de beauté. Il y avait là une jeune fille aux cheveux auburn qui aurait bouleversé votre cœur sensible.

Poirot est convaincu que je suis particulièrement sensible aux cheveux auburn. Je ne me donnai pas la peine de riposter.

Le téléphone sonna.

— Ce doit être Donald Ross, dis-je en allant répondre.

— Donald Ross ?

— Oui, le jeune homme que nous avons rencontré à Chiswick. Il a quelque chose à vous dire. Allô ! Ici le capitaine Hastings.

C'était bien Ross.

— Ah, c'est vous, Hastings ? Mr Poirot est rentré ?

— Oui. Vous voulez lui parler ou vous voulez venir ?

— Oh ! ce n'est pas grand-chose. Je peux aussi bien le lui dire par téléphone.

— Très bien, je vous le passe.

Poirot vint prendre le combiné. J'étais si près que je distinguais la voix de Ross.

— C'est monsieur Poirot ? demanda-t-il vivement, d'un ton surexcité.

— Lui-même.

— Ecoutez, je ne voudrais pas vous ennuyer, mais il y a une chose qui me paraît un peu étrange. C'est en rapport avec la mort de lord Edgware.

Poirot devint très attentif.

— Allez, allez.

— Vous trouverez peut-être cela idiot...

— Non, non. Allez-y, parlez.

— C'est Paris qui m'a mis la puce à l'oreille. Vous comprenez...

J'entendis une vague sonnerie dans le lointain.

— Une seconde, dit Ross.

On entendit le bruit du combiné qu'il posait. Nous attendîmes. Poirot, le récepteur à l'oreille. Moi debout à côté de lui.

Deux minutes passèrent... trois minutes... quatre minutes... cinq minutes...

Poirot se dandinait d'un pied sur l'autre. Il jeta un coup d'œil sur la pendule. Puis il manœuvra le crochet pour appeler l'Opératrice. Il se tourna vers moi.

— Le combiné est toujours décroché à l'autre bout, mais ça ne répond plus. Vite, Hastings, cherchez l'adresse de Ross dans l'annuaire. Il faut y aller sur-le-champ !

26

PARIS ?

Quelques minutes plus tard, nous sautions dans un taxi.

Poirot était très grave.

— J'ai peur, Hastings, j'ai peur.

— Vous ne pensez pas... Commençai-je — et je m'arrêtai.

— Nous traquons quelqu'un qui a déjà frappé

deux fois, Hastings, et qui n'hésitera pas à frapper encore. Il s'agite et se débat comme un rat, il lutte pour sa vie. Ross représente un danger. Ross doit donc être éliminé !

— Ce qu'il avait à dire était donc si important ? demandai-je, pensif. Il n'avait pas l'air de le penser.

— Alors, il se trompait. De toute évidence, ce qu'il avait à nous dire était d'une importance capitale.

— Mais qui pouvait le savoir ?

— Il vous a parlé là-bas au Claridge. Avec tout le monde autour. C'est de la folie. De la pure folie. Ah ! pourquoi ne l'avez-vous pas ramené avec vous et gardé, sans laisser personne l'approcher jusqu'à ce que j'aie entendu ce qu'il avait à dire !

— Je ne pensais pas... Je ne pouvais pas imaginer... bredouillai-je.

De la main, Poirot me fit taire.

— Ne vous tenez pas pour responsable, comment auriez-vous pu savoir ? Moi... moi j'aurais su. L'assassin, voyez-vous, Hastings, est aussi fourbe qu'un tigre et aussi impitoyable. Ah ! Mais nous n'arriverons donc jamais !

Nous arrivâmes enfin. Ross habitait un duplex au premier étage d'une maison située sur une grande place, à Kensington. Une carte glissée dans une fente, sous la sonnette, nous l'indiqua. La porte d'entrée était ouverte. A l'intérieur nous trouvâmes un escalier.

— Entrer là est un jeu d'enfant. Il n'y a personne, murmura Poirot en grimpant les marches quatre à quatre.

Au premier, nous trouvâmes une espèce de cloison et une porte étroite munie d'une serrure Yale. La carte de Ross était collée en plein milieu.

Nous nous arrêtâmes. Il régnait un silence de mort.

Je poussai la porte. A ma surprise elle céda.

Nous entrâmes.

Il y avait une petite entrée avec une porte ouverte d'un côté et une autre porte ouverte devant nous sur ce qui devait être le salon.

Nous pénétrâmes dans le salon. Il était sobrement

mais confortablement meublé, et il était désert. Sur une petite table, le téléphone et le combiné, décroché, posé à côté.

Poirot avança d'un pas vif, jeta un regard circulaire et secoua la tête.

— Il n'est pas là. Venez, Hastings.

Nous retournâmes dans l'entrée et franchîmes l'autre porte. Elle conduisait dans une petite salle à manger. Tombé d'un fauteuil sur le côté, affalé sur la table, Ross était là.

Poirot se pencha sur lui.

Il se redressa, livide.

— *Il est mort, poignardé, dans la nuque.*

Longtemps après, les événements de cet après-midi-là étaient encore gravés dans ma mémoire, comme un cauchemar. Je n'arrivais pas à me débarrasser d'un horrible sentiment de culpabilité.

Beaucoup plus tard dans la soirée, lorsque nous fûmes de nouveau seuls, je fis part à Poirot, d'une voix mal assurée, des reproches amers que je m'adressais. Il me répondit vivement :

— Non, non. Ne vous reprochez rien. Comment auriez-vous pu deviner ? Pour commencer, le bon Dieu ne vous a pas doté d'une nature soupçonneuse.

— Parce que *vous*, vous auriez eu des soupçons ?

— Moi, c'est différent. J'ai passé ma vie à traquer des criminels. Je sais comment le besoin de tuer devient à chaque fois plus impérieux jusqu'à ce qu'à la fin, au moindre prétexte...

Il s'interrompit.

Il avait été très silencieux depuis notre affreuse découverte. Après l'arrivée de la police, pendant l'interrogatoire des autres locataires de la maison et les mille et un détails de l'horrible routine qui suit toujours un meurtre, il était resté distant, étrangement calme, le regard lointain et pensif. Maintenant, c'était avec ce même regard lointain et pensif qu'il s'était interrompu.

— Nous n'avons pas de temps à perdre en regrets, Hastings. Pas de temps à perdre en « si », déclara-t-il tranquillement. Ce pauvre garçon qui est mort avait quelque chose à nous révéler. Nous savons maintenant que ce quelque chose était de la plus haute importance. Sinon, on ne l'aurait pas tué. Puisqu'il n'est plus là pour nous renseigner, à nous de le deviner. De le deviner avec un seul petit indice pour nous guider.

— Paris ? dis-je.

— Oui, Paris.

Il se leva et se mit à marcher de long en large.

— Il a été plusieurs fois question de Paris, dans cette affaire, malheureusement, dans des contextes différents. Le mot Paris est gravé dans la boîte en or. Paris, en novembre dernier. Miss Adams y était à cette époque. Ross aussi, peut-être ? Y avait-il encore quelqu'un d'autre que Ross connaissait ? Qu'il aurait vu avec miss Adams dans des circonstances un peu particulières ?

— Nous ne pourrons jamais le savoir, soupirai-je.

— Mais si, nous pouvons le savoir. *Et nous le saurons !* Le pouvoir du cerveau humain, Hastings, est pratiquement illimité. Où revient encore le nom de Paris, dans cette affaire ? Il y a la petite dame au pince-nez qui est allée retirer la boîte chez le joaillier. Ross la connaissait-il ? Le duc de Merton était à Paris au moment du crime. Paris... Paris... Paris... Lord Edgware devait aller à Paris... Ah ! nous tenons peut-être quelque chose, là. L'aurait-on tué pour l'empêcher de se rendre à Paris ?

Il se rassit, les sourcils froncés. J'avais presque l'impression de sentir les ondes provoquées dans son cerveau par sa concentration forcenée.

— Que s'est-il passé au cours de ce déjeuner ? murmura-t-il. Un simple mot, une phrase prononcée par hasard aura pu révéler à Donald Ross le sens d'un renseignement qu'il détenait et auquel, jusque-là, il n'avait pas attaché d'importance. A-t-on parlé de la France ? De Paris ? De votre côté de la table, j'entends.

— On a prononcé le mot Paris, mais cela n'avait aucun rapport.

Je lui racontai la gaffe commise par Jane Wilkinson.

— C'est probablement l'explication, dit-il, songeur. Le mot Paris a pu suffire, en conjonction avec autre chose. Mais quelle autre chose ? Qu'est-ce que Ross regardait à ce moment-là ? Ou de quoi parlait-il au moment où le mot a été prononcé ?

— Il parlait de superstitions écossaises.

— Et ses yeux étaient posés sur... quoi ?

— Je ne sais plus très bien. Je pense qu'il regardait le bout de la table, là où Mrs Widburn était assise.

— Qui était assis près d'elle ?

— Le duc de Merton, puis Jane Wilkinson, puis un inconnu de moi.

— M. le duc... Il est possible qu'il ait eu les yeux posés sur le duc lorsqu'on a prononcé le mot Paris ? Souvenez-vous, le duc était à Paris, ou était censé s'y trouver, le soir du crime. Et si Ross s'était soudain souvenu d'un détail prouvant que Merton n'était *pas* à Paris ?

— Mon cher Poirot !

— Je sais, vous trouvez cela absurde. Comme tout le monde. M. le duc avait-il un mobile ? Oui, et solide. Mais imaginer qu'il a commis le crime, quelle absurdité ! Il est si riche, si assuré de son rang. Si connu pour sa noblesse de caractère ! Personne n'ira se pencher d'un peu près sur son alibi. Et pourtant, ce n'est pas bien difficile de se forger un alibi dans un grand hôtel. On sort par la porte de service... on rentre... c'est faisable. Dites-moi, Hastings, Ross n'a rien dit lorsqu'on a prononcé le mot Paris ? Il n'a manifesté aucune émotion ?

— Je crois me souvenir qu'il a repris sa respiration.

— Et lorsqu'il vous a parlé ensuite, était-il désorienté ? Embarrassé ?

— C'est tout à fait ça.

— Précisément. Une idée lui est venue à l'esprit. Mais ça ne tient pas debout ! se dit-il. C'est absurde ! Et pourtant... il hésite à exprimer sa pensée. Il veut d'abord m'en parler. Mais hélas, une fois qu'il s'est décidé, je suis déjà parti.

— Si seulement il m'en avait dit davantage, me lamentai-je.

— Oui, si seulement... Qui était à côté de vous à ce moment-là ?

— Oh ! presque tout le monde. Ils prenaient tous congé de Mrs Widburn. Je n'ai pas fait attention.

Poirot se leva à nouveau.

— Me serais-je trompé ? murmura-t-il en se remettant à faire les cent pas. Aurais-je eu tort depuis le début ?

Je le regardai avec sympathie. A quoi pensait-il ? Je n'en sais rien. Fermé comme une huître, avait dit Japp et c'était exactement cela. Tout ce que je savais, c'était qu'à cet instant précis, Hercule Poirot luttait avec lui-même.

— En tout état de cause, dis-je, on ne peut imputer ce meurtre à Ronald Marsh.

— C'est un point en sa faveur, dit mon ami, l'esprit ailleurs. Mais c'est sans intérêt pour l'instant.

Brusquement, il se rassit.

— Je ne peux pas m'être trompé complètement. Hastings, vous vous souvenez que je m'étais posé cinq questions ?

— Je me rappelle vaguement quelque chose comme ça.

— Pourquoi lord Edgware a-t-il changé d'avis au sujet de son divorce ? Qu'est devenue la lettre qu'il prétend avoir écrite à sa femme et qu'elle n'a jamais reçue ? Pourquoi avait-il cette expression de rage quand nous l'avons quitté, ce jour-là ? Que faisait ce pince-nez dans le sac à main de Carlotta Adams ? Pourquoi a-t-on téléphoné à lady Edgware chez sir Montagu et raccroché immédiatement ?

— Oui, c'était bien ça. Je m'en souviens, maintenant.

— Hastings, j'ai depuis longtemps une petite idée derrière la tête. Une idée à propos de l'identité de l'homme qui est dans la coulisse. J'ai trouvé la réponse à trois de ces questions, et ces réponses concordent avec ma petite idée. Mais il y a deux questions auxquelles je ne peux pas répondre, Hastings.

» Vous voyez ce que cela signifie. Ou je me trompe de personne, *ça ne peut pas être cette personne*, ou la réponse aux deux questions que je n'arrive pas à résoudre est là, sous mon nez. Alors, quoi Hastings, quoi ?

Il se leva, alla à son secrétaire, l'ouvrit et en sortit la lettre que Lucie Adams lui avait envoyée d'Amérique. Il avait prié Japp de la lui laisser un jour ou deux. Il l'étala devant lui et se pencha sur elle.

Les minutes passèrent. Je bâillai et ouvris un livre. Je ne pensais pas que Poirot obtienne grand-chose de cet examen. Nous avions déjà étudié cette lettre sur toutes ses coutures. En admettant que Carlotta ne fit pas allusion à Ronald Marsh, il n'y avait rien qui pouvait indiquer de qui d'autre il s'agissait.

Je tournais les pages de mon livre.

Sans doute m'étais-je assoupi...

Soudain, Poirot poussa un cri sourd. Je me redressai brusquement.

Il me regardait avec une expression indescriptible, les yeux verts et brillants.

— Hastings, Hastings !

— Oui, qu'y a-t-il ?

— Vous rappelez-vous ? Je vous ai dit que si le meurtrier était un homme d'ordre et de méthode, il aurait découpé la page, au lieu de l'arracher.

— Oui.

— J'avais tort. Ce crime a été exécuté de bout en bout avec ordre et méthode. *Il fallait déchirer la page et non la découper*. Regardez vous-même.

Je regardai.

— Eh bien, vous saisissez ? demanda Poirot.

Je secouai la tête.

— Vous voulez dire qu'il était pressé ?

— Pressé ou non, cela ne change rien. Vous ne comprenez pas, mon ami ? *Il fallait la déchirer*...

Je secouai la tête. D'une voix basse, Poirot déclara :

— J'ai été stupide. J'ai été aveugle. Mais *maintenant... maintenant*... Ça va marcher !

27

UNE HISTOIRE DE PINCE-NEZ

Une minute plus tard il avait changé d'humeur. Il sauta sur ses pieds.

Je sautai aussi sur les miens, sans rien comprendre, mais prêt à l'aider.

— Nous prendrons un taxi. Il n'est que 9 heures. Ce n'est pas trop tard pour faire une visite.

Je le suivis précipitamment dans l'escalier.

— Une visite à qui ?

— Nous allons à Regent Gate.

Je jugeai plus sage de me tenir coi. Poirot n'était pas d'humeur à répondre à des questions. Je voyais bien qu'il était extrêmement agité. Dans le taxi, il tambourina sur ses genoux avec impatience et nervosité, attitude qui tranchait sur son calme habituel.

Je repassai en esprit chaque mot de la lettre de Carlotta Adams à sa sœur. J'avais fini par la connaître presque par cœur. Je me répétai encore et encore les paroles de Poirot touchant la page déchirée.

En vain. En ce qui me concernait, ses propos n'avaient aucun sens. Pourquoi une page *devait*-elle être déchirée ? Non, je n'y comprenais rien.

A Regent Gate, un nouveau majordome vint nous ouvrir. Poirot demanda à voir miss Carroll. Comme nous suivions celui-là dans l'escalier, je me posai encore une fois la question de savoir où avait bien pu passer le précédent, le « dieu grec ». Jusqu'à présent, la police n'avait pas réussi à le débusquer. Je frissonnai en songeant qu'il était peut-être mort, lui aussi.

L'apparition de miss Carroll, vive, soignée et parfaitement sensée, me tira de ces invraisemblables spéculations. Elle fut très surprise de voir Poirot.

— Je suis heureux de vous trouver encore ici, mademoiselle, dit celui-ci en s'inclinant. Je craignais que vous ne fissiez plus partie de la maison.

— Geraldine ne veut pas entendre parler de mon départ, expliqua miss Carroll. Elle m'a suppliée de rester. Et, en vérité, la pauvre enfant a bien besoin de quelqu'un en ce moment. Ce qu'il lui faut, c'est un pare-chocs. Et je vous assure, monsieur Poirot, que je suis un pare-chocs très efficace quand la nécessité s'en fait sentir.

Elle eut un léger sourire. On sentait qu'elle saurait éconduire reporters et chasseurs de nouvelles.

— Mademoiselle, je vous ai toujours considérée comme un modèle d'efficacité. J'admire beaucoup l'efficacité. C'est une chose très rare. Mlle Marsh, c'est vrai, n'a pas l'esprit pratique.

— C'est une rêveuse, dit miss Carroll. Pas réaliste pour deux sous. Elle ne l'a jamais été. Heureusement qu'elle n'a pas besoin de gagner sa vie.

— En effet.

— Mais vous n'êtes sans doute pas venu ici pour parler du sens pratique des uns et des autres. Que puis-je pour vous, monsieur Poirot ?

Poirot n'aimait guère qu'on le ramène ainsi au fait. Il affectionnait les approches indirectes. Mais avec miss Carroll, c'était impossible. Elle lui jeta un regard soupçonneux derrière ses verres épais.

— Il y a certains points sur lesquels j'aimerais avoir des informations précises. Je sais que je peux faire confiance à votre mémoire, mademoiselle.

— Si ce n'était pas le cas, je serais une piètre secrétaire, répondit mis Carroll.

— Lord Edgware était-il à Paris en novembre dernier ?

— Oui.

— Pourriez-vous me dire à quelle date ?

— Je dois le vérifier.

Elle se leva, ouvrit un tiroir, en sortit un petit registre, tourna les pages et annonça finalement :

— Lord Edgware est parti pour Paris le 3 novembre et est rentré le 7. Il y est retourné le 20 novembre, pour revenir le 4 décembre. Autre chose ?

— Non. Pour quelle raison ces déplacements ?

— La première fois, pour voir des statuettes qu'il avait envie d'acheter et qui devaient être mises aux enchères. La deuxième, sans raison particulière, à ma connaissance.

— Mlle Marsh a-t-elle accompagné son père à l'une de ces occasions ?

— Elle n'accompagnait jamais son père, quelle que soit l'occasion, monsieur Poirot. Cela ne serait pas venu à l'idée de lord Edgware. A l'époque, elle était pensionnaire à Paris, mais je ne pense pas que son père soit allé la voir ou l'ait jamais fait sortir — cela me surprendrait beaucoup en tout cas.

— Et vous, vous ne l'accompagniez jamais ?

— Non.

Elle le regarda avec curiosité et demanda brusquement :

— Pourquoi me posez-vous toutes ces questions, monsieur Poirot ? Où voulez-vous en venir ?

Il ne répondit pas, et changea de sujet :

— Mlle Marsh aime beaucoup son cousin, n'est-ce pas ?

— Vraiment, monsieur Poirot, je ne vois pas en quoi cela vous concerne.

— Elle est venue me voir, l'autre jour. Vous le saviez ?

— Non. (Elle parut stupéfaite.) Que vous a-t-elle dit ?

— Elle m'a dit, mais en d'autres termes, qu'elle aimait beaucoup son cousin.

— Pourquoi me le demander alors ?

— Pour avoir votre opinion.

Cette fois, miss Carroll décida de répondre.

— Elle l'aime beaucoup trop, à mon avis. Et ce n'est pas nouveau.

— Le nouveau lord Edgware ne vous plaît pas ?

— Je n'ai pas dit ça. Il m'embête, c'est tout. Il n'est pas sérieux. Je reconnais qu'il a une espèce de charme. Il sait vous entortiller. Mais je préférerais que Geraldine s'intéresse à un garçon un peu plus énergique.

— Comme le duc de Merton ?

— Je ne connais pas le duc. Au moins, il semble prendre au sérieux les devoirs que lui impose sa situation. Mais il court après cette femme — la chère Jane Wilkinson.

— Sa mère...

— Oh ! je sais, sa mère aimerait mieux le voir marié à Geraldine. Mais que peuvent les mères ? Les fils ne veulent jamais épouser les filles avec lesquelles leur mère voudrait les voir mariés.

— Croyez-vous que le cousin de miss Marsh s'intéresse à elle ?

— Etant donné sa situation actuelle, qu'il s'y intéresse ou non n'a aucune importance.

— Vous pensez qu'il va être condamné ?

— Non. Je ne le crois pas coupable.

— Ce qui ne l'empêchera peut-être pas d'être condamné ?

Miss Carroll ne répondit pas.

— Je ne veux pas vous retenir, dit Poirot en se levant. A propos, connaissiez-vous Carlotta Adams ?

— Je l'ai vue jouer. C'était brillant.

— Oui, elle était brillante. (Poirot sembla plongé dans ses méditations.) Ah ! J'oubliais mes gants !

En se penchant pour les reprendre sur la table où il les avait posés, sa manche se prit dans la chaîne du pince-nez de miss Carroll, et le fit tomber. Poirot le ramassa ainsi que ses gants en murmurant des excuses.

— Je vous prie encore de me pardonner de vous avoir dérangée, conclut-il. Je pensais qu'il y avait peut êtrc une piste à trouver dans le conflit que lord Edgware avait eu avec quelqu'un l'année dernière. D'où mes questions sur Paris. Espoir déçu, je le crains, mais miss Marsh semblait tellement convaincue que son cousin n'était pas le coupable. Elle a été tout à fait catégorique. Eh bien, bonsoir, mademoiselle, et encore mille pardons.

Nous étions à la porte lorsque la voix de miss Carroll nous rappela.

— Monsieur Poirot, ce ne sont pas mes verres. Je n'y vois rien.

— Comment ?

Poirot la regarda avec stupéfaction. Puis il sourit.

— Quel imbécile je suis ! Ce sont mes verres qui

sont tombés de ma poche lorsque je me suis baissé pour ramasser les vôtres. J'ai dû les intervertir. Ils se ressemblent beaucoup, vous voyez !

Ils échangèrent leurs montures en souriant, et nous prîmes congé.

— Poirot, dis-je lorsque nous fûmes dehors, vous ne portez pas de verres !

Il me lança un sourire éblouissant.

— Quelle pénétration ! Vous allez droit au cœur du problème !

— C'est le pince-nez que j'ai trouvé dans le sac à main de Carlotta Adams ?

— Exact.

— Qu'est-ce qui vous fait penser qu'il pouvait appartenir à miss Carroll ?

Poirot haussa les épaules.

— C'est la seule personne en rapport avec l'affaire qui porte des verres.

— Quoi qu'il en soit, ce ne sont pas les siens, dis-je songeur.

— C'est ce qu'elle affirme.

— Vous êtes un vieux démon soupçonneux.

— Pas du tout, pas du tout. Elle dit probablement la vérité. Je pense qu'elle dit la vérité. Sinon, elle n'aurait pas remarqué la substitution. Je m'y suis pris très adroitement, mon cher Hastings.

Nous marchions dans la rue sans but précis. Je proposai un taxi, mais Poirot secoua la tête.

— J'ai besoin de réfléchir, mon ami. Cela m'aide, de marcher.

Je me tus. Il faisait très lourd et je n'étais pas pressé de rentrer.

— Vos questions sur Paris n'étaient qu'un camouflage ? demandai-je avec curiosité.

— Pas uniquement.

— Nous n'avons toujours pas résolu le mystère de l'initiale D, dis-je, songeur. Bizarre que cela ne corresponde à aucun des noms ou prénoms des personnes impliquées dans cette affaire. A l'exception... — eh oui, c'est plutôt drôle —, à l'exception de Donald Ross. Et il est mort.

— Oui, reprit Poirot d'une voix sombre. Il est mort.

Je me souvins d'une autre soirée où nous avions marché ainsi, à trois... je me souvins aussi de quelque chose d'autre et je m'exclamai :

— Sapristi, Poirot ! Vous rappelez-vous ?

— Quoi donc, mon ami ?

— Ce que Ross a dit, à propos des treize personnes à table. *Et c'est lui qui s'est levé le premier.*

Poirot ne répondit pas. Je me sentais un peu mal à l'aise, comme on l'est toujours quand une superstition se trouve confirmée.

— C'est étrange, dis-je d'une voix sourde. Vous admettrez que c'est étrange.

— Hein ?

— Je dis que c'est étrange — à propos de Ross et du treizième. Poirot, à quoi pensez-vous ?

A ma stupéfaction, et je dois l'avouer, non sans un certain écœurement, je vis Poirot se mettre soudain à rire. Il riait, il riait... De toute évidence, quelque chose avait déclenché chez lui la plus franche hilarité.

— De quoi diable riez-vous comme ça ? demandai-je vivement.

— Oh ! Oh ! Oh ! dit Poirot, s'étouffant presque. Ce n'est rien. Je viens de repenser à une devinette que j'ai entendue l'autre jour. Qu'est-ce qui a deux pattes, des plumes, et aboie comme un chien ?

— Un poulet, bien sûr, répondis-je d'un air las. Je la connaissais déjà quand j'étais au jardin d'enfants.

— Vous savez trop de choses, Hastings. Vous auriez dû répondre : « Je ne sais pas », et je vous aurais dit : « Un poulet. » Vous auriez répliqué : « Mais un poulet n'aboie pas comme un chien », et j'aurais rétorqué : « Ah ! Je l'ai ajouté pour que ce soit plus difficile. » Hastings, supposez que nous ayons là l'explication de la lettre D ?

— C'est idiot !

— Oui, pour la plupart des gens, mais pour certaines formes d'esprit... Oh ! si seulement je pouvais interroger quelqu'un...

Nous passions devant un grand cinéma. Les gens

en sortaient, discutant de leurs affaires, de leurs domestiques, de leurs amis du sexe opposé et, à l'occasion, du film qu'ils venaient de voir.

Nous traversâmes la rue en même temps qu'un petit groupe d'entre eux.

— J'ai beaucoup aimé ! disait une jeune fille. Je trouve que Bryan Martin est merveilleux ! Je ne rate pas un seul de ses films. Vous avez vu comment il a dévalé cette falaise et est arrivé à temps pour remettre les papiers ?

Son compagnon était moins enthousiaste.

— L'histoire est stupide. Ils n'avaient qu'à poser la question à Ellis tout de suite. Ce que n'importe quelle personne de bon sens aurait fait.

Le reste nous échappa. En arrivant sur le trottoir, je me retournai. Poirot était debout au milieu de la chaussée, avec des autobus fonçant sur lui des deux côtés. Instinctivement, je me cachai les yeux de la main. J'entendis un violent coup de freins et quelques expressions imagées de chauffeur de bus. Très digne, Poirot marcha jusqu'au trottoir. On aurait dit un somnambule.

— Poirot ! m'écriai-je, vous êtes fou ?

— Non, mon ami. C'est seulement que... il m'est venu une idée. Juste à ce moment-là.

— Un moment drôlement mal choisi ! répliquai-je. Il a bien failli être votre dernier.

— Aucune importance. Ah ! mon ami, j'ai été aveugle, sourd, inconscient. Je connais maintenant toutes les réponses à ces questions... aux cinq questions... Oui, je comprends tout. C'est si simple, c'est d'une simplicité enfantine !

28

Poirot pose quelques questions

Notre retour fut plutôt bizarre.

De toute évidence, Poirot suivait ses propres pensées. De temps à autre, il murmurait un mot entre ses dents. J'en distinguai quelques-uns. Une fois, il dit « bougies », une autre fois, il dit quelque chose qui sonnait comme « douzaine ». Je pense que si j'avais été vraiment intelligent, j'aurais compris quel cours avaient pris ses idées. Leur cheminement était si évident. Quoi qu'il en soit, ce n'était que du charabia pour moi, à ce moment-là.

A peine étions-nous rentrés qu'il se précipita sur le téléphone. Il appela le *Savoy* et demanda à parler à lady Edgware.

— Aucune chance, mon vieux ! dis-je, amusé.

Poirot, comme je le lui ai souvent fait remarquer, est un des hommes les plus mal informés du monde.

— Vous n'êtes pas au courant ? Elle joue dans une nouvelle pièce. Elle doit être encore au théâtre. Il n'est que 10 heures et demie.

Mais Poirot ne me prêtait aucune attention. Il parlait avec le réceptionniste de l'hôtel, qui était évidemment en train de lui raconter ce que je venais de lui indiquer.

— Ah oui ? Dans ce cas, passez-moi la femme de chambre de lady Edgware.

Quelques minutes plus tard, il l'avait au bout du fil.

— Vous êtes la femme de chambre de lady Edgware ? Mr Poirot à l'appareil. Mr Hercule Poirot. Vous vous souvenez de moi ?

— ....

— Très bien. Ecoutez, quelque chose de très important vient de survenir. J'aimerais que vous veniez me voir immédiatement.

— ....

— Mais oui, c'est très important. Je vais vous donner l'adresse, écoutez attentivement.

Il la répéta deux fois puis raccrocha, songeur.

— Qu'avez-vous en tête ? demandai-je avec curiosité. Vous êtes vraiment en possession d'une information ?

— Non, Hastings, c'est elle qui va me donner l'information.

— Quelle information ?

— Une information à propos d'une certaine personne.

— Jane Wilkinson ?

— Oh ! en ce qui la concerne, j'ai toutes les informations nécessaires. Je la connais sur toutes les coutures.

— Alors qui ?

Il me gratifia d'un de ses sourires suprêmement irritants et me conseilla de patienter.

Puis, il se mit à ranger la pièce avec un soin maniaque.

Dix minutes plus tard, la bonne arrivait, elle paraissait un peu nerveuse et mal à l'aise. C'était une petite femme bien mise, vêtue de noir. Elle regarda avec suspicion autour d'elle.

Poirot s'avança.

— Ah ! vous êtes venue. C'est fort aimable à vous. Asseyez-vous là, je vous en prie, mademoiselle... Ellis, je crois ?

— Oui, monsieur. Ellis.

Elle s'assit, les mains jointes sur ses genoux, et nous dévisagea l'un après l'autre. Son petit visage pâle était parfaitement tranquille et elle avait les lèvres pincées.

— Pour commencer, miss Ellis, depuis quand êtes-vous au service de lady Edgware ?

— Depuis trois ans, monsieur.

— C'est bien ce que je pensais. Vous connaissez donc bien ses affaires.

Ellis ne répondit pas. Elle lui lança un regard réprobateur.

— Ce que je veux dire, c'est que vous devez savoir qui pouvaient être ses ennemis ?

Ellis serra davantage les lèvres.

— La plupart des femmes ont essayé à un moment

ou à un autre de lui jouer un méchant tour, monsieur. Oui, elles sont toutes contre elle, par jalousie.

— Elle ne plaît pas aux personnes de son sexe ?

— Non, monsieur. Elle est trop belle. Et elle réussit toujours à obtenir ce qu'elle veut. Dans le milieu théâtral on se jalouse beaucoup.

— Et les hommes ?

Ellis s'autorisa un sourire aigre sur son visage desséché.

— Elle peut faire des hommes ce qu'elle veut, monsieur, c'est un fait.

— Je suis d'accord avec vous, dit Poirot en souriant. Cependant, je peux imaginer certaines circonstances où...

Il s'interrompit, puis reprit d'une voix différente :

— Vous connaissez Bryan Martin, l'acteur de cinéma ?

— Oh ! oui, monsieur.

— Très bien ?

— Très bien, en effet.

— Je pense ne pas me tromper en disant qu'il y a un peu moins d'un an, Mr Bryan Martin était très amoureux de votre maîtresse.

— Eperdument amoureux, monsieur. Et il n'« était » pas, il « est », si vous voulez mon avis.

— Il croyait alors qu'elle allait l'épouser, hein ?

— Oui, monsieur.

— Avait-elle sérieusement envisagé ce mariage ?

— Elle y avait songé, monsieur. Si elle avait pu obtenir le divorce, je pense qu'elle l'aurait épousé.

— C'est alors, je suppose, que le duc de Merton est entré en scène ?

— Oui, monsieur. Il voyageait aux Etats-Unis. Pour lui, ç'a été le coup de foudre.

— Et alors, adieu Bryan Martin et ses chances.

Ellis hocha la tête.

— Bien sûr, Mr Martin gagnait énormément d'argent, expliqua-t-elle. Mais le duc de Merton avait de plus le titre. Sa Seigneurie est très sensible à la position sociale. En épousant le duc, elle serait devenue l'une des premières dames du pays.

Il y avait dans sa voix une sorte de suffisance qui m'amusa.

— Ainsi, Mr Bryan Martin a été évincé. Il l'a mal pris ?

— Il lui a fait des scènes terribles, monsieur.

— Ah ?

— Un jour il l'a même menacée avec un revolver. Il m'effrayait, vraiment. Il s'est mis aussi à boire beaucoup. Il était complètement effondré.

— Mais il a fini par se calmer.

— C'est ce qu'on pouvait croire, monsieur. Mais, il a continué à rôder. Je n'aimais pas du tout son regard. J'ai prévenu lady Edgware, mais elle s'est contentée de rire. C'est quelqu'un qui prend plaisir à sentir son pouvoir, si vous voyez ce que je veux dire.

— Oui, dit Poirot, songeur. Je crois que je comprends ce que vous voulez dire.

— Nous ne l'avons pas vu beaucoup, ces derniers temps. Tant mieux. Il a dû finir par se remettre.

— Peut-être...

Quelque chose parut la frapper dans la façon dont Poirot prononça ce mot. Elle lui demanda anxieusement :

— Vous ne la croyez pas en danger, monsieur ?

— Si, répondit gravement Poirot. Je la crois en grand danger. Mais elle se l'est attiré elle-même sur elle.

Il promenait ses mains distraitement sur le manteau de la cheminée. Soudain, il heurta un vase de roses, qui se renversa. L'eau tomba sur la tête d'Ellis. J'avais rarement vu Poirot commettre des maladresses, et j'en déduisis qu'il avait l'esprit profondément perturbé. Désolé, il courut chercher une serviette, aida gentiment la femme de chambre à s'essuyer le visage et le cou, et lui prodigua mille excuses.

Pour finir, un billet de banque changea de mains, et il raccompagna Ellis à la porte en la remerciant une fois de plus d'être venue.

— Mais il est encore tôt, ajouta-t-il en jetant un coup d'œil à l'horloge. Vous serez de retour avant votre maîtresse.

— Oh, ça ne fait rien, monsieur. Elle doit souper dehors, je crois, et de toute façon, je ne suis pas censée rester debout à l'attendre, à moins qu'elle ne m'en ait fait expressément la demande.

Soudain, Poirot changea de sujet.

— Vous boitez, mademoiselle ?

— Ce n'est rien, monsieur. J'ai un peu mal aux pieds.

— Des cors ? demanda Poirot du ton confidentiel de l'homme qui partage cette souffrance.

En effet, il s'agissait bien de cors. Poirot s'étendit longuement sur les vertus d'une certaine pommade qui, d'après lui, faisait des merveilles.

Enfin, Ellis s'en alla.

J'étais plein de curiosité.

— Alors, Poirot ? Alors ?

Il sourit devant mon impatience.

— Ce sera tout pour ce soir, mon ami. Demain matin à la première heure, nous téléphonerons à Japp. Nous lui demanderons de venir ici. Nous appellerons également Mr Bryan Martin. Je pense qu'il aura quelque chose d'intéressant à nous dire. En outre, je dois m'acquitter d'une dette envers lui.

— Vraiment ?

Je lui jetai un regard en coin. Il se souriait à lui-même d'étrange façon.

— En tout cas, dis-je, vous ne pouvez pas le soupçonner, *lui*, d'avoir tué lord Edgware. Surtout après ce que nous venons d'entendre. Ç'aurait été jouer le jeu de Jane. Tuer le mari pour permettre à la dame d'épouser quelqu'un d'autre, aucun homme n'est désintéressé à ce point !

— Quelle profondeur de jugement !

— Ne soyez pas sarcastique, dis-je, légèrement vexé. Et que diable tripotez-vous là sans arrêt ?

Poirot brandit l'objet en question.

— Le pince-nez de la brave Ellis, mon ami. Elle l'a oublié derrière elle.

— Ridicule ! Elle l'avait sur le nez en sortant !

Il secoua gentiment la tête.

— Faux. Totalement faux. Ce qu'elle avait sur le

nez, mon cher Hastings, c'était le pince-nez que nous avons trouvé dans le sac de Carlotta Adams.

J'en eus le souffle coupé.

29

POIROT PARLE

Il me revint d'appeler Japp, le lendemain matin.

Celui-ci me parut plutôt déprimé.

— Ah, c'est vous, capitaine Hastings ? Quoi de neuf ?

Je lui transmis le message de Poirot.

— Venir à 11 heures ? Ma foi, je peux. A-t-il mis la main sur quelque chose qui pourrait nous aider à élucider la mort du jeune Ross ? J'avoue que cela ne nous ferait pas de mal. Nous n'avons pas la moindre piste. C'est une affaire bien mystérieuse.

— Je pense en effet qu'il a quelque chose pour vous, dis-je sans me compromettre. En tout cas, il a l'air très content de lui-même.

— Je ne peux pas en dire autant. Croyez-moi. Bon, je viendrai, capitaine Hastings.

J'appelai ensuite Bryan Martin. Je lui répétai ce que j'avais été chargé de lui dire : que Poirot avait découvert quelque chose de très intéressant que Mr Martin serait heureux d'entendre. Il me demanda de quoi il s'agissait et je lui répondis que je n'en avais aucune idée. Poirot ne m'avait pas mis dans la confidence. Un silence suivit.

— Entendu, dit enfin Bryan. J'y serai.

Il raccrocha.

A ma surprise, Poirot appela Jenny Driver et lui demanda aussi de venir.

Il était calme et plutôt grave. Je m'abstins de le questionner.

Bryan Martin arriva le premier. Il avait l'air en forme et de bonne humeur mais — peut-être était-ce le fruit de mon imagination ? — légèrement mal à l'aise. Jenny Driver arriva presque immédiatement après. Elle parut surprise de voir Bryan et il sembla partager son étonnement.

Poirot avança deux chaises et les pria de s'asseoir. Il jeta un coup d'œil sur sa montre.

— L'inspecteur Japp sera là dans un instant, je pense.

— L'inspecteur Japp ? répéta Bryan, saisi.

— Oui, je lui ai demandé de venir — de façon non officielle — en ami...

— Je vois.

Il redevint silencieux. Jenny lui jeta un coup d'œil et détourna aussitôt le regard. Elle avait l'air préoccupée, ce matin.

Un instant après, Japp arrivait.

Il dut être très surpris de trouver là Bryan Martin et Jenny Driver, mais il n'en montra rien. Il salua Poirot avec sa jovialité coutumière.

— Alors, monsieur Poirot, de quoi s'agit-il ? Vous allez nous exposer une de vos extraordinaires théories, je suppose ?

Poirot lui lança un sourire rayonnant.

— Non, non, rien d'extraordinaire. Rien qu'une petite histoire toute simple... Si simple que j'ai honte de ne pas l'avoir comprise tout de suite. Si vous me le permettez, j'aimerais reprendre l'affaire depuis le début.

Japp consulta sa montre en soupirant.

— Si vous n'en avez pas pour plus d'une heure, dit-il.

— Rassurez-vous, dit Poirot. Ce ne sera pas si long. Vous voulez savoir, n'est-ce pas, qui a tué lord Edgware, qui a tué miss Adams, qui a tué Donald Ross.

— J'aimerais savoir qui a tué le dernier, répondit Japp prudemment.

— Ecoutez-moi et vous saurez tout. Je vais me faire très humble, voyez-vous.

Cela m'étonnerait, songeai-je.

— Je vais vous retracer le chemin pas à pas, poursuivit Poirot, je vous montrerai comment j'ai été trompé, comment j'ai fait preuve de la plus grossière stupidité, comment il m'a fallu une conversation avec mon ami Hastings et une remarque fortuite entendue dans la rue pour me mettre sur la bonne voie.

Il s'arrêta un instant, s'éclaircit la gorge et se mit à parler, avec ce que j'appelle son ton de conférencier.

— Je commencerai par le souper au *Savoy*. Lady Edgware m'a abordé et m'a demandé un entretien privé. Elle voulait se débarrasser de son mari. A la fin de notre conversation, elle a déclaré — assez légèrement ai-je pensé — qu'elle pourrait bien prendre un taxi pour aller le tuer elle-même. Propos que Mr Bryan Martin, qui entrait à ce moment-là, a entendus lui aussi.

Il se retourna.

— C'est exact, n'est-ce pas ?

— Nous les avons tous entendus, répondit l'acteur. Les Widburn, Marsh, Carlotta, tout le monde.

— Oh ! J'en conviens. J'en conviens tout à fait. Et je ne risquais pas d'oublier ces paroles de lady Edgware. Mr Martin est venu le lendemain matin avec l'intention bien arrêtée de me les enfoncer dans la tête.

— Pas du tout ! s'écria Bryan Martin, furieux. Je suis venu...

Poirot leva la main.

— Vous êtes venu sous prétexte de me raconter une histoire de filature à dormir debout. Une histoire qui n'aurait pas abusé un enfant de deux ans. Vous avez dû la tirer d'un film policier complètement démodé. Une demoiselle dont il vous fallait obtenir le consentement... un homme que vous aviez reconnu à sa dent en or... Mon ami, un *jeune* homme ne peut pas avoir de dent en or, cela ne se fait plus aujourd'hui, surtout en Amérique ! La dent en or ne fait plus partie de l'attirail de la dentisterie. Oh ! C'était un tissu d'absurdité ! M'ayant raconté votre histoire invraisemblable, vous en venez au véritable but de votre visite : me faire douter de lady Edgware. En clair, me préparer à la voir assassiner son mari.

— Je ne comprends rien à ce que vous dites, marmonna Bryan Martin, blanc comme un linge.

— Vous tournez en ridicule l'idée que lord Edgware pourrait consentir à un divorce ! Vous croyez que je dois le rencontrer le lendemain, mais le rendez-vous a été changé. Je l'ai vu le matin même, et il accepte le divorce. Lady Edgware n'a plus aucune raison de vouloir tuer son mari. Bien plus, il m'annonce qu'il a déjà écrit à sa femme pour le lui dire.

» Mais lady Edgware déclare n'avoir jamais reçu cette lettre. Soit elle ment, soit son mari ment, soit quelqu'un a soustrait la lettre. Mais qui ?

» Je me demande maintenant *pourquoi* Mr Bryan Martin a pris la peine de venir et de me raconter tous ces mensonges. Qu'est-ce qui a bien pu le pousser à agir ainsi ? L'idée me vient, monsieur, que vous avez dû être éperdument amoureux de cette dame. Lord Edgware dit que sa femme veut épouser un acteur. Eh bien, supposons qu'il en a été ainsi mais que la dame a changé d'avis. Lorsque la lettre de lord Edgware arrive, ce n'est plus vous qu'elle veut épouser mais un autre ! Ce serait une raison, alors, pour supprimer cette lettre.

— Je n'ai jamais...

— Vous aurez tout le loisir de vous expliquer après. Pour l'instant, écoutez-moi. Donc, dans quel état d'esprit vous trouvez-vous, vous, l'idole gâtée qui n'a jamais connu de rebuffade ? Vous avez dû éprouver une espèce de furieux désarroi, l'envie de faire le plus de mal possible à lady Edgware. Et quel plus grand mal pouviez-vous lui faire que de l'amener à être accusée de meurtre — et peut-être pendue ?

— Mon Dieu ! murmura Japp.

Poirot se tourna vers lui.

— Mais oui, c'était la petite idée qui commençait à prendre forme dans mon esprit. Et plusieurs choses l'étayaient : Carlotta Adams avait deux bons amis : le capitaine Marsh et Bryan Martin. Il était donc possible que Bryan Martin, un homme riche, ait suggéré la mystification et offert les dix mille dollars. Il m'avait toujours paru peu probable que miss Adams ait pu croire que Ronald Marsh aurait dix mille dollars à lui donner. Elle savait qu'il était à court d'argent. Bryan Martin était une bien meilleure solution au problème.

— Je vous dis... Je n'ai pas... grommela l'acteur d'une voix rauque.

— Lorsque Lucie Adams nous câbla de Washington le contenu de la lettre de sa sœur, oh là là ! Cela a tout fichu par terre. Mon raisonnement devenait complètement faux. Mais plus tard, je fis une découverte. Je reçus l'original de la lettre et je m'aperçus qu'il manquait un feuillet. *De sorte que le « he » (« il ») pouvait faire allusion à quelqu'un d'autre que le capitaine Marsh.*

» Il existait encore une autre preuve. Le capitaine Marsh, lorsqu'on l'avait arrêté, avait déclaré qu'il avait cru voir Bryan Martin entrer dans la maison. Venant d'un accusé, ce témoignage n'avait aucun poids. En outre, Mr Martin avait un alibi. Naturellement ! C'était à prévoir. Si Mr Martin était l'assassin, il lui fallait absolument un alibi. Or, cet alibi ne fut confirmé que par une personne, miss Driver.

— Et alors ? répliqua vivement la jeune fille.

— Rien, mademoiselle, répondit Poirot en souriant. Sauf que le même jour, je vous ai rencontrée au restaurant en compagnie de Mr Martin, et que vous avez pris la peine de venir me voir, pour essayer de me persuader que votre amie miss Adams avait un faible pour Ronald Marsh, et non pas, comme j'en étais intimement convaincu, pour Bryan Martin.

— Jamais de la vie ! déclara catégoriquement l'acteur.

— Vous ne le saviez peut-être pas, dit Poirot calmement, mais je pense que c'était vrai. Ce qui explique, mieux que tout, l'animosité de la jeune fille à l'égard de lady Edgware. Elle la détestait à cause de vous. Vous lui aviez raconté que vous aviez été repoussé, n'est-ce pas ?

— C'est-à-dire... Oui... Il fallait que j'en parle à quelqu'un, et elle était...

— Compatissante. Oui, elle était pleine de compassion, je l'ai remarqué moi-même. Eh bien, qu'arrive-t-il, ensuite ? Ronald Marsh est arrêté. Immédiatement, vous vous sentez mieux. Toute votre anxiété disparaît. Bien que votre plan ait échoué parce que lady Edgware avait changé d'avis et était sortie à la dernière minute, quelqu'un d'autre a pris la place du bouc émissaire et vous voilà délivré de votre angoisse. Puis, lors d'un déjeuner, vous entendez Donald Ross, ce jeune homme charmant mais plutôt stupide, raconter à Hastings quelque chose qui vous prouve que vous n'êtes peut-être pas tout à fait en sécurité, après tout.

— Non ! C'est faux ! cria l'acteur. (La transpiration ruisselait sur son visage. Ses yeux étaient dilatés d'horreur.) Je vous jure que je n'ai rien entendu. Rien ! Je n'ai rien fait !

Vint alors, je pense, le plus grand choc de la matinée.

— C'est vrai, répondit tranquillement Poirot. Et j'espère que vous avez été assez puni pour être venu me raconter, à *moi*, Hercule Poirot, une histoire à dormir debout.

Nous restâmes tous abasourdis. Poirot poursuivit d'un ton rêveur :

— Voyez-vous, je viens de vous dévoiler toutes les erreurs que j'ai commises. Je me posais cinq questions. Hastings sait lesquelles. J'avais trouvé des réponses plausibles pour trois d'entre elles. Qui avait intercepté la lettre ? De toute évidence, Bryan Martin. Question numéro deux : qu'cst-ce qui avait pu inciter lord Edgware à changer brusquement d'avis et à consentir au divorce ? Eh bien, j'avais aussi mon idée : soit il voulait se remarier — mais je n'en trouvais aucune preuve — soit on exerçait sur lui quelque chantage. Lord Edgware avait des goûts spéciaux. Peut-être avait-on découvert certaines choses à son sujet qui, si elles n'étaient pas suffisantes pour justifier un divorce devant la loi, auraient été du moins un moyen de pression dans les mains de sa femme. Je pense que c'est ce qui s'est passé. Lord Edgware n'a pas voulu d'un scandale attaché à son nom. Il a cédé, mais sa fureur a éclaté dans le regard meurtrier qu'il a eu quand il a pensé qu'on ne l'observait plus.

Cela explique aussi la rapidité suspecte avec laquelle il a dit : « Pas à cause de cette lettre », avant même que j'aie pu émettre cette hypothèse.

» Restait deux questions. Celle du pince-nez qu'on avait trouvé dans le sac de miss Adams et qui ne lui appartenait pas. Et la question de savoir pourquoi on avait téléphoné à lady Edgware pendant le dîner, à Chiswick. Mr Bryan Martin ne pouvait en aucun cas être impliqué dans la réponse à ces deux questions.

» Je dus donc en conclure ou bien que je me trompais sur Mr Martin, ou bien que je me trompais sur les questions. Au désespoir, j'ai relu une fois encore, très attentivement, la lettre de miss Adams. Et j'ai découvert quelque chose ! Oui, j'ai découvert quelque chose !

» Regardez vous-même. Voici la lettre. Vous voyez que la page a été déchirée. De façon irrégulière comme cela arrive souvent. Imaginez maintenant que devant le « h » de « he » (« il »), en haut, il y ait eu un « S »...

» Ah ! Vous y êtes ! Vous voyez, ce n'est plus *he* (*il*) mais *She* (*elle*) ! C'est une *femme* qui a proposé la mystification à Carlotta Adams...

» Bon, j'ai dressé la liste de toutes les femmes qui avaient eu un rapport, même lointain, avec ces crimes. Outre Jane Wilkinson, il y en avait quatre : Geraldine Marsh, miss Carroll, miss Driver et la duchesse de Merton.

» Sur ces quatre femmes, celle qui m'intéressait le plus était miss Carroll. Elle portait des verres, elle était dans la maison ce soir-là et dans son désir d'incriminer lady Edgware, elle avait déjà fait un témoignage inexact. C'était aussi une femme d'une grande efficacité et qui possédait le sang-froid nécessaire pour accomplir ce crime. Le mobile était plus obscur, mais, après tout, elle travaillait avec lord Edgware depuis plusieurs années, et il pouvait y en avoir un dont nous ignorions tout.

» Je ne pouvais pas non plus écarter Geraldine Marsh de l'affaire. Elle haïssait son père — elle me l'avait dit. Elle est extrêmement nerveuse. Supposons qu'en entrant dans la maison ce soir-là, elle ait délibérément poignardé son père, puis qu'elle soit montée froidement chercher ses perles. Imaginez son angoisse quand elle s'aperçoit que son cousin, auquel elle est très attachée, ne l'a pas attendue dans le taxi mais est entré dans la maison !

» Son agitation pourrait s'expliquer par là. On pourrait aussi l'expliquer par le fait qu'étant innocente, elle craignait que Ronald n'ait commis le crime. Autre chose : dans la petite boîte en or trouvée dans le sac à main de miss Adams était gravée l'initiale D. J'ai entendu son cousin l'appeler « Dina ». En outre, elle était en pension à Paris en novembre dernier, et aurait pu y rencontrer miss Adams.

» Vous pouvez trouver extraordinaire que j'ajoute à ma liste la duchesse de Merton. Mais elle m'a rendu visite et je l'ai trouvée du genre fanatique. Toute sa vie est centrée sur son fils. Elle aurait pu se mettre dans un tel état qu'elle aurait imaginé un plan destiné à supprimer la femme qui allait détruire l'existence de ce fils.

» Enfin, il y avait miss Driver.

Il s'arrêta et regarda Jenny. Elle soutint son regard, la tête penchée de côté, avec insolence.

— Et qu'avez-vous à me reprocher ? demanda-t-elle.

— Rien, mademoiselle, hormis le fait que vous êtes une amie de Bryan Martin, et que votre nom de famille commence par un D.

— Ce n'est pas beaucoup.

— Il y a encore une chose. Vous possédez l'intelligence et le sang-froid nécessaires pour commettre un pareil crime. Vous êtes peut-être même la seule dans ce cas.

La jeune fille alluma une cigarette.

— Continuez, dit-elle gaiement.

— L'alibi de Mr Martin était-il ou non monté de toutes pièces ? Il me fallait trouver la réponse. Si oui, qui Ronald Marsh avait-il vu entrer dans la maison ? Et soudain, je me rappelai quelque chose. Le beau majordome de Regent Gate ressemblait beaucoup à Mr Martin. C'était lui que le capitaine Marsh avait vu. Et j'échafaudai une hypothèse en partant de là. A mon avis, il avait trouvé son maître mort. Près de lui, une enveloppe contenant l'équivalent de cent livres en billets de banque français. Il s'en empare, file, confie l'argent à un vaurien de ses amis, revient et entre avec la clef de lord Edgware. Il laisse la femme de chambre découvrir le corps le lendemain matin. Il ne se sent pas en danger, puisqu'il est convaincu que c'est lady Edgware qui a commis le crime, que l'argent n'est plus dans la maison et a déjà été changé, avant même qu'on ne s'aperçoive de sa disparition. Toutefois, lorsqu'il apprend que lady Edgware a un alibi, et que Scotland Yard commence à enquêter sur son passé, il prend peur et décampe.

Japp hocha la tête en signe d'approbation.

— Restait la question du pince-nez. S'il appartenait à miss Carroll, l'affaire était réglée. Elle aurait pu supprimer la lettre et, en arrangeant les détails de la supercherie avec Carlotta Adams, ou en la rencontrant le soir du meurtre, le faire tomber par mégarde dans le sac de Carlotta.

» Mais apparemment, ce pince-nez n'avait rien à voir avec miss Carroll.

» Plutôt déprimé, je rentrais à pied avec Hastings, essayant d'arranger les choses avec ordre et méthode dans ma tête... Et le miracle survint !

» D'abord, Hastings a parlé des choses dans un certain ordre. Il a rappelé que Donald Ross était l'un des treize invités à la table de sir Montagu Corner, et qu'il s'était levé le premier. Je suivais mes propres pensées et n'y ai pas prêté une grande attention. Il m'a seulement traversé l'esprit que, à proprement parler, c'était faux. Il avait peut-être quitté la table le premier à la fin du dîner, mais en fait, c'était lady Edgware qui avait été la première à se lever puisqu'elle avait été appelée au téléphone. Pensant à elle, il m'est venu à l'esprit une devinette qui m'a paru très bien convenir à sa mentalité infantile. Je l'ai racontée à Hastings. A l'exemple de la reine Victoria, il ne l'a pas trouvée drôle du tout.

» Je me demandai ensuite auprès de qui je pourrais me renseigner pour connaître les sentiments de

Mr Martin pour Jane Wilkinson. Je savais qu'elle ne m'aurait rien dit elle-même.

» Et puis tout à coup, comme nous traversions la rue, un passant a prononcé une simple phrase.

» Il a dit à sa compagne qu'il ou elle n'« avait qu'à demander à Ellis ». Aussitôt, tout m'est apparu en un éclair !

Il jeta un regard circulaire.

— Oui, oui, le pince-nez, le coup de téléphone, la petite femme qui était allée chercher la boîte à Paris. *Ellis*, bien sûr, la femme de chambre de Jane Wilkinson. Les bougies, l'éclairage tamisé, Mme Van Dusen... *Je savais !* Je savais tout !

30

L'HISTOIRE

Poirot nous regarda tour à tour.

— Et maintenant, mes amis, dit-il, je vais vous raconter ce qui s'est réellement passé cette nuit-là. A 7 heures, Carlotta Adams quitte son appartement. Elle prend un taxi et se rend au Piccadilly Palace.

— Quoi ? m'exclamai-je.

— Au Piccadilly Palace. Un peu plus tôt dans la journée, elle y a réservé une chambre au nom de Mme Van Dusen. Elle porte des verres épais, ce qui, comme chacun sait, modifie considérablement la physionomie. En réservant la chambre, elle a prétendu qu'elle prenait le train de nuit pour Liverpool, et que ses bagages étaient déjà en route.

» A 8 heures et demie, lady Edgware arrive et la demande. On la fait monter. Elles échangent leurs vêtements. Portant une perruque blonde, une robe en taffetas blanc et une cape d'hermine, c'est *Carlotta Adams, et non Jane Wilkinson, qui se rend alors à Chiswick*. Oui, oui, c'est tout à fait possible. J'y ai passé une soirée. La table de la salle à manger n'est éclairée que par des bougies, les lumières sont tamisées, et personne ne connaît très bien Jane Wilkinson. Ses cheveux d'or, sa fameuse voix sensuelle, sa façon d'être, n'est-ce pas... Oh ! Ce n'était pas difficile. Et si elle avait échoué, si quelqu'un avait remarqué la supercherie, tout était prévu, là aussi.

» Lady Edgware, portant une perruque brune, les vêtements de Carlotta et le pince-nez, règle la note et se fait conduire en taxi, avec sa mallette, à la gare d'Euston. Elle enlève sa perruque dans les lavabos et dépose la valise à la consigne. Avant d'aller à Regent Gate, elle téléphone à Chiswick et demande à parler à lady Edgware. Cela avait été convenu entre elles. Si tout s'était bien passé, si Carlotta n'avait pas été déjouée, elle devait répondre simplement : « Oui, c'est moi. » Inutile de préciser que miss Adams ignorait tout de la véritable raison de ce coup de téléphone.

» Rassurée, lady Edgware part pour Regent Gate, demande lord Edgware, fait état de son identité, entre dans la bibliothèque, *et commet le premier meurtre*. Bien sûr, elle ignorait que miss Carroll l'avait aperçue dans le vestibule. Elle ne pense qu'à ce que dira le majordome (rappelez-vous qu'il ne l'a jamais vue — et aussi qu'elle porte un chapeau qui la dissimule en partie à ses yeux) et que vaut sa parole face à celle de douze honorables et éminentes personnalités ?

» Elle quitte la maison, retourne à Euston, de blonde redevient brune et récupère sa mallette. Elle doit attendre maintenant que Carlotta Adams rentre de Chiswick. Elles ont décidé d'une heure approximative. Elle se rend au Lyons Corner et regarde sa montre de temps à autres, car le temps passe lentement. Et là, elle prépare le second meurtre. Elle glisse la fameuse petite boîte en or commandée à Paris dans le sac à main de Carlotta, qu'elle a naturellement avec elle. Peut-être a-t-elle découvert la lettre à ce moment-là. Peut-être un peu plus tôt. Quoi qu'il en soit, dès qu'elle voit l'adresse, elle pressent le danger. Elle l'ouvre... ses soupçons sont justifiés.

» Peut-être songe-t-elle d'abord à supprimer la lettre. Mais elle trouve bientôt beaucoup mieux. En déchirant une seule page, cette lettre devient une preuve accablante pour Ronald Marsh... Qui a justement un puissant mobile pour commettre ce crime. Et même s'il possède un alibi, la lettre accusera un homme si elle enlève le « S » de « She ». C'est ce qu'elle fait. Puis elle remet la lettre dans l'enveloppe et l'enveloppe dans le sac.

» L'heure étant venue, elle se dirige vers l'hôtel *Savoy*. Dès qu'elle voit passer la voiture qui transporte sa personne (présumée), elle presse le pas, entre au même moment et monte immédiatement. Elle est vêtue sobrement de noir. Il est peu probable qu'elle attire l'attention.

» Elle se rend dans sa chambre. Sa femme de chambre est couchée, comme elle l'avait autorisée à le faire, ce qui n'avait rien d'anormal. Carlotta Adams vient d'arriver. Elles échangent de nouveau leurs vêtements, et je pense que lady Edgware propose alors à Carlotta de prendre un verre, pour fêter leur réussite... Et elle glisse dans ce verre le véronal. Elle félicite sa victime, lui dit qu'elle lui enverra un chèque le lendemain. Carlotta Adams rentre chez elle. Elle a très sommeil. Elle essaie de téléphoner à un ami, peut-être Mr Martin ou le capitaine Marsh, tous les deux ont des numéros avec l'indicatif « Victoria ». Mais elle y renonce. Elle est trop fatiguée. Le véronal commence à faire son effet. Elle se couche... *et ne se réveillera plus*. Le deuxième crime a été exécuté avec succès.

» Le troisième, à présent. Au cours d'un déjeuner, sir Montagu Corner fait allusion à une conversation qu'il a eue avec lady Edgware le soir du crime. Tout se passe bien. Mais Némésis la rattrape plus tard. Quelqu'un parle du « jugement de Pâris »... et elle prend Pâris pour le seul Paris qu'elle connaît : celui de la mode et des fanfreluches !

» Mais en face d'elle se trouve un jeune homme qui avait assisté au dîner de Chiswick. Un jeune homme qui avait entendu la lady Edgware de ce soir-là parler d'Homère et de la civilisation grecque. Carlotta Adams était une jeune femme cultivée. Il ne comprend plus. Il la regarde. Et soudain il est illuminé. *Ce n'est pas la même femme !* Il est bouleversé. Il n'est pas sûr de lui. Il lui faut l'avis de quelqu'un. Il pense à moi. Il parle à Hastings.

» Mais la dame l'a entendu. Elle est assez vive et intelligente pour comprendre qu'elle a dû se trahir. Elle entend Hastings dire que je ne serai pas là avant 5 heures. A 5 heures moins 20, elle va chez Ross. Il ouvre la porte, est très surpris de la voir, mais il ne lui vient pas à l'idée d'avoir peur, un homme jeune et fort n'a pas peur d'une femme. Ils vont dans la salle à manger ; elle lui raconte une histoire quelconque. Elle se met peut-être à genou et lui passe les bras autour du cou. Puis, d'un geste vif et précis, elle frappe. Comme la première fois. Il a peut-être poussé un cri étouffé, rien de plus. Lui aussi est réduit au silence.

Nous restâmes tous muets. Enfin, Japp demanda d'une voix rauque :

— Vous voulez dire que... c'est elle qui a tout fait ?

Poirot inclina la tête.

— Mais pourquoi, puisque son mari consentait au divorce ?

— Parce que le duc de Merton est le pilier des catholiques d'Angleterre. Parce qu'il n'épouserait jamais une femme dont le mari est encore en vie. C'est un jeune homme fanatique, aux principes rigides. Veuve, elle était à peu près sûre de pouvoir l'épouser. Elle avait sans doute tenté de suggérer le divorcc, mais il n'avait pas mordu à l'hameçon.

— Alors, pourquoi vous a-t-elle envoyé chez lord Edgware ?

— Ah ! Parbleu ! (Poirot, qui s'était montré jusqu'à présent très correct et très anglais, retrouvait soudain son naturel.) Pour me jeter de la poudre aux yeux ! Pour que je sois témoin qu'elle n'avait aucune raison de tuer son mari ! Oui, elle a osé me faire tirer les marrons du feu, moi, Hercule Poirot ! Et ma foi, elle a réussi. Oh, l'étrange cerveau, enfantin et rusé ! Elle sait jouer, ça oui. Comme elle a bien joué la surprise lorsque je lui ai parlé de la lettre que son mari lui avait écrite, et qu'elle jurait n'avoir jamais reçue ! A-t-elle éprouvé le moindre pincement de remords, pour l'un ou l'autre de ces trois crimes ? Non, je peux vous l'assurer.

— Je vous avais bien dit quel genre de femme c'était ! s'écria Bryan Martin. Je vous l'avais dit. Je savais qu'elle allait le tuer. Je le sentais. Et j'avais peur qu'elle trouve le moyen de s'en sortir. Elle est intelligente, d'une intelligence démoniaque dans son genre idiot. Et je voulais qu'elle souffre. Je voulais la voir souffrir. Je voulais qu'elle soit pendue !

Il était écarlate.

— Allons, allons, dit Jenny Driver, du ton dont j'entendais les nounous parler aux petits enfants dans les jardins publics.

— Et la boîte en or avec l'initiale « *D* » et « *Paris, novembre* » à l'intérieur ?

— Elle l'avait commandée par correspondance, et elle a envoyé Ellis, sa femme de chambre, la chercher. Bien sûr, Ellis a simplement demandé un paquet et elle a payé. Elle n'avait aucune idée de ce qu'il contenait. Et c'est aussi à Ellis que lady Edgware a emprunté un pince-nez pour l'aider à personnifier Mme Van Dusen. Mais elle l'a oublié et l'a laissé dans le sac à main de Carlotta. Son unique erreur.

» Oui ! Je l'ai compris... J'ai tout compris au moment où je me trouvais au milieu de la rue. Le conducteur d'autobus n'a pas été très aimable avec moi, mais cela en valait la peine. Ellis ! Le pince-nez d'Ellis ! Ellis allant chercher la boîte à Paris. Ellis, et par conséquent Jane Wilkinson. Mis à part le pince-nez, elle a vraisemblablement emprunté encore autre chose à Ellis.

— Quoi ?

— Un coupe-cors.

Je frissonnai.

Il y eut un silence.

Puis Japp demanda, étrangement confiant dans la réponse :

— Monsieur Poirot. C'est vrai ?

— C'est vrai, mon ami.

Bryan Martin posa alors une question qui me parut caractéristique de son personnage.

— Eh bien, et *moi* alors ? Pourquoi m'avoir convoqué, *moi* ? Pourquoi m'avoir fait cette peur bleue ?

Poirot le regarda froidement :

— Pour vous punir, monsieur, d'avoir été impertinent ! Comment avez-vous eu l'audace d'essayer de faire marcher Hercule Poirot ?

Jenny Driver se mit à rire sans pouvoir s'arrêter.

— Vous l'avez bien mérité, Bryan ! dit-elle enfin. (Puis, se tournant vers Poirot :) Je suis contente que ce ne soit pas Ronnie Marsh, dit-elle. Je l'ai toujours trouvé sympathique. Et je suis heureuse, mille fois heureuse que la mort de Carlotta ne reste pas impunie ! Quant à Bryan, je vais vous dire une chose, monsieur Poirot. Je vais l'épouser. Et s'il s'imagine qu'il pourra divorcer et se remarier tous les deux ou trois ans à la manière hollywoodienne, eh bien, il n'a jamais commis une plus grave erreur dans sa vie. Il va m'épouser et ne plus me lâcher.

Poirot regarda son menton résolu, ses cheveux flamboyants.

— C'est bien possible, mademoiselle. Comme je l'ai dit, vous avez assez d'énergie pour réussir n'importe quoi. Même un mariage avec une vedette de cinéma !

31

UN DOCUMENT HUMAIN

Quelques jours plus tard, je fus rappelé en Argentine. Je ne revis donc jamais Jane Wilkinson, et ce fut par les journaux que j'appris son procès et sa condamnation. Contre toute attente, à ma surprise en tout cas, elle s'effondra lorsqu'on la confronta à la vérité. Tant qu'elle avait pu jouer son rôle en se flattant de son intelligence, elle n'avait commis aucune erreur, mais dès qu'on l'eut démasquée et qu'elle eut perdu sa confiance en elle, elle se montra aussi désarmée qu'une enfant confrontée à sa supercherie. Elle s'effondra, au cours du contre-interrogatoire.

Je ne revis donc jamais Jane Wilkinson après le déjeuner du Claridge. Mais lorsque je pense à elle, j'ai toujours la même image devant moi : debout dans sa chambre du *Savoy*, grave et absorbée, en train d'essayer de luxueuses tenues de deuil. Je suis convaincu que ce n'était pas de la pose. Elle était parfaitement naturelle. Son plan avait réussi, elle n'avait donc plus ni doutes ni inquiétudes. Je ne pense pas non plus qu'elle ait éprouvé le moindre remords pour les trois crimes qu'elle avait commis.

Je reproduis ici un document qui devait être envoyé à Poirot après sa mort. Je le trouve typique de cette jeune personne charmante et totalement dénuée de conscience.

Cher monsieur Poirot,

J'ai beaucoup réfléchi, et j'aimerais vous écrire ceci. Je sais que vous publiez parfois des rapports sur vos affaires. Je ne pense pas que vous ayez jamais publié un document venant de la personne elle-même. J'aimerais aussi que tout le monde sache exactement comment je m'y suis prise. Je suis toujours convaincue que mon plan était parfait. Sans vous, tout aurait très bien marché. J'en ai été un peu amère, mais vous ne pouviez sans doute pas faire autrement. Je suis certaine, si je vous envoie cette lettre, que vous saurez lui donner toute la publicité voulue. Vous le ferez, n'est-ce pas ? J'aimerais que l'on se souvienne de moi. Je crois que je suis vraiment quelqu'un d'unique. Tout le monde ici a l'air de le penser.

Tout a commencé en Amérique, lorsque j'ai connu Merton. J'ai tout de suite compris qu'il m'épouserait si j'étais veuve. Malheureusement, il avait un étrange préjugé à l'encontre du divorce. Je tentai de le convaincre, mais en vain, et je devais me montrer prudente, car c'était quelqu'un de très bizarre.

Je compris vite qu'il fallait tout simplement que

mon mari meure, mais je ne voyais pas qui je pouvais charger de ça. J'imagine que ce genre de choses est beaucoup plus facile aux Etats-Unis. J'avais beau réfléchir, je ne voyais toujours pas comment arranger ça. Puis, soudain, j'ai vu Carlotta Adams m'imiter et sur-le-champ j'ai entrevu la solution. Avec son aide, je pouvais avoir un alibi. Ce même soir, je vous rencontrai, et j'ai pensé que ce serait une bonne idée de vous envoyer chez mon mari pour lui demander de consentir au divorce. En même temps, je raconterais partout que je voulais tuer mon mari parce que j'ai remarqué que, lorsqu'on dit la vérité en faisant l'imbécile, personne ne vous croit. J'ai souvent fait ça en négociant mes contrats. De plus, je sais qu'il vaut toujours mieux se montrer plus bête qu'on n'est.

La deuxième fois que je vis Carlotta Adams, j'abordai la question. Je parlai d'un pari, et elle se montra aussitôt enthousiaste. Elle devait se faire passer pour moi lors d'un dîner et, si elle s'en sortait bien, je lui donnerais dix mille dollars. Elle était très emballée, et plusieurs bonnes idées viennent d'elle, comme l'échange des vêtements et tout ça. Nous ne pouvions pas le faire ici à cause d'Ellis et nous ne pouvions pas le faire chez elle à cause de sa femme de chambre. Carlotta ne voyait évidemment pas pourquoi. C'était un peu gênant. J'ai juste dit : « non ». Elle m'a trouvée un peu ridicule mais elle a cédé et nous avons pensé à l'hôtel. J'ai emprunté un pince-nez à Ellis.

Bien sûr, je compris vite qu'il allait falloir me débarrasser aussi de Carlotta. C'était dommage, mais après tout, ses imitations étaient un peu trop impertinentes. Si la mienne n'avait pas servi mes plans, j'en aurais été fort irritée. J'avais du véronal chez moi, bien que j'en consomme très rarement, cela serait donc facile. Il me vint alors un éclair de génie. Ce serait tellement mieux si on pouvait penser qu'elle en prenait régulièrement. Je commandai donc une boîte, la copie d'une autre que l'on m'avait offerte et fis graver une initiale et une inscription à l'intérieur. Il m'avait semblé qu'une initiale prise au hasard, et Paris, Novembre, rendraient l'enquête plus difficile. Je la commandai par lettre, un jour que je déjeunais au

Ritz. Et j'envoyai Ellis la chercher. Elle ignorait, bien sûr, ce que c'était.

Tout se passa bien, ce soir-là. J'empruntai à Ellis, pendant son voyage à Paris, son coupe-cors parce qu'il était bien acéré. Elle ne s'en aperçut pas, car je le remis aussitôt en place. C'est un médecin de San Francisco qui m'a appris où frapper exactement. Il parlait de ponctions lombaires, et disait qu'il fallait être particulièrement prudent, pour ne pas pénétrer dans l'épine dorsale où se trouvent tous les centres nerveux vitaux, ce qui entraîne une mort immédiate. Je lui demandai plusieurs fois de me montrer l'endroit exact. Je pensais que cela pourrait m'être utile un jour. Je prétendis vouloir me servir de cette idée dans un film.

Carlotta a failli à l'honneur en écrivant cette lettre à sa sœur. Elle m'avait promis de n'en parler à personne. Je trouve que c'était très malin de ma part d'avoir vu le parti que je pourrais en tirer si je déchirais cette page et laissais he au lieu de she. J'en ai eu l'idée toute seule. Je suis plus fière de ça que de tout le reste. On prétend que je n'ai pas de cervelle, mais j'estime qu'il en fallait beaucoup pour y penser.

J'avais soigneusement tout prévu et j'ai suivi mon plan à la lettre quand l'inspecteur de Scotland Yard est venu. J'ai été assez satisfaite de cet épisode. J'ai pensé qu'il allait peut-être vraiment m'arrêter. Je n'avais pas peur parce qu'on ne pouvait pas mettre en doute la parole de tous ces gens qui avaient assisté au dîner, et je ne voyais pas comment on pouvait découvrir notre échange de vêtements.

Après ça, je me suis sentie heureuse et satisfaite. La chance ne m'avait pas lâchée et j'étais convaincue que tout irait bien. La vieille duchesse était odieuse, mais Merton était adorable. Il voulait m'épouser le plus vite possible et n'avait pas le moindre soupçon.

Jamais je n'ai été aussi heureuse que pendant ces quelques semaines. L'arrestation du neveu de mon mari acheva de me rassurer. Et je fus plus fière que jamais d'avoir pensé à déchirer cette page de la lettre de Carlotta Adams.

L'intervention de Donald Ross a été une pure malchance. Je n'ai pas encore très bien compris ce qui l'a *éclairé. Quelque chose à propos de Paris, qui serait une personne et non un endroit. Je ne sais toujours pas qui était ce Paris et, de toute façon, c'est un nom idiot pour un homme.*

Il est étrange comme la déveine, lorsqu'elle survient, s'acharne sur vous. Il fallait que je fasse très vite quelque chose pour Donald Ross, et ça s'est très bien passé. Cela aurait pu se passer beaucoup moins bien parce que je n'avais pas eu le temps de réfléchir ni de me forger un alibi. Mais après ça, je me suis sentie tout à fait tranquille.

Bien sûr, Ellis m'avait raconté que vous l'aviez convoquée et interrogée, mais j'avais pensé que c'était à propos de Bryan Martin. Je ne voyais pas où vous vouliez en venir. Vous ne lui avez pas demandé si elle était allée chercher un paquet à Paris. Vous avez sans doute pensé que si elle me le répétait, je soupçonnerais quelque chose. Cela a donc été une complète surprise pour moi. Je n'arrivais pas à le croire. C'était inexplicable la manière dont vous paraissiez savoir exactement tout ce que j'avais fait.

J'ai senti que tout allait mal. On ne peut pas lutter contre la malchance. Car, c'était bien de la malchance, non ? Je me demande si vous regrettez ce que vous avez fait. Après tout, je ne cherchais qu'à être heureuse, à ma façon. Sans moi, vous n'auriez pas eu l'occasion de vous occuper de cette affaire. Mais je ne pensais pas que vous étiez si horriblement intelligent. Vous n'aviez pas l'air intelligent.

C'est drôle, mais je n'ai rien perdu de ma beauté malgré cet affreux procès, les choses abominables que cet homme, de l'autre côté, m'a dites et la façon dont il m'a assailli de questions.

J'ai pâli et j'ai minci, mais cela me va bien. Tout le monde me trouve extraordinairement courageuse. On ne vous pend plus en public aujourd'hui, n'est-ce pas ? Je trouve que c'est dommage.

Je suis sûre qu'on n'avait jamais connu une criminelle comme moi.

Je dois vous dire au revoir, maintenant. C'est drôle, j'ai le sentiment que je ne me rends compte de rien. Je vais voir l'aumônier demain.

Celle qui vous a pardonné (parce qu'il faut pardonner à ses ennemis, n'est-ce pas !).

Jane Wilkinson.

P.-S. Vous pensez que j'aurai ma place chez Madame Tussaud ?

Composition réalisée par JOUVE

IMPRIMÉ EN FRANCE PAR BRODARD ET TAUPIN
La Flèche (Sarthe).
Imp. : 44175 – Edit. : 95152 - 10/2007
édition 11